«PANDORA»

BEATRICE MARIANI

AMICHE DI UNA VITA

Sperling & Kupfer

Pubblicato per

Sperling & Kupfer

da Mondadori Libri S.p.A.
© 2023 Mondadori Libri S.p.A., Milano
Proprietà Letteraria Riservata
Published by arrangement with
Loredana Rotundo Literary Agency
AMICHE DI UNA VITA

ISBN 978-88-200-7464-7

I Edizione marzo 2023

Anno 2023-2024-2025 - Edizione 1 2 3 4 5 6 7 8 9 10

A Giovanni, Valerio e Fabio

«Già la pioggia è con noi,
scuote l'aria silenziosa.»

Salvatore Quasimodo

1
Arianna

ARIANNA aprì gli occhi con un sussulto e si portò una mano al petto per placare i battiti del cuore. Le ci volle qualche istante per abituarsi alla penombra. Tenne lo sguardo sul soffitto, attenta a non guardare la culla, mentre faceva respiri profondi senza che nessun pensiero prendesse forma.

Paolo era rannicchiato accanto a lei, si era portato via un bel pezzo di lenzuolo. Russava, ma non troppo forte. Arianna prese a carezzarsi il ventre con gesti delicati. Lo sfiorava con le dita, facendosi un solletico leggero. Il corpo immobile, gli occhi sempre verso l'alto. Rimase così, come incantata, ferma. Sentì le palpebre farsi pesanti piano piano.

Era riuscita a non controllare l'orologio, era riuscita a non sentire il bambino. Per un attimo, solo per un attimo, provò a immaginarsi sola, e altrove.

«Ari?»

La voce sembrava lontanissima, un sussurro.

Di chi era la mano che le scuoteva la spalla? Perché si era fatto così buio? Eppure c'era così tanto sole, il cielo era così azzurro, solo un attimo prima. La musica riusciva a sentirla ancora, in lontananza.

«Ari?»

Aprì gli occhi e Paolo, in piedi accanto al letto, le sembrò un gigante scuro. Sulla spalla il fagottino bianco. La copertina fatta dalla nonna. Qualcosa le risucchiò lo stomaco con violenza.

«Ari, mi dispiace svegliarti, dormivi così bene.»

Dormivo?

Paolo le fece una carezza.

«Lo vedi che la dottoressa aveva ragione? Che serviva qualche goccia per riposare?»

«Che ore sono?» La voce uscì impastata, biascicante.

Quante gocce aveva preso? Non se lo ricordava più.

«Sono le nove e mezza», rispose Paolo. «Tua madre arriva per le dieci, hai tutto il tempo per prepararti.»

Il bambino cominciò a piagnucolare.

«Cosa gli hai dato da mangiare?» gli chiese lei, mentre l'ansia le stringeva la gola.

Lui fece un passo indietro, sulla difensiva, sul volto quell'espressione di panico, ormai fissa.

«Arianna, va tutto bene. Eravamo d'accordo così. Gli ho dato il biberon, già due volte, sta bene ed è tranquillo.»

Stava piangendo, invece. Quel pianto sommesso e costante.

Paolo lo cullò.

Arianna si mise seduta sul letto, la testa bassa. «Eravamo d'accordo?» domandò, con voce fioca.

Paolo camminava su e giù con il figlio in braccio.

«Perché non ti prepari? Hai visto che bella giornata?»

La luce che entrava dalla finestra le sembrò bianchissima. Desiderò con tutte le sue forze di richiudere gli occhi e tornare a sognare.

Suo marito si appoggiò il bambino sulla spalla carezzandogli la schiena. Poi si bloccò, studiandone i movimenti.

«Si è riaddormentato», le disse, attento a tenere la voce bassa. «Dai, vieni di là.»

Sistemò il figlio nella culla, poi sollevò la moglie a forza e la portò in cucina.

Ciucci, biberon, scalda-biberon, bavaglini sporchi, l'odore di latte rappreso.

Paolo parlava ancora.

«Arianna, perché non resti a pranzo lì al bar del parco? Potresti chiamare una tua amica.»

La mente di lei si spostò sul parco, sul piccolo ristorante, con la ghiaia e l'ombra dei pini. Tutti dicevano quanto è bello, quanto è buono.

Anche la dottoressa le aveva chiesto: «Vedere le amiche le fa piacere?»

Aveva usato altre parole: «Cos'è che le va di fare? Cosa le dà gioia? È contenta di stare con le amiche?»

Non era certa di aver risposto e lei aveva assunto un'espressione triste.

Era solo qualche giorno prima. Forse lunedì. Oggi che giorno era?

Paolo le stava porgendo qualcosa.

«Ti serve l'accappatoio?»

Dorme?

«Se ti va di restare fuori, il bambino lo riporto io. Tanto il pomeriggio resto a casa, e poi viene anche mia madre.»

Dorme?

«Potete farvi un giro, una passeggiata...»

Dorme?

Il citofono le sembrò fortissimo.

Afferrò l'accappatoio e prese a muoversi in fretta.

Forse ce la faccio, forse ce...

Il pianto la raggiunse lo stesso, mentre chiudeva a doppia mandata. Il cuore prese a batterle troppo veloce. Aprì l'acqua e la fece scorrere senza spogliarsi.

Si guardò nello specchio.

Lei mangia abbastanza, Arianna?

Certo.

Si sente stanca?

Un po'.

Prima ha detto tanto stanca.

Un po'.

Sentì bussare, con decisione.

«Ciao tesoro! Io sono qui, fai con calma.»

Sua madre, lo stesso tono di Paolo.

Buttò a terra la camicia da notte ed entrò nella doccia.

L'acqua le scorreva addosso senza darle piacere. La girò verso il freddo. Dal seno vide uscire una goccia di latte. Si mise a piangere senza singhiozzi, le lacrime mischiate con l'acqua gelata.

Le va di parlarmi di quel giorno, Arianna?

La dottoressa ripeteva il suo nome di continuo, come se si conoscessero da sempre. Era bello lo studio, con il quadro azzurro sulla parete bianca. Chi l'aveva preso l'appuntamento?

Io non c'ero.

Dov'era?

Ero a letto, nella casa di fronte. Avevo le contrazioni, dovevo stare a riposo. Dovevo arrivare a trentotto settimane, ma eravamo a trentacinque. Hanno chiamato le mie amiche per distrarmi.

Quando l'ha saputo?

La sera.

Come lo ha saputo?

Me lo ha detto Paolo.

La dottoressa era rimasta zitta a lungo.

Si erano fissate negli occhi in silenzio.

Lei mi può aiutare?

Arianna lo aveva chiesto d'improvviso, sopraffatta dall'angoscia. Si era alzata, era andata alla finestra e poi di nuovo alla sedia, aveva preso i fazzoletti che stanno lì per chi piange, ne aveva arrotolato uno tra le mani, strettissimo.

Io sono qui proprio per aiutarla, Arianna.

Arianna aveva cominciato a raccontare del giorno in cui lei non c'era.

Sua madre si era accorta di non averlo accanto prima dell'alba, ma aveva pensato che fosse andato in bagno, diceva che aveva sentito i rumori, e si era riaddormentata.

Lo aveva trovato già morto, con la faccia rivolta verso la finestra e un braccio sul bidet. Arianna poteva chiudere gli occhi e immaginarlo, come se fosse stata presente. Qualche volta lo vedeva con la camicia, altre con la maglia del pigiama. Invece aveva solo una maglietta bianca.

Infarto, sessantaquattro anni, stava bene fino alla sera prima.

La morte migliore.

Un attimo.

Lei stava dormendo. Non aveva sentito la telefonata a Paolo, non lo aveva sentito uscire, non aveva pensato: è troppo presto. Non aveva sentito l'ambulanza.

Mentre sua madre, la portiera e Paolo lo stendevano sul letto e ripulivano il bagno dal sangue, che gli era uscito dal naso e dalla bocca, lei dormiva.

Le è dispiaciuto di non esserci stata?

Paolo, la sera, tardi, mentre le raccontava tutto, le aveva sempre tenuto stretta una mano.

Mi dispiace tanto, Arianna. Il bambino ci aiuterà a superare questo dolore.

Com'è il bambino, Arianna?

Arianna aveva continuato a guardare il quadro azzurro, una ragazza di profilo e, dietro, un cielo che sembrava fatto come un mosaico.

I colpi alla porta la riportarono al presente.

Paolo che diceva qualcosa.

Tornò sull'acqua bollente e aspettò che la pelle le diventasse rossa. Il bagno si riempì di vapore, lo specchio appannato.

Quando richiuse il rubinetto, il pianto si sentiva benissimo.

Rimase con la mano sulla maniglia.

«Ari?»

Aprì di scatto e se li trovò davanti.

Dov'è, dove lo hanno messo?

Si rese conto troppo tardi di aver avvolto male i capelli nell'asciugamano.

Stava sgocciolando, ma loro continuavano a guardarla sorridendo.

Tornò nella stanza lasciando a terra una scia di acqua e prese a strofinarsi la testa con gesti lenti. Poi si vestì con quello che c'era sulla poltrona.

In salone, Paolo era accanto al tavolo, le boccette allineate e il foglio scritto dalla dottoressa. Nomi, dosaggi, orari. Stava parlando con sua madre, si zittì subito quando la vide e ripose tutto in una scatola.

Per i farmaci, Arianna, si faccia aiutare da chi le è accanto. Potrebbe capitarle di sentirsi un po' confusa, di avere qualche difficoltà nel ricordare.

Sua madre tirò fuori dalla borsa frigo i contenitori con il brodo.

Sopra ci aveva messo le etichette. Doveva averle prese dal cassetto centrale della scrivania di suo padre, quelle gialline, vecchie. Le tornarono in mente le cartelline con l'elastico grosso e nero, in ordine nella libreria, con quelle stesse etichette. Sentì un dolore sordo, troppo lontano per farle male davvero. Sua madre aveva preparato anche i contenitori con il passato di verdure e i vasetti di omogeneizzato. Stava spiegando tutto a Paolo, parlava piano anche lei.

Quando la vide, si aprì in un sorriso enorme.

«Non vuoi truccarti un po'?»

Arianna non rispose.

«Ti aiuto con i capelli.»

Il pianto adesso era lieve, ovattato.

Veniva dal passeggino.

Arianna entrò in bagno e accese il phon al massimo. Sua madre le si mise dietro e cominciò a pettinarla con un movimento regolare. Lei chiuse gli occhi e la lasciò fare. Poi, dopo aver spento il phon, la donna le diede un bacio sulla testa.

Arianna trattenne il fiato. No, non si sentiva.

«Sei sempre la più bella», le disse sua madre. Aprì il cassettone dove c'erano le collane e gli orecchini e le propose: «Metti questi colorati, ti stanno tanto bene».

La figlia provò a infilarli senza guardare, ma non ci riuscì.

«Lascia fare a me», intervenne l'altra, «guarda che se non li metti mai poi il buco si richiude.»

Tornarono in salone, Paolo passò alla moglie la giacca rossa.

Si ricordò di lui all'improvviso mentre infilava la giacca. Dov'era?

«Non posso restare a pranzo fuori!»

Gli altri due la fissarono sorpresi, come se non si aspettassero che sapesse parlare.

«Viene l'altra Arianna, quella che mi insegna ad allattare.» Mentre lo diceva, la morsa nello stomaco sembrò stringersi ancora di più.

Paolo scosse la testa con decisione.

«No, Arianna, basta. Ne abbiamo parlato. Andrea sta crescendo così bene con il biberon. Hai sentito anche tu la pediatra. È un gigante. Basta con questa tortura.»

Sentì salire una rabbia strana, lontana. Come se non fosse sua.

«Ma io ce l'ho ancora il latte!»

«Arianna, Paolo ha ragione. Non ne avevi parlato anche con la dottoressa?» intervenne sua madre. Poi tirò su il bambino dal passeggino e lei vide Paolo tendersi.

«Arianna», le disse, «guarda quanto è bello! Tra non molto mangerà la pastasciutta!»

Paolo glielo tolse dalle braccia e lo strinse a sé.

Arianna gli si avvicinò.

Il piccolo, con in testa una peluria biondissima, indossava una magliettina azzurra con un orsetto e i calzoncini di ciniglia, sopra a un body di cotone. Si stava mangiando un pezzetto della coperta.

Arianna lo sfiorò esitante, ne seguì la linea del naso minuscolo.

«Quanto siamo carini, oggi?» stava dicendo ancora sua madre.

Fece per prenderlo, ma si accorse che Paolo lo tratteneva.

Se in questo momento si sente troppo affaticata, Arianna, cerchi di non restare mai da sola con il bambino.

Si chinò verso di lui, ne avvertì l'odore buono, toccò la guancia rosea e morbida. Poi indietreggiò, sentendosi impallidire. La gola stretta, il cuore impazzito, la voce della dottoressa nelle orecchie.

Cosa prova quando ha suo figlio tra le braccia?

Aveva continuato a guardare il quadro azzurro e non aveva parlato più, fino alla fine.

Paura.

2
Valentina

VALENTINA si svegliò per il rumore dell'acqua nella doccia. Sbirciò l'orologio con i grandi numeri blu sul comodino di Gianluca, dall'altra parte del letto. Solo le 7.35? Mentre si girava, un fascio di luce tagliente che filtrava dalle tapparelle le trafisse gli occhi e per qualche istante non vide nulla.

Si riaddormentò.

Gianluca entrò nella stanza a piedi scalzi, cercando in fretta qualcosa nei cassetti. Si avvicinò e le baciò i capelli. Lei provò ad aprire gli occhi, ma aveva ancora troppo sonno.

«Dormi, la riunione è stata spostata alle dieci», la rassicurò.

Ma allora lui dove stava andando così presto? Valentina non riuscì a chiederlo e si avvolse tra le coperte allungando le gambe nel lettone tutto per sé.

Solo pochi istanti dopo, il rumore della porta d'ingresso, che chiudendosi cigolava, la svegliò del tutto. Quindi aprì le finestre lasciando entrare la luce. Si affacciò e girando la testa riuscì a vedere Gianluca fermo dietro l'angolo. Dall'alto appariva minuscolo, ma lo riconobbe dai vestiti e perché era accanto alla macchina.

Le parve che fosse già al telefono, e sospirò.

Forse in quella mezz'ora in più avrebbe fatto in tempo a fare la spesa.

In cucina coordinò i gesti alla perfezione. Schiacciò il pulsante della teiera elettrica, aprì il frigo e tirò fuori la marmellata e il burro.

Apparecchiò veloce. Come diceva sua madre, non si mangia in piedi e non si mangia nel disordine. Tovaglietta, piatto e posate. Notò con delusione che Gianluca non aveva fatto in tempo a portarle la baguette calda dal forno sotto casa. Afferrò le fette biscottate e cominciò a spalmare il burro. La prima le si frantumò in mano. Sulla seconda mise la Nutella, non aveva voglia di aspettare che il burro si ammorbidisse.

La tazza con la tisana dovette portarsela in bagno perché era ancora troppo calda. La appoggiò sulla mensola, ripetendosi che non doveva dimenticarla lì, mimetizzata tra bottiglie di profumo e creme. Dopo la doccia, si truccò alternando sorsate allo zenzero ormai tiepido. Insistette fino alla fine, lo zenzero fa così bene, dicono. Andò nella cabina armadio, scelse i vestiti, pantaloni neri e blusa chiara. Non molto originale. Spostò le camicie bianche vicino alle bianche, le nere con le nere, divise quelle in cotone da quelle in seta.

Sentì il rintocco del cucù. Le otto e mezza. Rischiava di non farcela. Corse a cercare le scarpe. Le trovò in salone, una addirittura sotto il divano. Si sentì in colpa per quel disastro. Possibile che non fosse capace di tenere la casa a posto? Raccolse un cuscino damascato caduto a terra. Sistemò la fotografia ufficiale del matrimonio con la cornice, troppo girata verso la parete. In quella foto Gianluca aveva gli occhi lucidi e le labbra tirate. Tutti, quando la vedevano, scherzavano su quanto si fosse emozionato. Aveva pianto al sì, aveva sbagliato la formula, ci aveva messo troppo a infilarle l'anello. Al confronto, lei era sembrata una professionista consumata.

In strada camminò veloce verso il piccolo market che si trovava in una delle stradine laterali. Passò davanti alla sua parrucchiera cinese, e notò il negozio stranamente vuoto. Doveva aver aperto solo da pochi minuti. Di solito, una sistemata con otto euro faceva gola a molte.

La donna stava ancora spazzando, la riconobbe e le sorrise.

«Vuoi fare mani?» suggerì per allettarla.

Doveva aver notato che i capelli erano già a posto.

Ma anche la manicure non le serviva, l'aveva già fatta il giorno prima, insieme al taglio, in un altro salone, più lussuoso, quello che frequentavano sua madre e sua nonna. Ci andava per tagliare i capelli, ogni mese e mezzo, le dipendenti avevano camici con logo, offrivano la tisana e le ultime riviste allineate sul bancone, di un bianco abbagliante. Un luogo dove, quando c'era da aspettare, si ingannava il tempo comprando orecchini, pochette da sera e, novità recente, anche graziose canottiere di strass realizzate da una cliente.

«Non ho proprio tempo, torno dopo», mentì gentile, mostrandosi indaffarata.

Si sentiva in colpa a usare quella donna per le emergenze. Era sempre affabile e disponibile. Sembrava dare per scontato essere considerata solo una seconda scelta.

In quel momento le venne in mente che in casa mancavano i kiwi.

Decise di cambiare giro e di arrivare a un negozietto che avevano aperto da poco. Se le fosse rimasto tempo, sarebbe andata al market tornando verso lo studio.

Tra casa e lavoro c'erano cinquecento metri, passava ogni giorno negli stessi luoghi. Era incredibile come non fosse mai entrata in alcuni dei negozi della stradina in salita che adesso aveva davanti a sé. Tutti chiusi, data l'ora. Era comunque la scorciatoia più sensata per riuscire a incastrare bene il giro che aveva in mente.

Si avviò sperando di non inciampare sul marciapiede sconnesso e tenendo gli occhi fissi a terra. Camminava lenta e la voce familiare giunse inattesa. Riconobbe subito Gianluca. Le dava la schiena e aveva accanto qualcuno, con cui parlava infervorato, tanto da poterlo sentire fin dall'altra parte della strada. Non poteva vederla, perché lei aveva un furgoncino davanti. Valentina si sporse, sorpresa, per capire con chi fosse.

Una donna.

Guardò meglio.

Una donna con i capelli molto ricci, lunghi e neri. Capelli particolari, tipo turacciolo, che le parvero subito familiari. Dovette pensarci. Si sporse di più, attenta a non farsi notare, ma la donna era di bassa statura e ne vedeva solo la nuca.

In quell'istante Gianluca la prese sottobraccio e la attirò verso un angolo più riparato, sotto le impalcature di un palazzo in costruzione. Valentina la riconobbe dal modo di vestire: un tailleur grigio con una gonna molto corta e aderente, che evidenziava un fondoschiena rotondo, le calze velate con la riga, i tacchi alti. Un abbigliamento che non poteva passare inosservato.

Sua suocera una volta l'aveva definita «la volgarotta», ma il nome di battesimo era Paola. Il cognome non lo ricordava. Aveva lavorato per lo studio solo qualche mese, come segretaria, per una sostituzione maternità e se ne era andata poco prima dell'estate. Era in una stanza distante dalle loro, si occupava di ribattere le lettere e fare fotocopie, non aveva mai avuto a che fare né con lei né con Gianluca.

Valentina si sentì a disagio. C'era qualcosa di anomalo: la confidenza del gesto di lui nel trascinarla, il tono di voce troppo alto, il punto nascosto dove si erano messi. Li osservò per qualche istante. Parlava solo lui, sempre più agitato, muovendo molto le mani. Poi lei gli fece una carezza, nel tentativo evidente di placarlo. Lui la scansò e Valentina rimase senza fiato, incapace di muoversi. Gianluca scuoteva la testa e sembrava volersi allontanare.

Le venne un'idea assurda. Fece qualche passo indietro e prese il telefono dalla borsa. Digitò il numero di lui. Lo vide fare un salto e cercare il cellulare in tasca con gesti scomposti. La suoneria messa soltanto per lei era una canzone di Mina, quindi sapeva chi fosse senza bisogno di controllare. La ragazza era arretrata per lasciarlo rispondere. Gianluca spinse un tasto, di sicuro per silenziare la suoneria, e poi, come ipnotizzato, gli occhi incollati allo schermo, aspettò che gli squilli finissero. L'altra si riavvicinò subito e riprese a parlargli impetuosa, mentre lui indietreggiava appena.

Valentina riprovò a chiamarlo senza nemmeno rifletterci e questa volta lo vide portarsi il telefono all'orecchio come un automa, ben prima di aver deciso cosa dirgli.

«Tutto bene, Valentina?» chiese lui, e forse, se non lo avesse avuto anche a pochi metri, il tono le sarebbe sembrato solo un po' affannato. «Scusa se non ti ho risposto», le spiegò. «Ero in moto e mi sono dovuto fermare.»

«In moto?» ripeté Valentina balbettando, mentre lo vedeva fare segno alla ragazza di tacere.

«Sì, ho appena preso le carte da Mastrofrancesco, ci servivano per stamattina, ma mi ha avvertito soltanto ieri sera tardi. Avevo dimenticato di dirtelo.» Mastrofrancesco era un cliente dello studio. «Sto ripartendo adesso, sarò lì tra poco.»

Il cervello di Valentina lavorava veloce.

«È tutto a posto?» insistette Gianluca. «Perché mi avevi chiamato? È successo qualcosa?»

A Valentina sembrò di essere divisa in due. La voce di suo marito era così sincera, come se fosse davvero appena sceso dal palazzo di Mastrofrancesco, un gesto normale, logico, abituale, e invece era lì, a pochi metri da lei, insieme a una sconosciuta e le aveva appena fatto un gesto perché non si facesse sentire.

Non aveva nessuna idea di cosa rispondergli.

«Va tutto bene?» insistette lui, premuroso, a fronte di quel mutismo.

«Io...» cominciò lei.

Notò che la ragazza si mordeva le unghie e tamburellava a terra con un piede. Era agitata quanto lui.

«Io...» ripeté più flebile.

Doveva pensare.

Calmarsi.

Prendere tempo.

«Ho fatto più tardi del previsto e forse...»

«Non preoccuparti, Tina, con mia madre risolvo io.»

Era proprio lui, il suo Gianluca, pronto a difenderla dalla donna più esigente della terra. L'unico al quale permetteva di chiamarla Tina, un diminutivo nato per scherzo, che a lei non piaceva. Lo stesso Gianluca che ora le stava mentendo.

Sentì un'ambulanza avvicinarsi e le si gelò il sangue. Doveva attaccare prima che il suono esplodesse in entrambi i telefoni.

«Ti richiamo», disse mentre chiudeva, stupita dalla propria rapidità.

Lo vide rimanere a fissare il telefono, sorpreso. Arretrò di qualche passo per allontanarsi e continuare a spiarlo senza essere vista.

La ragazza gli fu subito vicina, chiedendo spiegazioni, e lui scosse la testa come a dire che non capiva cosa stesse succedendo. Le sembrava di guardare un film muto.

Una macchina che stava provando a parcheggiare urtò qualcosa e si sentì un rumore forte. Gianluca e la ragazza si girarono e lei fece appena in tempo ad accucciarsi.

Stava diventando troppo rischioso.

Cominciò a scendere verso la strada principale, continuando a tenerli d'occhio sempre più da lontano.

E ovviamente cadde, sbattendo forte un ginocchio, appena arrivata all'angolo. Le cadde anche la borsa, rovesciando il contenuto in strada. Appena le sue mani, protese in avanti per proteggersi, toccarono terra, sentì un dolore acuto al polso. Due persone le si fecero accanto per aiutarla, un uomo tarchiato che stava caricando scatole su un furgoncino rosso e una donna anziana magrissima. Una madre con due bambini si fermò, sorpresa.

«Si è fatta male?» le chiese l'uomo, chinandosi verso di lei.

Valentina, seduta sul marciapiede, sollevò le mani e si rese conto di avere i palmi sanguinanti.

«Aspetti.» L'uomo corse verso la macchina e prese qualcosa. La signora intanto sembrava più spaventata di lei, non apriva bocca. Si stava avvicinando anche una ragazza uscita dal forno lì accanto, con il grembiule e una cuffietta sui capelli.

L'uomo tornò con delle salviettine e Valentina provò a pulirsi.

Alzando la testa vide Gianluca in lontananza. Troppo distante per sospettare che la persona a terra, circondata da curiosi, potesse essere lei, ma anche troppo vicino perché non fosse pericoloso.

Valentina si mise subito a raccogliere quello che era caduto a terra e a infilarlo nella borsa. Agendina, fazzoletti, portachiavi, carte di credito. Si muoveva goffa, metteva le cose dentro e quelle ricadevano fuori, perché la strada era in discesa e la borsa era rivolta in giù. Un rossetto rotolò in strada e lei lo inseguì carponi, sentendosi ridicola.

Devo andarmene, pensava.

Anche la ragazza le si era chinata accanto. La madre non c'era più.

«Come posso aiutarti?»

Valentina continuò a non guardare verso l'alto.

Dov'era lui adesso? C'era il rischio che tornasse indietro?

Scosse la testa.

«Sono soltanto inciampata», la rassicurò.

Non era affatto certa di potersi rimettere in piedi.

In lontananza vide Gianluca scendere verso la piazza.

«Vuole chiamare qualcuno?» le propose la commessa del fornaio.

Valentina alzò gli occhi disperati verso di lei.

Suo nonno Franco era morto da pochi mesi. Lui e sua nonna erano stati sposati quasi sessant'anni. Erano nonno e nonna, Franco e Bettina, per gli amici del burraco e delle visite archeologiche della domenica mattina. Dopo il funerale, era giunto il momento di dividersi nelle macchine per andare al cimitero. Le formazioni erano sempre le stesse. Lei e Gianluca in una, sua madre e suo padre in un'altra, suo fratello Francesco con la moglie e le figlie in un'altra ancora.

Era stato Francesco, sul sagrato della chiesa, a sussurrare a sua madre: «Con chi va nonna Betta?»

A Valentina la risposta era venuta spontanea, l'aveva soffocata per un pelo. «Nonna va con nonno, che domanda è?»

Solo vedendola salire da sola nell'auto di Francesco – perché era il nipote preferito, perché era la macchina più vivace, perché almeno c'erano le bambine – Valentina aveva realizzato che nonno Franco era morto e che nonna Bettina non lo avrebbe mai più avuto accanto, né in macchina né altrove.

Ora era a terra, con una spalla e un ginocchio dolenti, e il sangue sulle mani. Ora non avrebbe voluto fare altro che allontanare quegli estranei e chiamare Gianluca. Ma Gianluca era lì, a pochi metri, e lei non poteva chiamarlo. D'improvviso era come se fosse stato scaraventato in un'altra dimensione.

Il proprietario di una macchina bloccata dal furgone cominciò a suonare il clacson senza tregua. Era lei ad aver provocato quel blocco e le venne istintivo alzarsi in piedi barcollando, sorretta dalla ragazza.

«Venga a sedersi in negozio», le stava proponendo questa.

«Posso camminare», rispose. Ed era vero, anche se con fatica. «Mio fratello è un medico e abita lì», indicò l'attico di Francesco, di cui si potevano scorgere le piante rigogliose della terrazza. Nello stendere il braccio le sembrò di avere una lama infuocata infilata nella spalla, ma fece finta di nulla.

Dov'era andato Gianluca? Le mancava l'aria.

E dov'era finita Paola? Si chiamava davvero Paola? Era proprio lei, la segretaria dello studio? Tutto le pareva irreale.

Lo sguardo le cadde su un cartellone coloratissimo, con uno sfondo rosa. La pubblicità di una bibita gassata.

«Che giornata di merda», aveva detto Gianluca, la sera prima, buttandosi sul divano, braccia spalancate, scarpe a terra, piedi sul tavolino. «Mi hanno di nuovo finito la Coca-Cola», aveva aggiunto contrariato.

Per evitare troppi caffè, tentava con la Coca-Cola, che teneva nel frigorifero comune dello studio.

«L'ho comprata io», gli aveva risposto Valentina, soddisfatta per essersene ricordata.

«Mica ci dovrò mettere un'etichetta sopra!» si era lamentato ancora lui.

«Ora mi hai fatto venire voglia», aveva ammesso lei, che, se non fosse stato per lui, non avrebbe mai né bevuto né comprato Coca-Cola.

Gianluca era scattato in piedi ed era sparito verso la cucina. Era tornato con due grandi bicchieri appoggiati su un vassoietto, dentro ci aveva messo il ghiaccio tritato, aveva tagliato una fettina di lime e ce l'aveva incastrata a cavallo e ci aveva persino infilato le cannucce.

Aveva servito le bibite esagerando l'aria da barman professionale, mentre lei rideva di tanta premura.

Poi lui aveva preso a carezzarle un piede. Era salito con la mano sulla gamba, si erano baciati.

Avevano fatto l'amore.

Tutto era successo meno di dodici ore prima.

3
Cristiana

CRISTIANA si sfilò la cuffia di silicone senza riuscire a non tirare i capelli bagnati. Si strinse nell'accappatoio. Per non portarsi dietro troppo peso, ne comprava solo di spugna leggera, che però entrando in acqua alle otto di mattina offrivano ben poca protezione. Il corridoio tra piscina e spogliatoi era gelato, l'effetto alternato di spifferi, caldo soffocante e vapore acqueo prima o poi le avrebbe fatto venire una polmonite. Mentre si avviava verso le docce del lato donna, incrociò il solito anziano corteggiatore, che usciva dalla parte maschile. Lui si accorse di lei una frazione di secondo dopo. Immediatamente tirò in dentro la pancia e si sistemò il telo sulle spalle. Impossibile evitarlo in quel percorso obbligato.

«Già finito, dottoressa?»

Da vicino era così brutto da suscitare tenerezza. Per di più, aveva già infilato la cuffia. Ultrasettantenne, gambe magre, stomaco gonfio, denti troppo bianchi in contrasto con la pelle macchiata. Come gli veniva in mente di giocare al playboy con una ragazza che non arrivava nemmeno alla metà dei suoi anni?

«Sono entrata per prima», rispose.

«Allora imparerò a essere più mattiniero anche io», le disse lui facendole un occhiolino che sembrò deformargli il viso.

Cristiana non rispose e ripensò al piacere di tuffarsi nell'acqua ancora immobile, avvolta dall'odore del cloro appena versato, in quello spazio azzurro che pareva sterminato, perché non avevano ancora agganciato le corsie.

Allontanandosi controllò l'ora. Le nove e mezza? Era riuscita a finire cento vasche, nonostante le poche ore di sonno, ma si era dimenticata di far partire il cronometro.

Fece un solo shampoo, mise il balsamo senza risciacquo. Infilò le ciabatte, avvolse il turbante in testa e tornò verso l'armadietto. Appena ebbe le mani asciutte, accese il cellulare, ma qualche goccia cadde sullo schermo.

WhatsApp iniziò a caricare i messaggi. Li scorse su e giù. Alcuni erano in evidenza dalla sera prima, l'idraulico per l'appuntamento, un video buffo mandato da un'amica. C'erano due chiamate perse di sua madre.

Nient'altro.

Quindi si era arreso?

Cristiana cercò i vestiti. Tirò fuori la biancheria pulita, ripose il costume bagnato nella sacchetta impermeabile. Lo stomaco rimaneva contratto.

Fece un sospiro e compose il numero.

«Gloria?» tentò. «Che succede?»

«Ciao Cri, tuo fratello non è a scuola.»

Cristiana fu investita da una scarica di ansia.

«Che significa?» esclamò.

Si accorse di non essere sola, un'altra nuotatrice era appena rientrata dalla vasca e la stava ascoltando.

«Mi ha chiamato la professoressa di italiano. Era all'entrata, lo hanno visto, lei lo ha persino salutato. Ma ora non è in classe.»

Cristiana respirò profondamente e si impose di calmarsi.

«Hai provato sul cellulare?»

«Non risponde. Sarà andato a giocare a calcio.»

Come faceva a rimanere così calma?

«O sta giocando a calcio, o sta fumando di nascosto, o sta guardando video porno sul telefono con qualche amico. Solo che dobbiamo trovarlo, che dici?»

Non avrebbe voluto essere così aggressiva, ma la tranquillità di sua madre la faceva impazzire.

La signora a pochi metri da lei si fingeva indifferente, spalmandosi la crema sulle gambe.

«Certo. Ma io non so controllare il telefono. Volevo chiederti di dare un'occhiata tu.»

Non sapeva controllare il telefono così come non sapeva usare i telecomandi della tv. Del resto, era l'unica persona che conoscesse senza WhatsApp. Nessuna sua amica aveva una madre giovane quanto la sua: Cristiana era nata sei giorni dopo il suo sedicesimo compleanno, ma tutte le altre erano ben più tecnologiche.

Sentì che c'era una telefonata in arrivo.

«Aspetta, mi sta chiamando qualcuno, vediamo se...»

Il messaggio recitava: Roberto, ho chiamato alle 09:41.

«Oh no!» esclamò nel telefono. «Mi sta cercando zio. È possibile che la scuola lo abbia contattato?»

Il padre di Marco non viveva in Italia e quindi la scuola aveva tra i numeri di emergenza per Marco anche quello del fratello di sua madre.

«Potrebbe essere. Io avevo il telefono in carica e non ho sentito la prima chiamata...»

«Che palle!» sbuffò.

L'altra donna si era alzata per andare a prendere qualcosa nell'armadietto. I gesti rallentati, però, tradivano il fatto che si stesse facendo i fatti loro.

«Intanto troviamo Marco», suggerì sua madre, sempre serafica.

«Oddio, Gloria, mi pare ovvio!»

Cristiana attaccò il telefono, sentendosi isterica.

Possibile che non ci fosse una via di uscita da quella famiglia di squilibrati?

Non fece in tempo a riprendere fiato perché Roberto stava già riprovando a chiamare.

Si alzò e si spostò in un angolo per non dare spettacolo.

La voce di suo zio le rimbombò nell'orecchio: «Qualcuno si degna di rispondermi, finalmente!»

«Eccomi, io...»

«Allora, riassumiamo la situazione. Io sono a casa convalescente dopo un infarto. Come sai, dovrei riposare. Ma non posso.

Perché voi due, e sottolineo *due*, non siete in grado di controllare un ragazzino e far sì che vada a scuola?»

«Zio, io...»

«Perché è questo che succede quando si lascia coccolare un bambino da due donne. Esce fuori un rammollito!»

Per quanto tenesse l'apparecchio attaccato alla guancia, Cristiana era certa che le parole si sentissero anche a distanza e che l'altra nuotatrice si stesse gustando ogni passaggio.

Tentò di abbassare il volume mentre lui continuava a sbraitare.

«Lo avete trovato, almeno?»

Era, al solito, il più preoccupato dei tre.

«Non ancora, ma adesso...»

«Volete che gli faccia io un bel discorsetto?»

Cristiana perse la pazienza.

«Senti, Roberto», sibilò nel telefono. «Non puoi fare scene madri per tutto, non è colpa mia se Marco...»

«Ah no? Perché a te invece ti ho dovuto inseguire poche volte per parchi e discoteche?»

«Sei ridicolo! Mi vuoi rinfacciare le cose che facevo quindici anni fa? Adesso lasciami in pace, devo trovare Marco e oggi è anche il mio primo giorno in clinica!»

«Lo so bene che è il tuo primo giorno! È grazie a me che hai un lavoro. Dovresti ringraziarmi per essermi fatto venire un infarto e averti infilato come sostituta.»

Era vero, ma sentirselo dire così la fece arrabbiare ancora di più.

«Ma vaffanculo», gli rispose, attaccando.

Era il modo in cui finivano la metà delle loro conversazioni, da quando era diventata abbastanza grande da non rischiare un ceffone.

Si sedette sulla panca e si mise a frugare nella borsa. Non cercava niente in realtà.

L'altra donna la fissava a occhi sgranati.

«Le serve qualcosa?» le chiese saltando in piedi.

«No, no...»

Cristiana si diresse decisa verso gli asciugatori automatici, passò la tessera e si piazzò con la testa sotto il bocchettone, pettinandosi furiosamente con le mani. Quando si riavvicinò agli armadietti per prendere la spazzola e il mollettone, l'altra signora si finse occupata. Dalla vasca piccola, intanto, stavano rientrando le vecchiette dell'aquagym. Il loro vociare allegro sembrò alleggerire la tensione.

Ragionò su cosa fare.

Poteva tentare con Valentina. Le finestre del suo attico si affacciavano sulla grande villa e da lì si vedeva bene anche il muretto, luogo di ritrovo dei ragazzini.

Le rispose al primo squillo.

«Ciao Cristiana.»

Aveva una voce stranissima.

«Tutto bene?»

«Tutto a posto, sto per entrare in ufficio.»

«Oh, speravo fossi ancora a casa... Mio fratello ha fatto sega e secondo me potrebbe essere proprio sotto casa vostra con qualche altro imbecille. Figurati, mia madre non sa nemmeno comporre il numero e intanto mio zio sta già dando di matto.»

Valentina esitò.

«Mi dispiace, non posso aiutarti. Sono caduta e zoppico, sta per iniziare una riunione proprio adesso. Sono davanti alla farmacia.»

«Ti sei fatta male?» le chiese Cristiana preoccupata.

«Mi basterà un cerotto.» Poi l'amica cambiò argomento: «Oggi è il tuo gran giorno, giusto?»

Si ricordava tutto, compleanni, anniversari, eventi di rilievo. Era una sua dote innata.

«Sì, comincio subito dopo pranzo. Ma dove sei caduta?» insistette Cristiana.

«Vicino allo studio. Purtroppo c'è una stradina in discesa piena di buche. È quella che sbuca davanti a casa di mio fratello.»

Cristiana si raggelò.

«Forse lui può darti una mano?» farfugliò, cercando di rimanere calma.

«Non credo sia in casa. Non vedo la sua macchina. Forse aveva il turno di notte.»

Cristiana sentì di nuovo una chiamata in arrivo.

«Devo lasciarti, Valentina, qualcuno mi chiama. Spero che sia mia madre e che abbia trovato Marco.»

«Certo, fammi sapere, mi raccomando.»

Attaccò e controllò chi fosse.

Riconobbe il numero e dovette sedersi per tirare il fiato.

Non si era arreso, quindi.

Sentì un'ondata di sollievo e si disprezzò da sola.

Non gli rispose.

Non erano ancora le dieci di mattina. E pensare che era venuta in piscina per staccare.

Finì di vestirsi e si truccò con pochi gesti, sforzandosi di concentrarsi su Marco e di non precipitare nell'angoscia. Tredici anni sulla carta, il corpo informe di un uomo che cresce, la voce stridula che sta cambiando, il cuore di un bambino.

Si infilò la giacca e si caricò il borsone sulle spalle. Uscì e salutò con un gran sorriso la signora gentile della reception. Ci teneva che tutto sembrasse sotto controllo, aveva bisogno di crederlo lei per prima. Per il troppo peso, dovette cercare le chiavi della macchina con una mano sola. La porta scorrevole si aprì davanti a lei, ma si richiuse perché non le trovava. Dovette appoggiare tutto su uno dei tavolini del piccolo bar.

Lo vide da lì, attraverso le grandi vetrate che affacciavano sul parcheggio.

No, non si era arreso affatto.

Le macchine parcheggiate erano poche. Lui era accanto alla sua Panda.

Lei rimase immobile con le chiavi in mano, il respiro bloccato.

Avevano fatto l'amore fino a notte fonda.

Stai rovinando la mia vita e la tua, non capisci che non possiamo andare avanti così?

Si era chiusa in bagno a chiave. Lui aveva bussato per mezz'ora.

Vattene, vattene, vattene.

Quando era uscita, lui non c'era più.

Undici anni.

Undici anni anche da quando si era sposato, dieci dalla prima figlia, sei dalla seconda.

«Tutto a posto?» La signora gentile della reception le era arrivata accanto senza che se ne fosse accorta. «Credo stia aspettando qualcuno. Lo conosce?» le chiese.

Cristiana si risvegliò dallo choc.

«Sì, sta aspettando me.»

Prese le borse e si avviò, camminando a grandi passi.

Non cedere.

Lui si girò solo quando gli fu molto vicina.

Lei sentì un'emozione così forte che le parve che le gambe non la reggessero. Non riuscì a parlare e si guardarono negli occhi.

C'erano volte in cui si chiedeva come fosse possibile che esistesse davvero, che averlo pensato, desiderato, sognato e sofferto così tanto non lo avesse in qualche modo consumato.

«Devi ascoltarmi», le disse, la voce da cane bastonato, sentita troppe volte.

Cristiana gli passò accanto, provò ad aprire il portabagagli per infilare il borsone, ma la leva era incastrata.

«Abbiamo parlato abbastanza, Francesco. E abbiamo deciso di chiudere», rispose.

Lui le poggiò una mano sul braccio. Bastò quel contatto per farla vacillare.

«Lo sai che ho solo te.»

Non ascoltarlo. Non guardarlo. È così che i demoni perdono potere.

Cristiana si sedette nell'abitacolo, mentre lui rimaneva lì accanto.

«Cristiana.»

Non dire il mio nome. Non dirlo.

Accese lo stereo.

«Cristiana, ti prego.»

Perché rimaneva così calmo? Andava sempre male, quando lui era calmo. Le poche cose vere erano riusciti a dirsele sempre e solo urlando. Solo quando litigavano riusciva a odiarlo davvero.

Lui infilò la mano dentro per abbassare il volume.

Lei si schiacciò all'indietro.

«Cristiana, guardami.»

Le sfiorò una guancia, ma lei gli spostò subito la mano.

Si girò trattenendo il fiato. Così vicino, sentiva il suo profumo.

Trovò la voce.

«Te l'ho già detto. Non devi cercarmi più», disse soltanto.

«Quante volte abbiamo provato a smettere?» Lui non abbassò mai lo sguardo, sembrava scavarle dentro. «Lo sai che è impossibile», concluse con un tremore lieve nella voce.

Cristiana deglutì, cercando di soffocare l'euforia. Con entrambe le mani lo spostò indietro, senza violenza.

Lui arretrò.

«C'è tua sorella davanti al tuo portone. È caduta. Ha bisogno di te.»

Lui cambiò espressione e lo vide cercare in affanno il telefono.

«Che stai dicendo?» chiese preoccupato.

«Tornatene a casa. E restaci», gli ordinò a denti stretti, mentre uno spasmo di gelosia le contorceva lo stomaco.

Francesco accese il cellulare e aspettò ansioso che prendesse vita.

Lei ne approfittò e chiuse con forza lo sportello. Poi accese il motore e partì senza guardarsi indietro.

Lei è sua sorella, lei è sua sorella, si ripeté a bassa voce.

Quando si fermò per tentare di calmarsi, non sapeva nemmeno dove fosse.

4

Cristiana

CRISTIANA si rese conto di dove era arrivata solo quando si trovò di fronte allo svincolo per l'autostrada. Fu tentata di prenderla e di allontanarsi senza decidere nessuna meta. Invece frenò di botto, accendendo le doppie frecce e accostando in una piazzola laterale.

Rimase qualche minuto in silenzio con il motore spento, sentendo solo il proprio respiro. I rumori delle macchine che sfrecciavano accanto a lei le sembravano attutiti. Dall'odore dei panni umidi e dal profumo delle creme si rese conto di aver appoggiato la sacca sul sedile posteriore. Guardò la borsa accanto a sé con timore. Infilò dentro la mano e tirò fuori il cellulare.

Il pensiero di Marco ebbe il sopravvento.

Compose il numero di Gloria.

«Tesoro, tutto risolto!»

«Lo hai trovato?»

«Sì, mi ha risposto. Oggi c'era una verifica di storia e non si sentiva pronto. Mi aveva chiesto di saltarla e gli avevo detto di no. Ha avuto paura e non è entrato, si è messo a studiare a casa di Stefano, insieme a lui.»

Era un racconto così assurdo, uno di quelli ai quali poteva credere solo Gloria, che Cristiana non riuscì nemmeno a ridere.

Attaccò senza salutarla.

Stefano. Un ragazzino sudaticcio, pronto a reggere il gioco a chiunque pur di farsi accettare. Cristiana lo aveva visto due volte, sufficienti per ricordarne l'odore e capirne il ruolo all'interno della giungla di una scuola media.

Non le rimaneva che Instagram, il modo più semplice per spiare Marco e i suoi amici, sperando che ci fosse qualche indizio. Aprì l'applicazione e si accorse di non aver visto l'ultima foto messa da suo fratello. Non riuscì a non ridere e per qualche istante si sentì leggera.

Era ripreso dal basso, con addosso una maglietta firmata e le cuffie da trecento euro bene in vista nelle orecchie. Dietro casa, vicino a un muro pieno di scritte volgari. Guardava un punto indefinito, l'aria sofferente, il ciuffo alla moda che gli copriva gli occhi. Una posa perfetta da playboy malinconico, se non fosse stato per la faccia da bambino e per il metro e sessanta ancora non superato.

Il testo recitava: Mi hai trafitto il cuore, stronza.

Cristiana sapeva già che esistesse la «stronza», perché lui se ne vantava. Lucrezia, una delle più corteggiate della scuola. Aveva cercato le sue foto, faticando a distinguerla dalle altre, vista l'abitudine generalizzata di farsi fotografare con i capelli sulla faccia e il telefonino davanti al viso, che le rendeva tutte identiche. L'aveva scovata in un profilo doppio, Lucry & Lavy, probabilmente l'amica del cuore. Nelle fotografie apparivano vestite uguali nei minimi dettagli, con frasi enfatiche di commento: «Che ne sanno di noi», «Sei solo mia», «Sorelle per sempre».

Ed eccola lì, la storia di lei postata appena un'ora prima, in pieno orario scolastico.

Altro che verifica di storia, altro che casa di Stefano.

Si vedevano le mani intrecciate e i piedi di lei e di Marco che passeggiavano per via del Corso, sventolando come trofeo la busta di uno dei pochi fortunati marchi da cui si vestivano tutte le adolescenti di Roma. Cuoricini intermittenti corredavano il racconto con la scritta: Insieme.

Furibonda, compose il numero.

Lui rispose sulla difensiva.

«Ho già spiegato tutto a mam...»

«Non ci provare nemmeno, Marco. Tu e quell'altra deficiente state facendo shopping. Ho visto che ha scritto 'Insieme'.» Lo sottolineò con una voce smielata per prenderli in giro. «Ma che romanticoni! Insieme a ripetere la terza media, se non la fate finita!»

«Sei una vecchia! Non dovresti nemmeno sapere cosa è Instagram!»

«E allora dille di farsi un profilo privato invece di mettere foto da sexy star! Ma non ce li ha dei genitori?»

«L'ho soltanto accomp...»

Ovvio. Tra un tredicenne e una tredicenne non c'è partita. Comanda lei. Gli aveva chiesto di farle da cavalier servente per via del Corso e lui aveva acconsentito come un cagnolino da compagnia. E adesso magari si sarebbe beccato una nota o addirittura una sospensione, essendo stato scoperto dalle professoresse.

«Torna a casa e mettiti a studiare per la verifica per davvero. Non ti azzardare mai più a mettere in mezzo Stefano. E stasera con Roberto te la vedi tu!»

Attaccò in faccia pure a lui, certa di essere stata chiara.

Si appoggiò allo schienale, cercando di placare i pensieri. Guardò il telefono, in attesa di quello che non voleva vedere.

Non le aveva mai concesso il diritto di scegliere. Era lui a decidere quando allontanarsi.

Accese il motore, si concentrò sulla manovra complessa, si prese un vaffanculo e un dito medio mentre rientrava sulla corsia opposta. Roba da ritiro patente, se fosse passata la polizia. Per rimediare allacciò la cintura, mise le frecce e si impegnò per guidare da cittadina modello. Riprese la tangenziale, girò due volte intorno al Verano sbagliando uscita.

Intanto teneva d'occhio il telefono e proprio in quell'istante partì lo squillo.

Paolo?

Non ne aveva nessuna voglia, ma non poteva non rispondere.

Accostò veloce, provocando stavolta un clacson furibondo.

«Ma che cazzo vuoi?» gridò dal finestrino sfogando la sua frustrazione, anche se l'altro autista non poteva sentirla. «Qui si può!»

Intanto il telefono aveva smesso di squillare.

Richiamò.

«Paolo, mi cercavi?»

«Ciao Cristiana, tutto bene? Ti disturbo?»

Sempre educatissimo.

«Tutto a posto, dimmi.»

«Arianna è uscita da poco, con sua madre, per andare al parco.»

Non era una gran notizia, in confronto a quello che stava succedendo.

«Pensavo che sarebbe carino se una volta mangiaste insieme, come ai vecchi tempi. C'è un bar molto buono proprio lì nel parco...»

Paolo non le piaceva, ma non gliene aveva mai dato la colpa. Anzi, di colpe non si poteva dargliene nessuna. Era solo che, pur essendo il marito di Arianna e addirittura il padre del bambino, lui con Arianna non c'entrava niente.

I vecchi tempi risalivano a quindici anni prima e lui era comparso sulla scena da poco più di due. Non c'era possibilità di recuperare. Sarebbe rimasto il bel ragazzo, figlio del tappezziere, che abitava due palazzi più in là e che Arianna aveva deciso di sposare in sei mesi, dopo aver passato nove anni con Riccardo.

Ai vecchi tempi, Arianna i pranzi se li organizzava da sola. E ai vecchi tempi Arianna non pranzava in un parco mangiando patatine e succhi di frutta tra vecchiette e passeggini.

Paolo insistette: «So che ultimamente vi sentite meno, immagino che anche voi sarete molto occupate, ma sono sicuro che le farebbe piacere».

Stava continuando con il suo fare garbato, inconsapevole di quanto potesse risultare ridicolo.

Qualcosa nel suo tono, però, fu più forte del fastidio.

«Certo, la chiameremo», rispose Cristiana. «È che a volte siamo noi a pensare che il bambino possa essere impegnativo e che lei non abbia voglia di uscire», aggiunse giustificandosi.

Che poi sì, i bambini sono impegnativi, ma sparire dalla circolazione era un po' troppo.

«È solo molto stanca», rispose lui, precipitoso.

«Certo», ripeté lei, sentendosi su un terreno fragile.

Guidò verso casa sovrappensiero, con un senso di amaro in bocca, senza più sapere per cosa.

Se per Arianna, fagocitata dal figlio, e la cui latitanza stava facendo scricchiolare il loro trio.

Se per Marco, che nonostante gli sforzi di tutti stava scontando i danni di una famiglia atipica, di una madre troppo permissiva e di un padre troppo lontano.

Se per il lavoro nuovo, perché aveva paura di non essere all'altezza.

Ma chi voleva prendere in giro?

Lei stava male per Francesco.

Si era preparata così bene il discorso della sera prima, lo stesso discorso che gli riproponeva periodicamente da anni, per il quale era ormai allenata, e che pure ogni volta le pareva nuovo, geniale e risolutivo.

Sei un uomo sposato, hai due figlie.

Non ti chiederò mai di sfasciare la tua famiglia, ma non voglio continuare in questo modo.

Anche il finale era stato un classico: «Non dobbiamo vederci più».

E lui le aveva giurato che sarebbe cambiato, che avrebbe trovato il coraggio di riprendersi la propria vita, che aveva solo bisogno di tempo, che non poteva sopportare il pensiero di farle del male.

Le aveva ripetuto che l'amava. Anzi, di più. Lei non era soltanto l'unico vero amore della sua vita, ma anche la sua migliore amica. L'unica con cui si sentisse libero, l'unica che lo capisse.

E mentre lui parlava e prometteva di diventare l'uomo che non era mai stato, lei aveva sentito andare in pezzi tutta la propria sicurezza.

Aveva solo desiderato di prenderlo tra le braccia e di consolarlo. Si era chiusa in bagno per resistere.

Dovette allontanare quel pensiero perché le faceva troppo male.

Ricontrollò il telefono.

Due messaggi di Valentina e uno di lui.

Cliccò prima su quelli di lei.

Trovato Marco? Sto meglio, non ti preoccupare per me e in bocca al lupo per oggi.

Poi l'altro.

Mi sta cercando Paolo, ma non sono riuscita a rispondergli. Ha chiamato anche te? Dobbiamo andare a trovare Arianna PER FORZA.

Cristiana aprì il successivo con il cuore in gola.

Ho bisogno di vederti. Stasera torno da te.

Dovette reprimere la gioia e impegnarsi nella guida.

Si disse che stava per cominciare una giornata che avrebbe potuto segnare l'inizio della sua nuova vita, per la quale aveva lavorato a testa bassa per anni.

Si sarebbe fatta strada, avrebbe potuto dimostrare il suo valore, coronare i suoi sogni.

Questa era la cosa più importante, non Francesco.

Al semaforo successivo digitò veloce la risposta per Valentina.

Trovato Marco, tutto ok. Sentito anche io Paolo. Dice di far uscire Arianna.

Quindi tornò a concentrarsi sulla strada, cercando di dimenticare che l'unica cosa che voleva, adesso, era arrivare a sera per aprirgli la porta.

Di nuovo.

5

Valentina

VALENTINA uscì dalla farmacia, sforzandosi di camminare normalmente per non essere inseguita dalla dottoressa troppo sollecita. Una volta ripulite le escoriazioni, il dolore più forte era solo alla caviglia. Sentì squillare il telefono. Si affrettò a cercarlo nella borsa, sperando e temendo al tempo stesso che fosse Gianluca.

Francesco. Un sollievo.

«Stai bene?» esordì lui agitato.

Sapeva che era caduta?

Gli aveva lasciato un messaggio in segreteria, ma solo per dirgli che lo stava cercando.

«Sto bene, ma ho appena preso una storta in discesa con i tacchi.»

«Ho staccato da poco e sono arrivato adesso sotto casa, dove sei?»

Valentina si guardò intorno speranzosa.

«Davanti alla farmacia sulla piazza. Avrei una riunione al lavoro, ma non riesco a camminare...»

Il pensiero di Gianluca le provocò un dolore ben più forte di quello alle gambe.

«Aspettami lì.»

Suo fratello le apparve davanti in pochi secondi. Era in moto e aveva l'aria stanca di chi non ha chiuso occhio. Si chinò e le toccò delicatamente la caviglia, facendola muovere appena.

«Ahi!» gridò lei.

«Non la devi sforzare», le disse. «Non puoi andartene a casa?» Si accorse delle escoriazioni sulle mani e le carezzò con affetto.

«Chiama lo studio e spiega che non puoi.»

«È impossibile, è una riunione importante», rispose decisa.

Notò che lui era in giacca, di solito quando faceva il turno di notte si vestiva in maniera più comoda.

«Dov'eri?» chiese sentendo crescere un'ansia sottile.

Lui si fece sfuggente.

«Ho dormito in centro.»

In centro voleva dire in una delle tre case di proprietà che un giorno lei e Francesco avrebbero ereditato e che in teoria già adesso avrebbero potuto gestire come case vacanza senza averne mai il tempo. Quella in centro era vicino a via di Ripetta. Poi c'era un appartamento in Prati, l'unico che per qualche tempo un'agenzia avesse amministrato come B&B, e infine una villetta indipendente con giardino a Monteverde. Zone strategiche, che sarebbero andate a ruba. La realtà è che non avevano bisogno di soldi.

«Perché?» gli chiese.

Francesco le rispose con troppa enfasi.

«Cos'è questo terzo grado, Vale? Non lo sai che quando sono di turno è più comodo? Non ti ricordi che il portiere ci aveva chiesto di passare per controllare l'impianto di riscaldamento nuovo?»

Quel tono aggressivo aumentò la sua angoscia.

Lui lo capì e passò all'attacco.

«Valentina», riprese, duro, «un errore di secoli fa non può diventare una condanna eterna. Sono solo stanco. E ogni tanto ho bisogno di pace.»

Lo vide riprendere il casco dalla moto, pronto ad andarsene.

Non erano passati secoli, era accaduto pochi mesi dopo la nascita di Cecilia, proprio quando suo padre aveva acquistato l'appartamento in Prati.

Al proprietario precedente avevano dato come riferimento il numero di lei, proprio per evitare di sovraccaricare Francesco. Oltre alla neonata in casa e ai turni massacranti al pronto soccorso, in quel periodo suo fratello si stava anche facendo carico di seguire la ristrutturazione della casa di famiglia ad Ansedonia. Il proprietario aveva chiamato lei per chiedere di recuperare alcune carte e lei ci era andata una mattina presto, senza avvertire nessuno.

Aveva trovato la porta chiusa dall'interno e si era stupita. Aveva suonato e non ricevendo risposta aveva telefonato proprio a Francesco. Con il risultato di trovarselo di fronte, dopo aver aperto la porta, con addosso soltanto i pantaloni, esattamente mentre il telefono cominciava a squillare alle sue spalle sulla mensola di ingresso.

Era stato tutto così veloce e stravagante da sembrare uno scherzo.

Aveva capito con qualche secondo di ritardo, dalla reazione scioccata di lui e dalla visione fugace di qualcuno alle sue spalle. Non l'aveva vista bene, solo una massa di capelli rossi.

Non c'era stato bisogno di molte parole.

Lei aveva balbettato qualcosa sulle carte da prendere, lui qualcos'altro sul fatto che le avrebbe cercate.

In totale confusione, Valentina lo aveva salutato uscendo rapidamente.

Si era dovuta fermare per prendere fiato.

Subito aveva sentito grida e porte sbattute. In quello che le era sembrato più un film che un episodio reale, era stata riconcorsa da una donna che le era piombata davanti, con uno sguardo da invasata. Valentina aveva fatto in tempo a rendersi conto che era bella, gli occhi scuri e l'incarnato color pesca creavano un contrasto con le fiamme dei capelli.

«Sei davvero sua sorella?»

Valentina aveva annuito, vedendo con la coda dell'occhio Francesco che si precipitava verso di loro.

«Io per lui ho lasciato mio marito e mia figlia», aveva continuato la donna con la voce alterata.

Lui l'aveva tirata bruscamente per un braccio, ma lei si era liberata.

«È vero che adesso vive qui perché si sta separando dalla moglie?» le aveva chiesto ancora, sempre più agitata.

Valentina aveva sentito lo stomaco andare in pezzi e aveva dovuto fare appello a tutte le proprie forze per rimanere calma.

Suo fratello, il suo eroe. Chi si prende oggi l'impegno di costruire una famiglia a soli venticinque anni? Un padre presente, affettuoso, felice.

«Non è con me che devi chiarirti», aveva mormorato.

Francesco intanto era riuscito a trascinarla via e avevano cominciato a discutere animatamente tra loro, mentre qualcuno si affacciava alle finestre.

Valentina aveva cercato le chiavi della macchina ed era partita, attenta a non voltarsi.

Checco, adesso, davanti a lei, cercava di far partire la moto.

Diede un colpo con il piede ma non accadde nulla.

Imprecò, scese, mise il cavalletto e cominciò a spingere a ripetizione sul pedale.

Il motore partì con un rumore basso e lui se ne andò senza salutarla.

All'epoca l'aveva cercata per chiarire. «Dimentica questa storia», le aveva detto. È una mitomane, una ex compagna di università, in crisi con il marito, che cerca una via di fuga. Tra noi non c'è stato niente, le sono stato soltanto vicino e lei ci ha ricamato sopra.

Valentina non gli aveva creduto, ma non aveva ribattuto. Non aveva avuto nemmeno bisogno di chiederle di tacere. Era ovvio che lo avrebbe coperto, che non ne avrebbe fatto parola con nessuno. Così era stato, aveva tenuto fuori persino Gianluca. Non che fosse servito. Era successo troppo altro, negli anni, perché Gianluca, o i suoi, capissero.

Provò a ricomporsi e affrettò il passo, nonostante il dolore.

Arrivò al portone dello studio camminando sulla punta del piede che non poteva appoggiare. Il portiere in divisa le si fece subito incontro.

«Tutto bene, dottoressa?»

Era pakistano e parlava male l'italiano, aveva sostituito da poco il vecchio Duilio, andato in pensione.

Chissà chi gli aveva suggerito che tutte le donne da rispettare dovevano essere chiamate dottoressa. Con i maschi dello studio usava «avvocato», con sua suocera «professoressa».

«Ho preso una storta», provò a spiegare, rendendosi conto che per lui doveva essere un termine incomprensibile.

Infatti la guardò senza cambiare espressione con il suo sorriso timido. Se Duilio, dall'alto dei suoi cinquant'anni di servizio, poteva permettersi battute e scherzi con tutti, il nuovo portiere sembrava avere un timore costante di essere colto in errore su qualcosa.

«Avvocato entrato adesso», fu la sua risposta.

Gianluca.

Si avviò verso l'ascensore cercando di comportarsi come ogni mattina.

Entrando fu accolta dall'odore del mogano e dalla luce calda che avvolgeva l'elegante segreteria. Cercò di ricordare chi fosse di turno, temendo che la bloccassero per qualche questione secondaria. In quello studio vigeva un clima di terrore. Sua suocera era temutissima, Gianluca troppo impegnato, i due soci anziani si facevano i fatti loro, i praticanti giovani cercavano soltanto di sopravvivere a Gigliola. Valentina rimaneva l'unica cui aggrapparsi, anche solo per chiedere un permesso. La sua buona disposizione d'animo, unita al suo ascendente su Gianluca, la rendeva un bersaglio. Non sapeva come districarsi, alla ricerca continua del giusto equilibrio tra il non mostrarsi troppo distante e il non farsi trascinare. Arrivava a scegliere la scala di servizio, lasciando stupite le signore delle pulizie, per non essere presa di mira.

Per fortuna trovò solo Laura, la segretaria più anziana, che rispondeva contemporaneamente ai due telefoni. L'altra di turno, chiunque fosse, doveva essere in giro a preparare il materiale.

Valentina si affrettò verso la sua stanza in fondo al corridoio. In quel momento incrociò Gianluca che usciva dalla sala riunioni.

Gli andò praticamente a sbattere contro.

«Ah, eccoti», disse lui, caloroso, «mi stavo preoccupando.»

Valentina rabbrividì di fronte a quella naturalezza.

«Ho fatto tardi, sono caduta», si scusò istintivamente.

«Caduta?» chiese lui sorpreso. «Dove?»

Non poteva dire dove. Era dove stava lui.

«Qui sotto, arrivando», mentì.

Gli mostrò il ginocchio escoriato e il buco sulla calza.

«Mi dispiace», le disse lui, sbrigativo, già pronto a rientrare in sala. «Le carte con i calcoli del notaio e le piantine le guarderemo alla fine, quindi hai tutto il tempo per...»

«Gianluca, dobbiamo parlare», lo interruppe.

Lui trasalì appena, e a lei bastò per capire.

Fu una sensazione precisa, netta, di qualcosa che si spezza.

«Di che?» chiese lui con una finta curiosità.

Lei lo fissò negli occhi e anche lui capì.

Lo vide impallidire.

«Di che?» le ripeté più flebile.

«Sei tu che mi devi parlare», gli rispose.

Lui rimase immobile.

La porta della sala riunioni si aprì.

«Gianluca?»

La voce di Gigliola sembrò risvegliarli entrambi da un incantesimo. Dovette accorgersene anche lei perché li scrutò sospettosa.

«Pensavamo di prendere un caffè prima di iniziare, vieni?» chiese rivolta al figlio.

Si accorse di non avere salutato Valentina e dovette notare qualcosa di strano.

«Tutto bene, cara?»

Dalla stanza uscì uno dei clienti nuovi e lei fece le presentazioni.

«Professore, posso presentarle l'avvocatessa Molinari?»

L'uomo tese la mano a Valentina che la strinse senza capirne il nome, che pure avrebbe dovuto ricordare.

«Ci siamo incontrati l'anno scorso alla presentazione del suo libro», rispose lui, «come potrei dimenticare la sua giovanissima e affascinante nuora?»

La donna fece un sorriso di circostanza, soddisfatta che qualcuno ricordasse al mondo che era anche un'apprezzata autrice di testi giuridici, e si allontanò seguita da varie persone che uscivano dalla sala chiacchierando.

Valentina trascinò Gianluca nella stanza di fronte e chiuse la porta.

«Dimmi quello che mi devi dire», gli intimò afferrandogli un braccio.

«Adesso è impossibile», le rispose Gianluca a voce bassissima. Aveva il viso stravolto.

Valentina sentì crollare l'ultimo briciolo di speranza.

«Non adesso», le ripeté lui e prima che potesse replicare aggiunse: «Dobbiamo finire la riunione».

Valentina sentì montare dentro di sé una rabbia travolgente e capì di non poterla controllare.

«Vi ho visto!» gridò e lui le mise d'istinto una mano sulla bocca.

Lo morse e sentì il sapore del sangue.

Lui ritrasse la mano e la guardò spaventato.

Erano loro, stava davvero succedendo questo? Alle undici di mattina, in una normale giornata di lavoro, nello studio dove lui era cresciuto e dove sarebbero dovuti invecchiare insieme?

Bussarono alla porta.

Gianluca aprì frastornato.

Era la segretaria giovane, Giorgia, con le fotocopie, già disposte nelle cartelline azzurre con il logo dello studio.

Valentina era appoggiata alla parete e stava ansimando.

La ragazza sembrò sorpresa, di sicuro immaginava di trovare la stanza vuota.

«Disturbo?» chiese educatamente.

«Sì», rispose d'istinto Valentina, ma Gianluca fu più veloce.

Afferrò le cartelline dalle mani di Giorgia, si diresse verso il corridoio e raggiunse sua madre.

Valentina si ritrovò con la segretaria davanti, smarrita quanto lei.

Si sentirono passi e altre voci in avvicinamento.

Valentina ragionò veloce. Dove aveva lasciato la giacca? Non aveva nessuna importanza.

«Puoi dire a tutti che non mi sento bene e che sono dovuta andare via?»

Non aspettò risposta, uscì dalla porta e si affrettò verso l'ingresso. Scese i gradini a testa bassa e sbucò nell'androne guardandosi le spalle, con il timore di essere seguita.

Il portiere stava trascinando a fatica un pacco verso l'ascensore e non la notò.

Senza dire una parola e continuando a tenere gli occhi a terra, uscì in strada e cominciò a correre verso casa. Sentiva il cuore che martellava.

Non può essere, non può essere.

Squillò il telefono. Lo prese, certa che fosse Gianluca.

Arianna? Proprio adesso?

La cercava da giorni, senza trovarla mai, sapeva di dover rispondere, ma non era sicura di riuscire a emettere suoni.

Girò l'angolo e lasciò che gli squilli finissero.

Quando la portiera le si fece incontro premurosa, ormai trascinava la gamba a fatica e il ginocchio aveva ripreso a sanguinare.

«Che le è successo, signora?»

Valentina abbozzò un sorriso ormai impossibile.

«Niente di grave, devo solo sdraiarmi. Una caduta stupida, ma ci ho camminato sopra.»

Incurante di essere scortese, aprì la porta dell'ascensore mentre quella continuava a parlare e rientrò in casa, con la sensazione di essere in un luogo sconosciuto.

Quanto era passato, un'ora, un'ora e mezza?

Si sedette, levandosi le scarpe con un calcio e stendendo la gamba.

Rimase a guardare il buco della calza nel quale il sangue si stava coagulando. Sarebbe stato difficile toglierla. La caviglia era un pallone ma non ebbe la forza di alzarsi e prendere il ghiaccio.

Poi alzò lo sguardo, rivide la cornice con la fotografia del matrimonio e scoppiò a piangere.

6

Valentina

A VALENTINA sembrava di essere una mosca impazzita. Continuava ad alzarsi, sedersi, andare in cucina e tornare in salone, saltellando su un piede solo. Il telefono sempre in mano. Era quasi l'una, e aveva passato così le ultime due ore.

Come era possibile che Gianluca non si fosse precipitato a casa?

Si era trattenuta più volte dal chiamare lo studio per chiedere se la riunione fosse finita.

Sentendo girare le chiavi nella porta, fu presa dal panico. Chissà perché si aspettava il citofono, che le avrebbe concesso qualche secondo per calmarsi. Ma lui, come ovvio, stava usando il proprio mazzo di chiavi.

Rimase ferma in mezzo al salone mentre Gianluca apriva e si guardava intorno.

La vide e non disse nulla. Chiuse la porta e mise il paletto, si sfilò la giacca con calma e la appese.

Valentina restò in piedi con il respiro corto.

Lui finalmente entrò nel salone e andò a sedersi nel divano opposto a quello al quale lei era aggrappata. Poggiò i gomiti sulle ginocchia, si prese la testa tra le mani e rimase in silenzio per un tempo che le parve interminabile.

Valentina fece qualche passo e andò a sedersi sul divano di fronte a lui, rimanendo zitta. Non si sentiva più arrabbiata, soltanto vuota. Avvertì l'esigenza fisica di toccarlo, di riconoscerlo.

«Che è successo?» gli sussurrò.

Lui sollevò la testa, aveva gli occhi umidi.

Valentina provò un moto di tenerezza e si alzò per andargli accanto. Gli passò un braccio intorno alle spalle e lui cominciò a piangere con singhiozzi rumorosi.

Lo strinse, lo tirò a sé e aspettò che si calmasse.

Gianluca si asciugò il viso con le mani, passandosele con forza sugli occhi e sulle guance.

«Dimmi che è successo», gli ripeté lei.

Lui riuscì a guardarla negli occhi.

«Non volevo farti male», balbettò. «Ti giuro che non so come sia potuto accadere.» Poi aggiunse: «Perdonami».

Lei dovette appoggiare la schiena al divano, lasciò cadere le braccia. Le parve di diventare fredda, prima le gambe, poi il busto, poi sempre più su.

Quindi Gianluca parlò, come un fiume in piena, con una voce disperata.

L'amava, l'aveva sempre amata, era la donna della sua vita, su questo non aveva dubbi. Non poteva che essere lei la madre dei figli che desiderava avere, la compagna con cui sarebbe voluto invecchiare. Mai aveva aspirato a nulla di più, né a nulla di diverso. Tutti lo invidiavano, tutti li invidiavano.

Ma.

Era successo lo stesso.

Come, non poteva dirlo, non sapeva spiegarselo.

Forse perché quando stai con la stessa donna fin da quando sei un ragazzino da qualche parte sopravvive una curiosità pericolosa.

Forse perché se vai a letto sempre con la stessa donna, non puoi non chiederti come sarebbe con un'altra. Prima di lei aveva avuto un paio di esperienze, ma era un'altra vita, ora era un uomo.

Forse perché quando susciti l'interesse di qualcuna ne sei comunque lusingato.

Forse perché sei un debole e un vigliacco e ti sei lasciato trascinare.

Forse perché per una volta vuoi sentirti un playboy anche se dopo ti fai schifo da solo.

Valentina ascoltava ogni parola sentendo scendere su di sé una calma inattesa. Come se finalmente adesso fosse tutto più chiaro. Come se qualcosa a cui non sapeva dare forma le si fosse materializzato davanti.

No, non aveva avuto sospetti. Mai.

Eppure non c'era nulla di stupefacente in quello che lui le raccontava, nonostante il pathos, nonostante le lacrime.

Era tutto così prevedibile. Vista da dentro, una catastrofe; vista da fuori, il nulla. O meglio, una storia vecchia come il mondo, così banale da non meritare tutto quello strazio.

Quanti mariti tradiscono le mogli? E quante mogli tradiscono i mariti? Per quale motivo proprio loro sarebbero dovuti rimanere al riparo dalla realtà?

Cos'era successo di così eccezionale, in fondo? Che un bravo ragazzo, perché lo era e lo rimaneva, di appena trentun anni, mezza vita passata con lei, la laurea, l'esame da avvocato e poi subito dall'alba a notte fonda nello studio di famiglia, fosse cascato nel giochetto di una bella ragazza seducente?

Cercò di concentrarsi sui passaggi che lui raccontava.

Lei che gli girava troppo intorno, che lo adulava con piccole attenzioni, dal caffè portato fino alla scrivania alla disponibilità a rimanere fuori orario anche senza preavviso.

Il seno sempre in mostra, i vestiti troppo corti.

Sua suocera, una volta, contravvenendo al suo stile politicamente corretto specialmente verso le altre donne, si era lasciata sfuggire: «Fino a quando rimane con noi la...» aveva cercato un termine adeguato, non ricordando il nome, «'volgarotta'?»

Le altre segretarie, qualsiasi età avessero, sembravano aderire a un codice non scritto, che le voleva bruttine, sobrie, asessuate. Laura, la responsabile della segreteria, aveva risposto che la sostituzione sarebbe scaduta prima dell'estate. «Peccato», aveva aggiunto, «perché è molto capace.»

Lei e Gianluca erano al tavolo, troppo indaffarati per star dietro a quello scambio di frasi senza interesse.

Ed ecco che lui, a distanza di mesi da quel giorno qualsiasi, vuotava il sacco.

Certo che aveva capito le sue intenzioni, erano state esplicite fin dall'inizio. Lo aveva puntato. Gli era già successo, il perché era scontato. Lì dentro era il numero due e il futuro numero uno, sua madre era una donna incontentabile, a lui stavano attaccati persino i praticanti maschi, nella speranza di guadagnarsi uno spicchio di luce. Faceva parte del suo ruolo ed era sicuro di saperlo riconoscere e gestire.

E invece ci era cascato, nel modo più stupido, in una delle tante serate in cui si era dovuto trattenere fino a tardi, convinto di essere rimasto solo. L'aveva trovata che usciva anche lei alla stessa ora – per caso? No, ora era certo di no, ma allora aveva creduto di sì, e l'aveva ascoltata, gentile, mentre lei gli illustrava il tragitto che l'attendeva per rientrare a casa, prendere la metro da Annibaliano per arrivare fino a Boccea. Lui si era sentito in obbligo di accompagnarla almeno alla stazione centrale, questo aveva proposto, ma a Termini non erano mai arrivati.

A quanto si capiva non erano nemmeno saliti in macchina, ma il racconto in quel punto diventava meno comprensibile.

Valentina decise di non interromperlo con domande. Era rosso in viso, affannato. Erano rimasti, o risaliti, nello studio, del resto lui aveva le chiavi, e i codici per gli allarmi. Chiudeva Duilio, di solito, ma bastava che Gianluca gli dicesse: «Ci penso io» e il vecchio portiere se ne andava a dormire tranquillo, senza immaginare che tra parquet lucido, divani in velluto e tende preziose si stesse consumando un tradimento.

Valentina non gli chiese dove fosse accaduto.

Per qualche ragione le venne in mente la scena iniziale del *Padrino*, quella in cui il fratello maggiore, durante il matrimonio della sorella, in piedi, appoggiato a una porta chiusa, ha un rapporto rapido, animalesco, con un'invitata procace, mentre la moglie tradita, al piano di sotto, si vanta con le amiche proprio delle sue arti amatorie, più precisamente delle sue dimensioni.

Quell'associazione non aveva senso, nello studio erano soli, c'erano stanze in abbondanza e molte possibilità di stare comodi.

E, lei, la moglie tradita, dov'era intanto?

Chissà.

A casa a vedere una serie tv di quelle che lui non seguiva, a chiacchierare al telefono con le amiche rilassata sul divano, o forse già addormentata. Tranquilla, protetta dalla sua quotidianità.

Gianluca finì di parlare e si rimise seduto composto, come uno studente che ha appena sostenuto un esame.

A Valentina servì qualche secondo per realizzare che aveva smesso di raccontare.

Guardò l'ora sul telefono, le due meno dieci, e pensò, in ordine sparso, che la domestica era in arrivo e si sarebbe stupita di trovarli in casa a quell'ora, che alla riunione da cui lui proveniva avrebbe dovuto portare lei i calcoli fondamentali sulle quote di proprietà – come avevano fatto senza? –, che quella sera stessa la aspettava un'uscita – aperitivo o pizza, da decidere – con le vecchie compagne di università, alla quale non avrebbe avuto la forza di andare.

Fece un sobbalzo sentendo il telefono squillare. Corse a cercarlo, doveva essere finito in mezzo ai cuscini. Cominciò a spostarli con una furia improvvisa, senza curarsi che cadessero a terra.

Lo trovò che aveva smesso di squillare. Mentre Gianluca la fissava, Valentina sbagliò due volte il codice di sblocco, e la terza volta lo eseguì con attenzione maniacale, per non finire in stallo.

Paolo.

Lo richiamò.

«Ciao Valentina, scusa se ti disturbo all'ora di pranzo, se non puoi ci sentiamo dopo.»

«Figurati, nessun problema, sono in pausa.»

Si stupì per la propria voce, per la spigliatezza con cui sapeva mentire anche sull'orlo del precipizio.

Incrociò lo sguardo sbalordito di Gianluca.

Si diresse verso la cucina e chiuse la porta dietro di sé.

«Come sta Arianna?» chiese premurosa. «Mi ha chiamato stamattina, ma ero in riunione senza suoneria.»

Lo sentì trattenere il respiro e, anche se le sembrava di avere la testa completamente vuota, riuscì lo stesso a percepire un moto di paura.

«Che devo dire?» iniziò Paolo e lei si augurò che non stesse per cominciare un discorso troppo lungo, che non era certa di poter seguire. «Non la vedo bene», continuò lui. «È sempre affaticata, non prova piacere né interesse per nulla.»

La sua vita era finita? Gianluca era ancora nel salone?

«Ho sentito anche Cristiana», stava aggiungendo Paolo, con il tono confidenziale che Cristiana per prima mal sopportava. «Le ho chiesto di farla uscire, di aiutarla a distrarsi, ma la verità è che vorrei che...»

Valentina sentì che la voce gli si stava smorzando e che faticava a continuare. L'ansia aumentò e si sedette su una delle sedie di paglia.

«A Cristiana non ho avuto il coraggio di dirlo, però...»

La testa le girava per davvero, non per modo di dire.

Se ne rese conto vedendo il lampadario del soffitto sdoppiarsi.

La porta della cucina si aprì e Gianluca le si piantò di fronte, con un'espressione devastata.

«Attacca, Tina», la pregò parlando a voce molto bassa.

Paolo stava proseguendo.

«Ho bisogno di voi per convincerla a fare una scelta importante. Mi avrebbe fatto piacere incontrarci di persona...»

Che tipo cerimonioso, aveva detto una volta Cristiana, di Paolo. Un termine perfetto.

«Certo, va benissimo», rispose lei.

«Mi dispiace dovervelo chiedere, so che non sarebbe il mio ruolo, ma mi trovo in una situazione difficile.»

«Davvero, non c'è problema.»

Gianluca continuava a seguirla con gli occhi.

«Ora devo andare, ma ci sentiamo appena possibile per organizzare.»

Gianluca si era seduto di fronte a lei, al piccolo tavolo della cucina.

Appena attaccò, cercò di prenderle una mano, che lei ritrasse.

«Valentina», le disse serio, sembrava aver ritrovato l'autocontrollo. «Io ti chiedo una cosa sola.»

Lei tacque.

«Diamoci il tempo per affrontare quello che è successo, parliamone quanto vuoi, ma non prendiamo nessuna decisione affrettata.»

Rimase in silenzio.

«Tu non hai colpe. Ho sbagliato tutto io. Quello che ti chiedo è di darmi il modo di rimediare.»

Lei sentì un moto irrazionale di speranza.

Davvero c'è la possibilità che tutto torni magicamente come prima?

«Che voleva stamattina?» gli chiese.

Lui deglutì e si incassò nelle spalle.

«Ti ricatta? Ti ha chiesto soldi? È solo per questo che me ne stai parlando? Me lo avresti mai detto, se non vi avessi visto in mezzo alla strada?»

Le domande le venivano tutte insieme, con voce atona, come se le stesse leggendo da un copione.

Lui scosse la testa. «Mi sta chiedendo un lavoro. Hanno licenziato suo marito e ha bisogno di...»

Valentina lo bloccò: «Ha un marito? Sa di voi?»

Gianluca era confuso.

«Non lo so, non credo, ma non è questo il punto...»

«Che lavoro fa?»

Perché gli stava chiedendo queste cose?

«Tina, che c'entra? Non ne ho idea. È impiegato da qualche parte... Aspetta, me l'ha detto, un'azienda di computer, mi pare.»

Quel «Me l'ha detto» le si piantò nello stomaco, peggiore di tutto il resto.

Hanno parlato.

Non è stato solo sesso.

«Che altro vi siete detti?»

«Niente...»

«Da quanto non vi sentivate? Stamattina avevate un appuntamento?»

Lui prese fiato.

«Si è fatta viva qualche giorno fa. Ha chiesto di incontrarmi. Io ho cercato scuse di ogni genere. Lei ha insistito e stamattina ho accettato. Mi ha detto che Laura le aveva assicurato che l'avrebbero richiamata già a settembre e invece non si è fatta viva. Sa che stiamo cercando qualcuno perché Linda, la biondina, hai presente?»

Valentina sapeva bene chi fosse.

«Linda per Natale si trasferisce e quindi servirà trovare un'altra.»

«Lei come lo sa?»

«Ti giuro che non lo so, probabilmente è diventata amica proprio di Linda, o di Giorgia, lavorando insieme, tra ragazze giovani, può capitare...»

«Linda e Giorgia sanno tutto di *voi*?»

Mentre lo chiedeva, a Valentina sembrò impossibile che stesse davvero succedendo.

Gianluca la guardò pallido.

«Non credo», balbettò.

Lei si alzò per andare a bere un bicchiere d'acqua, e barcollò.

Lui non se ne accorse e continuò a parlare.

«Valentina, quella serata per me era già morta e sepolta. Le avevo detto subito che era stato un errore, che sono innamorato di te, che non ho nessuna intenzione di rovinare tutto, e questo lei lo ha capito benissimo, ha ammesso di aver forzato le cose, di aver sbagliato e...»

Quando? Quando erano avvenuti tutti questi chiarimenti?

«Vuole solo un lavoro perché ha bisogno di soldi. Teme di non piacere a mia madre.»

Che intuito.

Aveva ragione Laura, la capo segreteria. Era una tipa sveglia, ben oltre quello che avevano potuto apprezzare in studio.

«Vorrebbe che io intervenissi...»

Fece una pausa.

«Tutto qua», concluse.

«Tutto *qua*?» gli fece il verso Valentina, ironica.

Aveva riempito il bicchiere di acqua, ma l'idea di berlo le dava disgusto.

Gianluca le si avvicinò e le carezzò una spalla, con il timore di essere respinto.

«Mi dispiace, Valentina. Sistemerò tutto. Te lo prometto.» Le sfiorò una guancia. «Non distruggiamo tutto per una stupidaggine. Non ci facciamo confondere dal chiasso, dai consigli, dall'esterno.»

Lei indietreggiò.

«Lasciami sola», gli disse.

Lui chinò la testa e uscì dalla cucina accostando la porta dietro di sé.

Lei riprese il bicchiere che aveva appoggiato sul lavandino e bevve in una sola sorsata.

Si sentì male quasi subito, con un conato improvviso. Non fece in tempo a ragionare – lo stomaco vuoto? L'acqua troppo fredda? –, si chinò sul lavandino per vomitare.

Fece scorrere l'acqua per ripulire e sciacquarsi il viso. Pregò tra sé che lui non se ne accorgesse. Uscì dalla cucina mentre Isabel suonava il campanello, avendo trovato la serratura chiusa. Approfittò di Gianluca che le apriva per rifugiarsi nel bagno di servizio. Girò la chiave, attenta a non farsi sentire, e si sedette sul water chiuso.

Ultimo ciclo, sei settembre. Se lo ricordava benissimo, era un sabato, erano andati al mare, lei e Gianluca avevano provato a fermarsi nella farmacia prima dell'inizio del paese per comprare gli assorbenti, ma era chiusa e alla fine li aveva trovati in un piccolo supermercato.

Non ci stavano veramente provando, o meglio non lo avevano deciso, anche se ormai era chiaro che era arrivato il momento. Aveva amiche che contavano i giorni, facevano ecografie per individuare l'ovulazione e convocavano i mariti a orario. Né lei né Gianluca avevano fretta di programmare qualcosa che era ormai dietro l'angolo. Non usavano più i metodi contraccettivi, lui si limitava a stare attento. Avevano rimandato il discorso, ma ormai la sorpresa ci stava tutta, e le domande di chi li circondava si facevano ogni giorno sempre più esplicite.

Sei settembre, quindici ottobre. Trentanove giorni, ciclo irregolare, oscillante tra i ventisei e i trentacinque, ma non oltre. Saltato del tutto una volta sola, dopo un viaggio in Australia, il fuso orario, il cambio di clima. Stavolta l'estate era passata tra Ponza e Santa Severa. Niente fuso, niente clima, molte occasioni. Sì, certo, ormai non erano più ai ritmi dell'inizio. Erano una tranquilla coppia sposata, con lei che non ne aveva sempre voglia, e lui la sera spesso troppo stanco, ma avevano trent'anni ed erano comunque attivi, eccome.

E mentre realizzava che nella sua situazione quei giorni di ritardo potevano significare una cosa sola, mentre se ne stava sul wc con le palpebre serrate, tenendo una mano aggrappata al lavandino per non cadere a terra, mentre sentiva la testa girare così forte da avere paura di aprire gli occhi, il figlio di Vito Corleone sparì dalla sua mente e con lui scomparve anche l'amante vestita a festa di bianco e sbattuta in piedi contro la porta.

Al suo posto vide apparire, chiarissimo, Gianluca sul grande divano blu con i cuscini in oro della reception, i pantaloni abbassati in fretta e le mani infilate in quella cascata estranea di capelli ricci.

7
Cristiana

CRISTIANA era stata una bambina felice. Aveva creduto che avere due genitori adolescenti ed essere coccolata dai loro compagni di classe fosse un privilegio. Gongolava quando le persone si complimentavano con la sua mamma speciale e quando Corrado la piazzava in piedi davanti a lui sul motorino e la portava in giro per Roma senza casco.

Non aveva idea che i genitori degli altri bambini vivessero nella stessa casa. Nella sua le bastavano Gloria, Roberto e Alfredo. Nell'altra c'erano Corrado, nonna Anna e nonno Gino.

Chiamava Roberto «zio», Alfredo «Alfredo», Corrado a volte «papà», a volte «Corrado».

Adorava Gloria e i loro segreti, come non dire a nessuno che la notte lei usciva di nascosto; temeva Roberto, l'unico che di tanto in tanto la sgridasse, arrivando a darle schiaffetti sulle mani; era affascinata dai quadri di Alfredo, che le lasciava anche usare colori e pennelli.

A casa di nonna Anna e nonno Gino andava meno volentieri, perché un po' si annoiava. Corrado le prometteva sempre che ci sarebbe stato anche lui e invece spariva. Non capiva perché nonna Anna la facesse spogliare tutta e poi rivestire solo per aggiungere una canottiera, oppure la costringesse a infilare sopra i suoi vestiti le maglie con il collo alto che le facevano il solletico. Le ripeteva che non aveva freddo, ma nonna Anna scuoteva la testa. Nonno Gino invece voleva insegnarle a giocare a scacchi, ma a lei non piaceva e faceva sempre gli stessi sbagli. Lo raccontava a Gloria, che le ripeteva di fare la brava perché le volevano tutti tanto bene. Lei di Gloria si fidava e ci teneva a farla contenta.

In prima elementare, era seduta con i banchi disposti a cerchio e dondolando i piedi aveva sporcato per due volte le calze bianche di una bambina con gli occhiali che si chiamava Sandra. La mamma aveva protestato, la maestra l'aveva rimproverata e aveva scritto una nota per Gloria. Gloria aveva firmato sorridente e Cristiana si era sforzata di stare più attenta. Un giorno era successo di nuovo e la bambina con gli occhiali aveva fatto una grande scena. La maestra le aveva calmate, ma Sandra si era voluta spostare di banco. Cristiana ci era rimasta male e durante la ricreazione aveva provato a recuperare la sua amica. Quella però le aveva risposto, un po' dispiaciuta: «Non possiamo stare insieme, mia madre dice che sei come una selvaggia perché tua mamma c'ha tanti fidanzati e poi vivi con i froci».

Cristiana non aveva idea di cosa significasse «froci» né di chi potessero essere. Ancora adesso, però, ricordava il colpo in fondo alla pancia che aveva sentito.

La sera lo aveva raccontato a Gloria, sicura che fosse in grado di spazzare via con la sua grazia magica la brutta sensazione che le era rimasta addosso. Invece si era ritrovata seduta sul divano circondata da tutti e tre e aveva imparato molte cose nuove.

Qualcuna la sapeva già.

Sapeva già che zio Roberto era il fratello di Gloria e che le aveva fatto da madre e da padre perché i genitori veri erano morti in un incidente con la macchina quando Gloria aveva otto anni e Roberto diciannove. Sapeva anche che nonna Enrica era tedesca, guardando la fotografia appesa all'ingresso tutti dicevano: «Si vede che è tedesca!» perché era bionda come Gloria.

Non sapeva invece che zio Roberto fosse il suo tutore perché, quando lei era nata, Gloria era troppo giovane per essere una mamma e soprattutto non sapeva che questa cosa avesse fatto arrabbiare nonna Anna e litigare anche Gloria con Corrado.

Non sapeva che fossero andati da un giudice – in verità non sapeva proprio che cosa facesse di lavoro un giudice – né che fossero stati proprio loro, i giudici, a decidere che lei poteva vivere con Gloria e Roberto e non per forza nella casa di Corrado, come voleva nonna Anna.

Ma quello che proprio non immaginava era che nonna Anna e nonno Gino non volessero che lei vivesse insieme ad Alfredo, perché Alfredo e Roberto erano innamorati anche se erano maschi tutti e due.

Mentre zio Roberto le raccontava tutti i passaggi, lei aveva smesso di ascoltarlo ed era stata presa dalla paura incontrollabile che i giudici potessero cambiare idea e che qualcuno venisse a portarla via. Aveva cominciato a piangere disperata.

Loro l'avevano consolata, zio Roberto le aveva persino dato il permesso di rimanere sveglia a vedere la tv in braccio a lui, Alfredo le aveva preparato la torta al cioccolato anche se era notte e Gloria le aveva dato baci dappertutto per farla ridere, ma lei si era accorta che erano tutti strani e non aveva voluto parlarne più.

Anche se non aveva capito chi fossero i froci, perché né Gloria né Roberto lo avevano spiegato, non aveva avuto coraggio di chiederlo, perché tutto quel discorso le metteva troppa angoscia.

Ora che ci ragionava, se ne accorgeva anche lei, gli altri bambini avevano un padre maschio e una madre femmina, come Gloria e Corrado, nonna Anna e nonno Gino e anche i nonni morti nell'incidente.

Il giorno dopo zio Roberto, anche se lei aveva chiarito di non voler più parlare di quegli argomenti e in cambio aveva promesso che non avrebbe mai più sporcato i calzini delle altre bambine, le aveva spiegato di essere il capo di un'associazione che difende i diritti delle persone omosessuali, come lui e come Alfredo, e che froci è un insulto e quindi non si deve dire mai.

Era in seconda media quando zio Roberto e Alfredo avevano comprato un'altra casa nel palazzo davanti al loro e lei era rimasta a vivere da sola insieme a Gloria.

Era stato il secondo grande trauma della sua vita, anche se le avevano spiegato che era giusto così, che Gloria ormai era una donna adulta, che anche lei stava diventando una ragazza e che ognuno aveva bisogno dei propri spazi.

Avevano arredato tutti insieme la sua camera nuova, quella dove prima stavano Roberto e Alfredo. Alfredo aveva dipinto per lei un ritratto.

Da lì la convivenza con Gloria era diventata più difficile.

Di botto aveva cominciato a darle fastidio che si vestisse come una ragazza, che desse confidenza alle sue amiche, che nessuno, mai, capisse che era sua madre. Aveva iniziato a chiudersi in camera per ore. Le contestava persino il suo lavoro, dicendole che guadagnava troppo poco e che Roberto la doveva mantenere. Gloria faceva la traduttrice dal tedesco, imparato da bambina e poi proseguito a scuola e all'università. Quando la sera voleva uscire, Cristiana telefonava a suo zio per dirgli: «Mi sta lasciando da sola, ora chiamo gli assistenti sociali». Se sua madre portava in casa un fidanzato, minacciava di andare a vivere con Corrado, anche se non lo vedeva da mesi.

E poi era cambiato tutto di nuovo, perché un giorno Gloria, quando ad avere sedici anni era ormai Cristiana, era tornata da un viaggio a Stoccarda, dove vivevano ancora i parenti di nonna Enrica, con una sorpresa. E l'arrivo di Marco, che all'anagrafe si chiamava Mark Becker, come suo padre – e andava molto orgoglioso di questa sua peculiarità – le aveva riconciliate.

Cristiana scolò la pasta gridando: «A tavola!» rivolta verso il salotto. Lo scolapasta blu, i sottopiatti di legno. Sapeva dov'erano le posate, come riporre le troppe pentole nei cassetti stretti. Viveva da sola da sei anni, appena avevano messo in vendita la ex portineria del palazzo nella strada parallela e Roberto le aveva garantito l'anticipo per comprare.

Ma era sempre rimasta lì. Cenava con Gloria e Marco tre volte a settimana, telefonava ogni mattina per controllare che suo fratello si fosse svegliato in tempo per andare a scuola, nei pomeriggi dei giorni pari lo seguiva di nascosto per essere certa che tornasse dal campo di calcio rispettando il percorso concordato, più lungo, ma senza attraversamenti o zone buie.

Pranzava con loro ogni domenica, insieme a zio Roberto e a Doug. Del resto, vivevano tutti nel raggio di cinquecento metri. Roberto e Alfredo si erano lasciati poco dopo il secondo compleanno di Marco e a suo zio era servito quasi un decennio per iniziare una nuova storia.

Cristiana era riuscita ad andarsene di casa e a separarsi dalla persona più cara che avesse al mondo, sia perché era certa che sarebbe rimasta nella sua vita, sia perché era consapevole che per Marco il vero centro dell'universo sarebbe sempre rimasta Gloria. C'erano volte in cui, vedendolo sdraiato su di lei in cerca di carezze, sentiva risvegliarsi emozioni antiche e le pareva di essere gelosa e stupida.

«Ringrazia Dio che ha fatto un altro figlio, altrimenti non avresti mai trovato il coraggio di prendere la tua strada», le aveva detto una volta Roberto. «Bisogna vivere la propria vita», aveva aggiunto, «se ci fossi riuscito anche io, non avrei perso Alfredo.»

Tra Mark Becker, l'uomo, e Gloria, la storia era durata qualche anno. Lei non voleva trasferirsi, per non sottoporre Cristiana a un trauma, lui non poteva trasferirsi, per lavoro. Eppure erano riusciti a trovare un equilibrio solido, nonostante la distanza, garantendo al figlio una vita molto più strutturata di quanto avesse avuto lei. Gloria aveva un dono che Cristiana non aveva ereditato, e cioè riuscire ad andare d'accordo con tutti.

Cristiana si sedette tra Gloria e Marco cercando di mantenere un tono allegro. Roberto era in arrivo e Marco in tensione per le conseguenze della sua fuga d'amore. La madre lo aveva rimproverato a modo suo, commuovendosi per la cotta giovanile e offrendogli solidarietà riguardo a quanto fosse faticosa la terza media. La parte più somigliante a una critica era stata riguardo alla bugia detta su Stefano e, almeno su questo, il ragazzo si era mostrato molto dispiaciuto.

Mancava qualche minuto alle otto, Francesco aveva già scritto

52

altre tre volte a Cristiana. C'erano stati periodi in cui lei aveva tentato di allontanarsi da lui, in cui era stato capace di scriverle anche trenta o quaranta messaggi in un'ora.

Il primo messaggio era arrivato alle 15.51, mentre lei era nel mezzo della seconda visita.

Aveva guardato il telefono con noncuranza, senza cambiare espressione, come se stesse consultando un elenco per cercare un'informazione.

Il secondo alle 16.24, mentre usciva dal bagno.

Il terzo alle 18.01, mentre ricontrollava con una segretaria scorbutica i pagamenti del pomeriggio e si faceva spiegare la fatturazione elettronica. Tanto era agitata che non aveva nemmeno trovato il tempo di inorgoglirsi per la sua nuova carta intestata – DOTT.SSA CRISTIANA ROMANO, SPECIALISTA IN ENDOCRINOLOGIA – con il nome della clinica e tutto il resto.

Il senso dei messaggi era sempre lo stesso: «Ti spiegherò tutto».

Le gli aveva risposto alle 19: Ceno da mia madre.

Lui aveva visualizzato e non aveva risposto più. Dava per scontato che si sarebbe presentato alla sua porta, sapendo che lei doveva rientrare a casa.

Ora, seduta tra Gloria e Marco, si impose di concentrarsi su di loro.

Il rumore delle chiavi – Roberto aveva sempre mantenuto il proprio mazzo – li fece trasalire e Cristiana si mise sulla difensiva. Poteva avere tutte le ragioni del mondo, ma non gli avrebbe permesso di strapazzare suo fratello.

Suo zio si stagliò sulla porta, era un omone di un metro e novanta in abbondante sovrappeso, l'endocrinologo meno credibile sulla faccia della terra, eppure i pazienti lo adoravano.

Andò in bagno per lavarsi le mani, sottolineando a voce alta, come faceva ogni singola volta, la necessità di quell'operazione prima di mangiare e rimarcando il suo livello superiore di civiltà rispetto al resto del mondo.

Poi si sedette a tavola con aria serafica.

«Che c'è di buono?» chiese.

Gloria lo guardò sorpresa: «Dov'è Doug?»

«Stasera aveva le prove del coro.»

«Ci sono lasagne al pesto e polpette», rispose Cristiana.

La cucina di Gloria non era troppo originale. Le lasagne le aveva comprate già fatte e soltanto riscaldate.

Cristiana cominciò a dividerle in parti uguali e a distribuirle nei piatti. Roberto ne addentò una forchettata enorme mostrando di apprezzarle. Marco cominciò a mangiare timoroso.

«Sai, Marco», iniziò lo zio, «io avrei un sogno nel cassetto.»

Il ragazzo si guardò intorno smarrito, sapendo che quel tono innocente nascondeva altro.

«Essere nobile e ricco in età vittoriana?» lo provocò Cristiana.

Era un argomento noto.

Roberto sosteneva di aver sbagliato secolo. Lo affascinava l'idea di possedere un castello con molta servitù, una moglie di facciata, giovani amanti uomini, e figlie o sorelle da presentare in società, così da essere invitato a tutti i balli durante la stagione londinese. Citava a memoria Jane Austen, non si era perso nessuna serie televisiva sul tema.

«No, questo è irrealizzabile. Parlavo di un desiderio più concreto.»

Ingoiò un altro boccone prima di continuare.

«Vorrei che in questa famiglia qualcuno riuscisse a finire un intero percorso scolastico senza farsi bocciare. Intendo dall'asilo alla maturità.»

A Gloria venne da ridere, Marco avvampò, Cristiana si innervosì e partì all'attacco.

«Allora, se ti riferisci a me», iniziò, «ti ricordo che ero stata presa di mira dalla professoressa di latino e greco, che poi il liceo classico me l'hai imposto tu e nemmeno mi piaceva. Mi hanno bocciato per dare un esempio al resto della classe, visto che io non subivo i suoi ricatti ed ero capace anche di risponderle. Nonostante questo mi sono laureata e specializzata in tempo.»

Roberto continuò a gustarsi le lasagne.

«Hai finito?» le chiese dopo qualche istante.

Lei non rispose.

«Ti stupirà sapere che non volevo parlare di te, anche perché nel tuo caso direi che quel che è stato è stato.»

Si rivolse direttamente a Marco, ignorandola.

«Io sono stato bocciato in quinta ginnasio perché non aprivo libro, tua sorella è stata bocciata in quarta ginnasio perché era un'incompresa, tua madre si è presa un anno sabbatico perché aveva avuto una figlia, ma il succo è che ci rimani solo tu. E siccome già viaggi sul sei risicato, non ti conviene farti sospendere.»

Marco provò ad aprire bocca, ma non ne ebbe il tempo.

«So che ti sei concesso una mattinata romantica. So che per la tua amica è un'abitudine, infatti mi risulta che lei abbia la media del tre.»

Cristiana si pentì di avergli raccontato che era la peggiore della classe e ancora più di avergli fatto vedere le fotografie. Anche Roberto, come Gloria, non sarebbe mai stato in grado di trovare da solo un profilo Instagram.

«Considerando come si veste e quanto studia, io non prevedo un grande futuro per lei», stava continuando Roberto mentre Marco cominciava a infuriarsi, «quindi ti invito a separare il tuo destino dal suo.»

Marco saltò in piedi inviperito.

«Io sto con chi mi pare e a te ti giuro che ti blocco», urlò rivolto a Cristiana, «mi avete rotto, vi dovete fare i fatti vostri!»

Fece per andarsene sdegnato, ma anche Roberto saltò in piedi furioso e lo fermò afferrandolo per una spalla.

«Non ti permettere!» tuonò. «Mi sono fatto un'ora di telefonata con la preside per convincerla a darvi solo i lavori forzati e invece di ringraziare, protesti?»

Gloria e Cristiana reagirono all'unisono.

«Che lavori?»

«Ma non capite che li hanno visti?» gridò Roberto rivolto a entrambe. «La preside voleva per davvero una punizione esemplare, e invece si limiterà a tenerli un'ora in più due volte alla settimana, dopo le lezioni, per risistemare il laboratorio di chimica.»

Marco adesso era paonazzo.

«Non lo farò mai!» gridò con la voce adirata e le lacrime agli occhi. Poi corse in camera e si chiuse dentro a chiave.

Roberto lo inseguì e cominciò a sbraitare davanti alla porta.

«Certo che lo farai! Vogliamo chiamare anche tuo padre e sapere che ne pensa? Apri questa porta, lo sai che non ci si chiude dentro!»

Gloria si alzò per raggiungerlo.

«Ci parlo io, per favore, stai tranquillo. Hai avuto un infarto e saresti ancora convalescente.»

Lui si arrese e tornò a tavola a ingozzarsi di polpette.

Cristiana era furiosa.

«Riesci sempre a trasformare tutto in una tragedia», gli disse. «E ti diverti a umiliare le persone.»

Lui la guardò torvo e sembrò sul punto di rispondere, ma poi fece spallucce come se non ne valesse la pena.

Finirono di mangiare in silenzio, mentre Marco lasciava entrare Gloria nella stanza.

Li sentirono parlottare.

Cristiana portò in tavola i mandarini e un avanzo di gelato.

Suo zio si buttò su entrambi.

«Lasciane un po' per Marco», gli intimò lei.

«Sul tuo nuovo lavoro non hai niente da raccontare?» le chiese allora lui.

Cristiana era ancora troppo nervosa per mettersi a fare conversazione.

Per fortuna squillò il telefono e si precipitò a cercarlo.

Lo aveva lasciato in camera di Marco, quando era andata a riordinarla. Gloria si dimenticava di eliminare i vestiti che diventano piccoli e quell'armadio traboccante di cose ammucchiate le dava fastidio.

Sua madre le si fece incontro con il telefono in mano, ma ormai aveva perso la chiamata.

Controllò in ansia, certa che fosse Francesco già in attesa sotto casa sua.

Arianna.

Cavoli, pensò, la cerco trecento volte al giorno, non risponde mai e mi chiama proprio adesso?

Controllò subito i messaggi, ce ne erano due da un contatto non memorizzato.

Ciao, eccomi. Questo è il mio numero. Quello che avevi lo uso solo con i pazienti.

Riconobbe la foto del profilo.

Si chiamava Alessandro, era il cardiologo di suo zio, lavorava anche lui in clinica, aveva qualche anno più di lei. Roberto li aveva messi in contatto perché le facesse da guida nei primi giorni in cui lui sarebbe stato assente. Sicuramente non solo per questo, vista l'insistenza con cui le aveva decantato le sue lodi: ottima famiglia, bravissimo ragazzo. Un bel ragazzo, aveva constatato Cristiana. Strano che fosse libero, uno così di solita ha la fila. Secondo suo zio, aveva chiuso da poco una storia importante.

Confermo invito per sabato. Fammi sapere.

Anche se si erano appena conosciuti, le aveva proposto una cena a casa sua insieme ad altri colleghi. Aveva scherzato sul fatto che con il suo arrivo si fosse rafforzata la quota degli under quaranta, in un ambiente dominato da anziani baroni, dove persino un cinquantasettenne come suo zio veniva considerato un ragazzo.

Lei non aveva ancora risposto né sì né no.

Nessun altro le aveva scritto.

Ributtò delusa il cellulare nella borsa e si lasciò cadere sul divano. Chiuse gli occhi cercando di ritornare lucida.

Li riaprì e si accorse che Gloria stava sparecchiando e caricando da sola la lavastoviglie. Roberto era al computer.

«Ti aiuto», propose a sua madre.

«Lascia, tesoro, faccio io», la bloccò subito Gloria, sfilandole i piatti di mano con un gesto gentile.

Cristiana si risedette e rimase a osservarla mentre faceva su e giù dalla cucina a vista. Era bellissima e sembravano ancora coetanee. Cristiana sapeva di non avere ereditato quei tratti delicati, il collo lungo, i morbidi capelli biondi che le donavano in qualsiasi modo li mettesse, anche annodati a caso, gli occhi dal taglio allungato, il fisico snello da ragazzina, perfetto in jeans e maglietta. Non diversa, trent'anni dopo, dalla luminosa sedicenne di cui si innamoravano tutti.

Cristiana aveva i lineamenti decisi della famiglia paterna, era più alta di Gloria, aveva i capelli scuri di Corrado e dal padre aveva preso gli occhi azzurri con cui lui faceva strage di cuori, ma anche la mascella squadrata e il fisico muscoloso, che il nuoto aveva definito. Sapeva di avere la bellezza decisa di una bagnina californiana, mentre sua madre rimaneva la principessa delle favole.

Gloria terminò e le si sedette accanto, appoggiando la testa sul divano.

«Dimmi di te. Come è andata la tua grande giornata? Lo hanno capito tutti che sei la bambina più brava del mondo?» scherzò ancora, con tenerezza.

«Vediamo se almeno a te si degna di raccontare qualcosa, questa ingrata...»

Non si era accorta di Roberto alle loro spalle.

Cristiana si mise dritta, già spazientita.

«Lo hai conosciuto Alessandro? Che impressione ti ha fatto? Spero ti sia mostrata meno insopportabile di così», stava continuando suo zio. «Ricordati che con questo bel carattere non ti si prenderà mai nessuno.»

«Che impressione dovrebbe avermi fatto? Lo avrò visto sì e no tre secondi», rispose. «Che uomo moderno, ti senti davvero in dovere di sistemare ogni fanciulla?» aggiunse allontanandosi verso la camera di Marco, dove aveva lasciato il cappotto.

Lì, suo fratello doveva aver dimenticato il dramma di poco prima ed era immerso nei videogiochi.

Cristiana si chinò per baciargli i capelli.

«Basta idiozie», gli disse. «Sappi che ti controllo», aggiunse avvicinandosi per pizzicargli la pancia.

Quando tornò in salotto, Gloria si stava ricordando di qualcosa all'improvviso.

«Vi ho dato le partecipazioni di Corrado? Vi siete segnati la data?»

Cristiana annuì infilandosi il cappotto.

«La sfortunata è sempre la stessa?» chiese Roberto, afferrando un cioccolatino.

Stava cercando di alleggerire l'atmosfera, ma a lei era passata la voglia.

«Cristiana mi ha raccontato che è una ragazza molto carina», rispose Gloria con entusiasmo.

In realtà, aveva incontrato la futura moglie di suo padre poche volte, sufficienti per bollarla come dozzinale e sciocca. Quindi perfetta per lui.

Non commentò.

«Devo andare, ho un mucchio di panni sporchi e la casa è un disastro», annunciò.

Gloria assunse un'espressione dispiaciuta e lei uscì, sentendosi in colpa ma consapevole che lei e Roberto non potevano rimanere nella stessa stanza troppo a lungo.

Appena in strada, ricontrollò il telefono. Ancora nulla.

Si incamminò a passo svelto, pregustando l'emozione di trovare la sua macchina parcheggiata davanti ai cassonetti. Di solito, la metteva lì e controllavano dalla finestra che non passasse il camion della spazzatura.

La macchina non c'era.

Infilò le chiavi nel portone e sobbalzò perché qualcuno lo stava aprendo dall'interno in quel momento.

Eccolo, pensò. Quante volte si era infilato nel palazzo e l'aveva aspettata davanti alla porta?

Invece era l'inquilino del terzo piano con il piccolo cane isterico e anche lui fece un salto, trovandosela davanti.

Risero entrambi per la scenetta e si salutarono.

Arrivò davanti alla porta di casa e sentì vibrare il telefono.

Non aspettò nemmeno di aprire, non potendo sostenere la tensione.

Lui.

Hai ragione tu. Non ho il diritto di tormentarti così.

Cristiana aprì la porta e se la chiuse alle spalle.

La stava punendo per il rifiuto. Per aver osato tenerlo in attesa un giorno intero.

Rimase immobile, con il cappotto addosso e la borsa in mano, senza nemmeno accendere la luce.

Spense il cellulare con rabbia, non voleva rispondere né leggere altro, e sentì che il mondo le crollava addosso.

8

Valentina

PAOLO bevve un sorso di acqua e si massaggiò la fronte, pizzi-
candosela nel mezzo. Lo aveva fatto spesso, mentre raccontava.
Doveva essere un tic nervoso, mai notato prima. D'altra parte,
non avevano confidenza. Valentina lo osservò giocherellare con
il bicchiere, mentre Cristiana finiva di scorrere le fotografie del
bambino sul telefono di lui, le stesse che lei aveva appena visto.

In effetti somigliava, molto vagamente, a Banderas.

Nella prima uscita in cui l'aveva conosciuto erano in doppia
coppia, lei con Gianluca, lui con Arianna.

Cristiana non c'era, era in Germania a riprendere il fratello
dopo le vacanze con il padre.

Era dispiaciuta di non prendere parte a quello che era un vero
e proprio evento, la presentazione del nuovo ragazzo di Arianna
dopo la rottura con Riccardo, e l'aveva martellata di domande nel
resoconto successivo.

Non trovando elementi di rilievo per descriverlo, Valentina
aveva riassunto: «Un bel ragazzo alto e moro».

«Quindi identico a Gianluca e a chiunque altro?» aveva insistito
Cristiana.

Per spiegarsi meglio le era venuto in mente Banderas. Volendo,
c'era qualcosa di simile negli occhi e nell'attaccatura del naso.

«Ah, però», aveva commentato Cristiana ridendo, «quindi
abbiamo fatto un salto da giganti.»

Si riferiva a Riccardo, che non poteva proprio definirsi bello.

Paolo nel frattempo continuava a tacere imbarazzato, forse temendo di essersi esposto troppo. Aveva parlato con difficoltà, era come se cercasse le parole più corrette in italiano, ma la sua angoscia traspariva chiarissima.

Valentina tentò di creare un clima più allegro, mostrando grande trasporto verso Andrea anche se, con il resto che aveva nella testa, era davvero difficile.

Concentrati su Arianna, si impose.

«È bellissimo, Paolo», affermò entusiasta riprendendo il telefono dalle mani di Cristiana. «È la fotocopia di Arianna», aggiunse scherzosa, «ma vedrai che prima o poi troveremo una somiglianza anche con te!»

Riguardò il visino del bambino, quasi sei mesi, capelli che sembravano fili dorati sulla testa e due grandi occhi spalancati di un colore grigiastro. Aveva la stessa aria sognante della mamma, la bocca a cuore, le gote rose, i polsi con una piccola piega di grasso.

Finiti gli elogi del bambino, calò il silenzio.

Paolo aveva parlato, ora era venuto il loro turno.

Valentina sapeva di dover prendere per prima la parola. Conoscendo i modi di Cristiana, c'era il rischio che fosse indelicata. Già più volte lo aveva interrotto, si era fatta dare i nomi dei medici, si era segnata i farmaci.

«Dunque», cominciò, esitante, fissando Paolo per evitare di guardare l'amica. «È certamente una decisione molto difficile da prendere e non mi stupisce che Arianna sia combattuta.»

Cristiana sfruttò il primo secondo di pausa per dire la sua.

«Pericolosa?» chiese, con aria scettica. «Hanno davvero usato il termine *pericolosa*?»

Paolo sospirò. «Hanno detto che potrebbe diventarlo.»

Si fermò un momento per farsi coraggio.

«Per se stessa e per il bambino.»

Cristiana scosse la testa con decisione.

«E allora i farmaci che cosa li prende a fare? Non si chiamano antidepressivi apposta?»

Valentina sentì un moto di nervosismo. Che senso aveva usare quel tono contro Paolo?

«Forse è la decisione migliore», si affrettò a dire riprendendo la parola. «E comunque sarà un esperimento. Che male può fare?» proseguì incoraggiante.

Paolo si rivolse a Cristiana.

«Ci hanno spiegato che può essere necessaria qualche settimana per trovare il dosaggio giusto e valutare gli effetti.»

Lo aveva già detto.

«Ma anche quando starà meglio, non potrà smettere di prendere i farmaci e basta, dovrà comunque scalarli e farsi controllare in ogni passaggio.»

Aveva già detto anche questo. Era come se stesse cercando di discolparsi.

Cristiana era sempre così netta nei giudizi, aveva certezze granitiche su tutto. *Mia madre non sarà mai un'adulta. Mio padre è un coglione.* Macinava giudizi senza appello in pochi secondi.

«E se si deprimesse ancora di più andandosene da casa?» chiese a Paolo. «Se si sentisse ancora più incapace o – com'è che avevi detto? – inadeguata, dovendosi allontanare da suo figlio?» insistette.

«È proprio questo il punto in cui vi chiedo di aiutarmi», si infervorò Paolo, speranzoso.

Valentina notò che aveva le guance chiazzate e provò pena per lui. Corse in suo aiuto

«Sì, sì, questo è chiaro. Lei non deve pensare che sta abbandonando Andrea. Lei deve capire che occuparsi di se stessa e della propria salute adesso è prioritario proprio per il bene di Andrea», spiegò.

Paolo parve contento di essere stato compreso e per fortuna Cristiana ricevette una telefonata.

Potendosi rilassare, Valentina appoggiò una mano sul braccio di lui, per rassicurarlo.

«Ti prometto che le staremo vicino e la aiuteremo a superare questa fase. È Arianna», ripeté calorosa, «tornerà a essere quella di prima. L'hai detto anche tu che dopo il parto succede a tante donne di passare un periodo difficile.»

Paolo fece sì con la testa, ma rimase poco convinto.

«La dottoressa dice che nel suo caso», aveva abbassato la voce forse per non disturbare la telefonata di Cristiana, «tutto potrebbe essere stato scatenato dalla morte improvvisa di suo padre. È come se il corpo di Arianna avesse dovuto assorbire uno choc in un momento in cui era troppo debole per farlo e adesso ne stesse pagando le conseguenze.»

Valentina rabbrividì.

Che giornata terribile avevano passato tutti.

La madre di Arianna che entra in bagno e trova il marito morto a terra, il sangue sotto la testa battuta contro il bidet. Arianna incinta di otto mesi con minacce di aborto, sullo stesso pianerottolo, da tenere all'oscuro. Lei e Cristiana chiamate di corsa prima per distrarla, per non farle capire come mai sua madre e Paolo fossero spariti all'improvviso, nella tranquillità irreale del suo salotto, vedendo un film, mentre a pochi metri decine di persone entravano e uscivano sconvolte, e poi per starle accanto nel momento bruttissimo in cui Paolo le aveva dovuto dire la verità. Le pareva di averla davanti. Era diventata bianca come un lenzuolo, anche le labbra sembravano senza sangue.

Tutte quelle parole scontate – «Fatti forza per la tua mamma, fatti forza per il tuo bambino» – quando lei voleva solo piangere, alzarsi, e andarlo a vedere, ma tutti le consigliavano di no, «troppo traumatico, il volto è tumefatto, ricordalo com'era».

Erano rimaste con lei anche la notte, mentre la madre e le vicine facevano la veglia nella casa di fronte. Valentina e Arianna avevano dormito pochissimo.

Arianna, senza svegliare Cristiana, le aveva chiesto: «Io non ce la faccio, lo vai a salutare per me?»

Era stata una richiesta assurda ma impossibile da rifiutare.

Valentina era uscita sul pianerottolo in vestaglia, era entrata per la porta lasciata semiaperta e si era fermata nel corridoio in penombra, ascoltando il mormorio ipnotico delle preghiere delle donne, che chissà come mai tutte conoscono in queste occasioni, lei non avrebbe avuto idea. Era tornata e si era seduta sul letto dell'amica.

«È sereno», le aveva detto. Non era vero, non l'aveva visto, ma è quello che tutti vogliono sentire.

Il giorno dopo Gianluca l'aveva consolata a lungo mentre lei ripeteva: «Che c'entro io, non è successo a me», ma continuava a singhiozzare disperatamente.

«La morte del padre è stato un colpo tremendo», proseguì Paolo, «in più con tutti i problemi della gravidanza...»

C'era stato un diabete gestazionale, un cesareo d'urgenza, complicazioni con la ferita, persino una flebite dolorosa causata dall'incuria di un'infermiera sbrigativa. Poi le difficoltà di allattamento, una mastite con febbre a quaranta. Era andato male tutto quello che poteva andare male. E la china stava continuando, ci mancava solo la depressione post parto.

Cristiana aveva attaccato il telefono e stava tornando verso di loro.

«Purtroppo devo andare», disse rivolgendosi a Paolo in tono più gentile di prima.

Lui si alzò in piedi sollevato. «Certo, vi ho trattenuto fin troppo», si scusò.

Su una cosa Cristiana aveva ragione: a tratti Paolo era eccessivamente cerimonioso.

«Non preoccuparti, hai fatto benissimo a coinvolgerci», gli rispose.

Lui le baciò entrambe sulle guance.

Lei e Cristiana lo guardarono allontanarsi.

«È una stronzata», esordì Cristiana, appena fu certa che fosse andato via.

«È un tentativo», rispose Valentina, ugualmente testarda.

«Spiegami quali sarebbero i vantaggi! Ok, mettiamo che sia tutto vero, mettiamo che sia *pericolosa*», accentuò la parola con fare sprezzante, «e prendiamo per buona questa teoria per cui separarsi dal figlio sia una cosa che può far bene a una madre», aggiunse con il tono di chi ritiene ridicolo anche solo parlarne.

Valentina aspettava ansiosa il resto del ragionamento.

«Quanto le può essere utile chiudersi con sua madre nella casetta di Anzio? Te la ricordi, vero? Può andare bene l'estate che te ne stai tutto il giorno in spiaggia, ma adesso che ci fai? Stai lì reclusa, con l'odore di muffa, con una madre, che sarà pure dolce, ma è comunque una vecchietta più triste di te che è appena rimasta vedova. E per di più con il senso di colpa di aver lasciato tuo marito a spupazzarsi un bambino di sei mesi insieme a quell'altra suocera insopportabile? Qual è la parte rilassante?»

Valentina non la sopportava quando faceva così. Certo che si ricordava la casetta di Anzio, ci avevano passato insieme tante estati, alternandosi con la grande villa di Ansedonia dei Molinari.

Ovvio che quella non fosse una situazione ideale, ma Paolo era stato chiaro: Arianna andava innanzitutto staccata dal tran-tran quotidiano del bambino, dalle notti insonni, dal latte che non basta. Doveva prendersi una pausa, aspettare che i farmaci facessero effetto e poi ricominciare, un passo alla volta.

«Sarà comunque meglio del ricovero, che dici?» rispose risentita.

Secondo il resoconto di Paolo, era un'altra delle ipotesi prospettate dalla dottoressa per interrompere quel ciclo negativo.

«Ma quale ricovero!» esplose Cristiana. «Come fai a credere che ad Arianna serva il manicomio?»

Si stava scaldando troppo.

«È di Arianna che stiamo parlando, cazzo! È vero, è andata un po' giù, ma ce la può fare benissimo. Quand'era che siamo state da lei e abbiamo passato la serata a ridere? Qualche settimana fa? E quando ci siamo prese un aperitivo ti era sembrata così strana?»

Erano due delle rare volte in cui erano riuscite a vederla dopo la nascita di Andrea, prima e dopo l'estate. A casa di Arianna avevano riso come matte guardando un libro sui consigli per le neomamme. Tra gli altri c'era anche quello di vestirsi in modo comodo, corredato da fotografia di una donna con taglio di capelli corti a scodella e addosso un camicione informe.

«Sono così?» aveva scherzato Arianna, quella sera per davvero allegrissima, la stessa Arianna imprevedibile dei tempi del liceo. «Se sì, sparatemi!»

Poi però era praticamente scomparsa dalla scena, a parte l'aperitivo al quale era arrivata ultima, in ritardo, e se ne era andata per prima.

«Ha detto Paolo che ci sono alti e bassi. L'umore va a ondate.»

«L'umore di tutti va a ondate», rispose Cristiana, che quando partiva per la tangente non sapeva tornare indietro. «Quindi stiamo tutti sotto psicofarmaci? Tutti che non riusciamo ad alzarci dal letto la mattina? Tutti mentalmente assenti e con i riflessi rallentati? Questo lo dice Paolo, che è un ansioso, e che oltretutto si carica a vicenda con la madre di Ari che, con tutto il rispetto, non ha mai brillato per intelligenza.»

A Valentina sembrò ingiusto sentir parlare in quei termini di una donna certamente molto semplice, ma buona e dedita alla figlia con tutta se stessa.

Cristiana proseguiva il suo monologo.

«Mi dicessi che se ne parte per le Maldive, che se ne viene in vacanza con noi in un resort di lusso, allora sì che le direi: scappa! Ma così?» concluse ironica.

«Ma di che parli? Qual è la possibilità reale che possa partire domani per le Maldive?» adesso Valentina stava perdendo la pazienza. «L'hai sentito Paolo? Sono giorni che non si vuole nemmeno fare una doccia.»

«Lo credo bene! Con tutte le pasticche che le stanno dando! E poi, se la notte non dorme, perché non lasciarla riposare almeno di giorno?» rise Cristiana.

Valentina fu tentata di mandarla a quel paese, ma si trattenne. Non poteva reggere anche uno scontro con Cristiana.

«Dovrebbe almeno sentire un altro medico», stava aggiungendo Cristiana, più concreta. Doveva essersi resa conto di aver esagerato.

Valentina non poté impedirsi di puntualizzare: «Non sei tu il medico che ripete sempre che non bisogna fare pellegrinaggi tra gli specialisti fino a che non trovi chi ti dice quello che vuoi sentire? Che bisogna scegliere una strada?»

«E se avessero scelto la strada sbagliata? Non stiamo parlando di una gamba rotta. Stiamo parlando di una malattia complicata, difficile da diagnosticare, che va da forme leggere a forme gravissime, per la quale si possono seguire approcci diversi, con farmaci molto diversi.»

«Quindi se dipendesse da te, rischieresti? La lasceresti dove sta e ignoreresti il consiglio della psichiatra?»

Erano domande inutili con Cristiana. Quando si incaponiva, era pronta a ribadire un concetto anche per ore.

«E se dipendesse da te? Ti fideresti di una psichiatra, una sola, scelta chissà come, che dice che la tua amica, che conosci da vent'anni, è diventata *pericolosa*?»

Valentina scosse la testa e non rispose.

Così non sarebbero approdate a nulla.

Fecero qualche passo in silenzio, Cristiana verso la macchina, Valentina verso il motorino.

Cristiana si bloccò. «Il problema è un altro, Vale. Lo sai anche tu. Finché Arianna non affronta quello, parliamo del nulla.»

Valentina sentì l'agitazione salire.

«Arianna non può essere felice. Paolo è stato un ripiego, un colpo di testa. Solo che poi ci ha messo su famiglia e intanto le sono successi tutti quei casini. Ha vissuto due anni di merda», chiarì Cristiana.

Purtroppo era vero.

Ne avevano parlato talmente tanto all'epoca. Serate intere a ripeterle di non affrettare le cose, di pensarci sopra.

Ma Arianna ripeteva: «Si è chiusa una porta, si è aperto un portone».

Cristiana non aveva avuto remore nell'aggredirla in maniera esplicita: «Ti stai lasciando trascinare dalla fissa della fede al dito, nel ventunesimo secolo nessuna si può sentire zitella se non si sposa prima dei trent'anni».

Era arrivata a definirla frutto di una famiglia arretrata, che si stava sposando solo per far contente le troppe zie tradizionali.

Arianna si era infuriata e aveva indicato Valentina: «E lei, allora? Anche la sua è una famiglia arretrata? Anche lei ha fatto contente le zie?»

«Lei si è sposata con il ragazzo con cui è stata tutta la vita! Loro sono innamorati!»

«Anche io e Paolo siamo innamorati», aveva risposto Arianna caparbia, «e abbiamo gli stessi progetti.»

Le sfuriate di Cristiana, per fortuna, avevano il pregio di durare poco.

Con il tempo le tensioni erano rientrate ed entrambe erano rimaste accanto ad Arianna, l'avevano aiutata nei preparativi, avevano gioito con lei per il test di gravidanza tanto atteso. Cristiana aveva persino ammesso di vederla raggiante.

Tutto questo, però, sembrava essere accaduto secoli prima.

«Anche se fosse così», rispose Valentina, «in questo momento non sarebbe in grado di affrontarlo. Per questo noi dobbiamo aiutarla a riprendersi il prima possibile.»

Cristiana rimaneva scettica e Valentina si chiese su quali leve spingere per provare a farla riflettere. Paolo aveva ragione, Arianna di loro si fidava. Loro, più che la psichiatra, potevano convincerla. Dovevano mostrarsi compatte.

Stava per dire proprio questo, quando sentì qualcosa scendere veloce tra le sue gambe. Qualcosa di scivoloso, di umido e caldo. Cristiana era a pochi passi da lei ma stava guardando un paio di scarpe nella vetrina che avevano davanti.

Valentina si fermò e allargò le gambe guardando in basso. Vedendo il sangue colare da sotto i pantaloni fino alle scarpe, non provò nulla, né dolore, né paura, solo sorpresa. Rimase ferma a fissare la macchia larga e scura che si andava formando nel cavallo dei suoi jeans.

«Che fai?» le chiese Cristiana a pochi metri da lei. «Torni a casa? Comincia a fare freschetto, vuoi lasciare qui il motorino e ti accompagno io?»

Valentina non rispose, in realtà non sentì nemmeno, e rimase in quella posizione innaturale.

«Che c'è? Che hai visto?» le chiese l'amica, riavvicinandosi incuriosita. Le arrivò accanto continuando a non rendersi conto di nulla.

Poi seguì il suo sguardo verso il basso e lanciò un grido.

«Valentina!! Che succede?»

Lei cercò la voce per rispondere, ma si rese conto che non la aveva.

Vide diventare tutto buio intorno a sé e le parve di sentire qualcuno che gridava: «Serve un'ambulanza!»

Per chi? si chiese, prima di svenire.

9

Cristiana

«SONO un medico.»

Cristiana si piazzò davanti alla porta automatica della sala rossa, tendendo la mano verso il pulsante da schiacciare per far scorrere la porta automatica.

«Non può entrare», le ripeté ostinata la dottoressa che aveva davanti e che si frapponeva tra lei e l'ingresso.

La porta fu aperta dall'interno ed entrambe dovettero spostarsi.

Due portantini in divisa azzurra spinsero fuori una barella coperta da un lenzuolo. Cristiana inorridì e dovette forzarsi per non darlo a vedere. Era un medico, appunto.

Un piccolo gruppo di persone si avvicinò in silenzio alla barella e gli infermieri si fermarono. Nessuno osò alzare il lenzuolo. Uno degli infermieri disse qualcosa in tono sommesso, indicando con la testa una stanzetta laterale, poco visibile. Doveva essere la tappa intermedia, in cui i pazienti appena deceduti venivano depositati in attesa di essere portati in obitorio.

Il pensiero che qualcuno fosse appena morto a pochi metri da Valentina la sconvolse. Un uomo si avvicinò alla dottoressa che stava ostacolando Cristiana e la distrasse. La porta automatica della sala rossa era ancora aperta, il sensore le impediva di chiudersi quando qualcuno era appoggiato alla parete. Cristiana ne approfittò per entrare furtiva.

Fu subito avvolta dalla luce al neon abbacinante e dai *bip* provenienti dai monitor. Cercò Valentina, ma non era facile riconoscere le sagome nei letti, alcuni dei quali in posizione nascosta. Finalmente la intravide in un angolo più tranquillo, accanto a una donna obesa e seminuda che respirava a fatica. Si avvicinò cauta. L'amica era voltata su un fianco e pareva addormentata. Non era da escludere che le avessero dato qualcosa per calmarla. Provò dolore, notando quanto fosse pallida. Aveva addosso soltanto il camice ospedaliero e delle mutande assorbenti troppo grandi per lei, i vestiti insanguinati, le scarpe e la borsetta costosa appallottolati sotto la barella. D'istinto le tirò intorno le tendine per nasconderla alla vista altrui, anche se sapeva che non andava fatto perché i medici avevano bisogno di controllare a vista i pazienti. In quel momento però erano tutti concentrati su un letto dall'altra parte della stanza e dal poco che sentiva capì che stavano tentando di rianimare qualcuno da un arresto cardiaco.

Valentina si mosse e si spostò appena, ma senza aprire gli occhi.

Cristiana rivisse l'attimo in cui l'avevano caricata in ambulanza, sollevandola come una piuma. Le era rimasta sempre accanto insistendo nel chiamarla per nome – «Valentina, Valentina» – e lei aveva aperto gli occhi e le aveva intimato, debole ma perentoria: «Non chiamare nessuno». «*Nessuno*», aveva ripetuto ancora mentre chiudevano gli sportelli.

Cristiana cercò in fondo al lettino la cartella. Erano riusciti a visitarla?

«È una parente?» le chiese una voce alle spalle.

Si girò imbarazzata, non sapendo cosa rispondere.

Si trovò di fronte un medico di mezza età, con barba e baffi folti, i capelli in disordine, il camice stazzonato e l'aria stanca.

Cosa diavolo ci faceva Valentina in mezzo a quell'inferno? Lei i turni in ospedale li aveva fatti e riconosceva odore, tensione e rumori, ma questo non era il posto per Valentina. Era incredibile che Gianluca, suo padre, sua madre, sua suocera, suo fratello, non fossero già intervenuti e non l'avessero fatta trasportare a sirene spiegate in un'ovattata e comoda clinica privata.

«Sono un'amica e sono medico anche io, ero con lei nel

momento in cui si è sentita male e stavo appunto cercando qualcuno che...»

«Cri?» la voce di Valentina li interruppe. Sia lei sia il medico le si fecero accanto.

«Come si sente, signora? Le gira ancora la testa?» chiese l'uomo, premuroso e gentile, controllando la flebo che Cristiana non aveva ancora notato e leggendo intanto i propri appunti.

Valentina rispose con una smorfia gentile che poteva voler dire qualsiasi cosa e dall'altro lato della stanza si sentì salire la concitazione. Cristiana capì che l'arresto cardiaco non stava rispondendo. L'uomo appoggiò la cartellina sul letto e corse ad aiutare i colleghi.

Cristiana afferrò subito i fogli e lesse rapidamente, emorragia, settimane di gravidanza 6+5, le analisi che le avevano fatto di cui ancora mancavano i risultati.

Sentì su di sé lo sguardo intenso di Valentina. Le passò una mano tra i capelli e le sembrò più bella che mai, i grandi occhi spalancati nel viso terreo.

«Vale», le bisbigliò con affetto, «spiegami cosa ti succede.»

Vide gli occhi che si inumidivano e le carezzò le guance.

Valentina piangeva silenziosa, riusciva a essere garbata anche nella disperazione. Si rannicchiò su se stessa.

«Sei incinta, lo sapevi?» le chiese Cristiana tenendo la voce molto bassa.

L'amica rialzò su di lei gli occhi profondi. «L'ho perso?»

«Non lo so. Di sicuro dopo le analisi ti porteranno in ginecologia e ti faranno un'ecografia di controllo. Hai avuto un'emorragia importante.»

Valentina chiuse di nuovo gli occhi.

Cristiana si fece coraggio.

«Posso chiamare qualcuno?»

Lei fece un no netto.

«Valentina, sei in ospedale, perché non vuoi la tua famiglia?»

Si rese conto che non aveva il coraggio di porle la domanda più naturale: dov'è Gianluca?

La vide girarsi dall'altra parte.

Il medico allontanatosi poco prima le comparve accanto.

«Deve uscire», le annunciò con fermezza. «Quando avremo notizie chiameremo i parenti con il numero 37.»

Cristiana non si ribellò. Si diresse verso la porta automatica e a testa bassa verso la sala di attesa, non sapendo assolutamente cosa fare.

Si sedette su una delle seggioline di legno, rabbrividendo per il freddo. Erano ormai quasi le nove di sera e lei aveva addosso solo una maglietta di cotone a maniche lunghe. Per impedire alla sua famiglia di piombare lì in blocco, Valentina doveva per forza essersi inventata qualcosa di molto credibile.

La sala era quasi vuota, fuori vento e buio pesto.

Prese il telefono e aprì la email già letta almeno dieci volte.

Lui l'aveva scritta in piena notte, lei l'aveva trovata nella posta alle otto di mattina.

Cristiana, so quanto ti ho fatto soffrire. Ma io ho bisogno di te per trovare la forza di uscire dalla prigione che mi sono costruito da solo. Mi sento me stesso solo quando siamo insieme, tutto il resto è finzione. Non posso importi i miei errori, non posso trascinarti nei miei tormenti e se lo vorrai sparirò dalla tua vita. La scelta devi farla tu.

Come faceva a scrivere frasi tanto compromettenti senza nessun timore di essere scoperto? Su WhatsApp era più stringato, nelle email si lasciava andare, come fossero un luogo protetto.

Sparirò dalla tua vita. Ogni volta che lo rileggeva le sembrava che un artiglio le stritolasse lo stomaco. Eppure era tutto così ripetitivo, già noto e già vissuto, in quella dinamica malata da cui non riusciva a districarsi.

Lei arretrava, lui avanzava. E viceversa. A volte era prepotente, altre si trasformava nella vittima che cerca compassione.

Ma a che serviva saperlo, se continuava a fare gli stessi errori?

Già adesso il desiderio di chiamarlo, dopo qualche giorno di silenzio, la stava divorando.

Il pensiero della sua amica, ignara e fragile, a pochi metri, la fece sentire ancora peggio.

* * *

Cristiana si era innamorata di Valentina e del suo mondo ben prima che di Francesco.

Dopo la bocciatura, Roberto l'aveva iscritta a forza in una scuola privata prestigiosa, convinto che sarebbe stata più seguita. Ci era arrivata arrabbiata e spaventata, tanto spavalda quanto intimorita. Dal proprio carattere ribelle, dalla sua famiglia strampalata.

Valentina Molinari e Arianna Lorenzi erano state una folgorazione. Da quando aveva posato gli occhi su di loro aveva desiderato con ogni fibra del suo corpo di essere accettata.

Valentina, uguale a Audrey Hepburn, la prima della classe. Sorridente, gentile, adorata da tutti. Talmente sicura della propria superiorità da non farla mai pesare. La famiglia più in vista della scuola, il padre più importante, la madre più elegante, il fratello più corteggiato. Eppure equilibrata, spontanea. Una che di fronte alla coppia composta da Roberto e Alfredo aveva mostrato la naturalezza di una newyorchese, una delle pochissime persone cui non fosse mai sfuggita una battuta fuori posto o una domanda di troppo. L'unica che nelle «indianate» sulla spiaggia sapesse bere senza ubriacarsi, o che fosse capace di dare un tiro a una canna senza stordirsi. Quando nel loro giro, più loro che suo, tutti ragazzi bene, in cui Cristiana si era sempre sentita ai margini, era comparso un ragazzo perfetto come Gianluca Romagnoli, era sembrato a tutti scontato che scegliesse lei.

E poi Arianna, eccentrica, stravagante, deliziosa. Carattere di ferro, celato dall'aspetto di una farfalla, agonismo di ginnastica artistica, spirito libero. Minuta, pelle diafana, i capelli lunghi e lisci così biondi da sembrare albina, occhi grigi e lentiggini. Veniva da una famiglia semplice che la venerava e dedicava a lei ogni risorsa di tempo e denaro. Studiava la metà di Valentina eppure riusciva a cavarsela, ammaliando tutti con i suoi modi.

Erano diventate un trio inseparabile, ma se da fuori Cristiana e Arianna apparivano le due ribelli, da dentro il timone rimaneva saldamente in mano a Valentina.

Cristiana si era messa a studiare per rimanere accanto a loro e aveva accettato la sfida lunga e difficile della facoltà di Medicina non soltanto per Roberto, ma anche per sentirsi all'altezza dei Molinari.

Tutte le compagne di Valentina avevano una cotta per suo fratello Francesco. C'era persino una canzoncina su di lui, che però le guardava dall'alto in basso, cinque anni più grande di loro, una distanza incolmabile.

Quando era stata invitata al suo matrimonio, dove non era altro che un numero qualsiasi tra cinquecento persone, nulla più di una delle amichette più care della sorella, Cristiana aveva trascinato Gloria per negozi per due settimane. Aveva scelto un abito rosso fuoco, per poi sentirsi vistosa e inappropriata. E invece era stata la prima volta in cui lui l'aveva guardata in modo diverso.

Richiuse l'email per scacciare l'inquietudine, ma concentrarsi su Valentina le faceva altrettanto male.

Proprio in quel momento dalla porta di accesso della zona riservata, proibita agli estranei, vide apparire una giovane dottoressa che si guardava intorno cercando qualcuno.

Si alzò per farsi vedere.

«È per Molinari?» chiese.

La ragazza controllò il foglio.

«Molinari, 37, può venire con me?»

Cristiana la seguì lungo un corridoio nel quale c'era qualche barella in attesa. Passarono vicino a un ubriaco addormentato che puzzava di vino e di urina, e poi accanto al carrello con i resti dei vassoi della cena che emanava a sua volta un odore nauseante.

Devo portarla via di qui, si ripeté, continuando a tallonare la dottoressa.

Il reparto di ginecologia aveva un aspetto molto più rassicurante. Valentina era seduta in una piccola stanza davanti a una scrivania. Si era rivestita, ma aveva addosso strani pantaloni di una tuta rossa, probabilmente provenienti da qualche cambio dimenticato in quel reparto. Aveva raccolto i capelli e sembrava più in sé.

Cristiana la baciò in fronte.

«Come stai, scema?» la apostrofò. «Mi hai fatto prendere un colpo.»

Le si sedette accanto e le afferrò una mano gelata. Valentina guardava a terra.

«Allora», esordì la dottoressa, sorridente, «la signora Molinari mi ha detto che siamo colleghe.»

Cristiana confermò cercando di mostrarsi professionale.

«Come saprà, la signora è nelle primissime fasi di una gravidanza. Oggi ha avuto una grossa perdita, ma l'ecografia non ha evidenziato alcun distacco.»

Valentina continuava a guardare altrove, come se non stessero parlando di lei.

«Abbiamo preso alcuni valori che dovranno essere ricontrollati tra qualche giorno. Alcuni dati sono leggermente inferiori alla norma.»

Sottolineò «leggermente», rilesse i fogli, controllò le cifre.

«Siamo ancora in attesa dei risultati del prelievo che farò avere alla signora per email.»

Si schiarì la gola.

«È davvero prestissimo per fare qualsiasi valutazione.»

Cristiana sfiorò la gamba di Valentin, che però non si voltò.

«Per il momento l'unico consiglio è il riposo assoluto», concluse la donna, lanciando uno guardo di simpatia alla paziente.

Cristiana la aiutò ad alzarsi, poi le due salutarono la dottoressa e si avviarono verso l'uscita. Camminarono in silenzio scendendo un piano di scale e ripassando accanto all'ubriaco che russava e ai resti della cena.

Cristiana le gettava occhiate furtive, ma Valentina sembrava soprattutto impegnata a non inciampare.

Arrivate all'ingresso, la vide accendere il telefono e comporre un numero.

«Eccomi», la sentì esclamare tutta allegra, «scusa, devo aver spento per sbaglio. A questo punto resto a cena fuori con Cristiana.»

Doveva essere per forza Gianluca.

Lui le rispose qualcosa che lei ascoltò attenta.

«Certo, sì, dille che domattina le faccio avere tutto. Ho i file nella chiavetta e posso lavorarci anche stasera. Non fare troppo tardi. A casa Isabel ha lasciato la pasta al forno da riscaldare.»

Cristiana sentì qualcosa di stonato. Non stava semplicemente mentendo. Era fredda, distaccata.

Valentina spense e rimise il cellulare nella borsa, che sistemò con i gesti precisi che l'amica conosceva. Raddrizzò scatole e scatoline, scartò qualche cartaccia e la gettò nel cestino.

Poi finalmente la guardò in faccia.

«Hai la macchina?» chiese. «Non preoccuparti, se hai da fare posso chiamare un taxi.»

A Cristiana venne voglia di scuoterla.

«Dio Santo, Valentina! Non pensi che ci sia qualcosa di cui dovremmo parlare?»

Notò che deglutiva nel tentativo di mantenere la calma.

Gli occhi però cominciavano a farsi velati.

«Andiamo», le propose abbracciandole le spalle.

Entrando in casa, Cristiana si sentì rincuorata. Era il suo rifugio. Un unico locale con soppalco. Nel salottino il divano rosso, due poltrone patchwork e molti cuscini. Un caos colorato in cui si riconosceva. La scala in legno scuro portava al letto king nel soppalco. La cucina era minuscola, il bagno grande e comodo. Un'intera parete era occupata dai ritratti fatti da Alfredo. Il suo e quello di Gloria. Chiunque entrasse rimaneva qualche secondo rapito a guardare quei quadri. Spesso le chiedevano se Alfredo dipingesse ancora. La risposta era: «Sì, ma non fa ritratti». Li aveva fatti per loro, perché le aveva amate entrambe.

«Siediti», incoraggiò Valentina, indicandole il divano. «Ti porto una coperta.»

Trovò un ampio pile morbido nella cassapanca intarsiata e Valentina ci si avvolse con piacere.

«Vuoi una tisana?» tentò Cristiana.

Dava per scontato che nessuna di loro avrebbe mangiato, alle dieci passate.

«Sì, grazie», accettò Valentina, che stava via via riprendendo colore. «E anche dei pantaloni normali, se ce li hai», chiese con un sorriso timido.

Cristiana si precipitò a cercarle qualcosa di decente e poco dopo tornò con le due tazze e un paio di leggings di lana. La aiutò a sistemarsi, le infilò a forza due calzini antiscivolo, poi le strappò di mano la sacchetta di plastica dove c'erano i suoi vestiti intrisi di sangue.

«Li lavo io», propose.

Valentina li riprese.

«No, li butto», rispose decisa.

Cristiana si sedette.

«Dai», le disse soltanto.

«Non lo sa nessuno, a parte te», iniziò Valentina rimettendosi seduta ben dritta.

«Perché?»

Valentina mandò giù qualche sorsata, riflettendo.

«È complicato. Avevo bisogno di tempo.»

Cristiana sentì un'angoscia che non si aspettava. Valentina no. Valentina era pura luce. Ma soprattutto Valentina era *sua*, la sua amica. Non la sorella di Francesco.

Chi le sta facendo male?

Non riuscì a sopprimere la domanda.

«Il padre è...» Come poteva dirlo? «Gianluca?»

Mentre lo chiedeva si sentiva folle. Ma fin lì non le era venuto in mente altro, è qualcosa che succede più spesso di quanto si creda.

«Certo», rispose Valentina facendo evaporare qualsiasi dubbio.

Il motivo per cui non avessero ancora avuto figli, anche se sposati da tre anni, a Cristiana era sembrato ovvio solo fino a poche ore prima. Era talmente prevedibile che avrebbero messo presto al mondo due o tre bambini splendidi quanto loro, da potersi concedere l'attesa, che stava consentendo a Valentina di radicarsi meglio nello studio di famiglia e a entrambi di godersi la giovane età.

«Perché non gli hai detto che sei incinta?» chiese Cristiana, sempre più ansiosa. «Non lo vuoi?»

Era assurdo anche questo, ma doveva farle comprendere che poteva parlare in totale libertà.

«Mi puoi dire qualsiasi cosa, Vale, lo sai.»

Le prese le mani.

«Voglio solo aiutarti», insistette, più sincera che mai.

Valentina sembrava combattuta, si tormentava i capelli con le mani.

«Avevo deciso di non parlarne», rispose pianissimo.

A Cristiana sembrava che il cuore stesse per scoppiarle per la tensione. Non riusciva a immaginare nulla di plausibile, le sembrava di aver perso qualsiasi riferimento.

Finalmente Valentina cedette e iniziò a raccontare.

«Gianluca mi ha tradito», cominciò.

Raccontò la mattinata, la caduta, la segretaria procace, la confessione, il pentimento.

Cristiana ascoltò, sorpresa e addolorata dalla banalità degli eventi, e sconvolta dalla sofferenza profonda che l'amica trasmetteva.

Fu travolta dal desiderio di abbracciarla, di proteggerla.

Avrebbe voluto prometterle: ti salvo io. Questa miseria non ti spetta.

«È stata l'unica volta?» chiese, quando Valentina finì di parlare e di piangere.

Lei alzò le spalle.

«È quello che dice.»

Per Cristiana quell'amarezza fu il colpo più duro.

«Non gli credi?»

Valentina scosse la testa.

«Non so più cosa pensare.»

Cristiana la abbracciò forte e le asciugò una lacrima.

«Adesso devi solo pensare... a riprenderti.»

Stava per dire «al bambino» ma non osò.

Valentina si alzò in piedi e fece qualche passo immersa nei propri pensieri.

«Come potrei accettare una cosa del genere adesso che ho trent'anni? Chi può garantirmi che non succederà ancora?»

Si stava animando, stava riprendendo forza.

Cristiana pensò a Francesco e si sentì debole.

«Nella vita si può sbagliare, Valentina», le disse incerta, vergognandosi di se stessa.

«Io voglio il mio bambino», spiegò l'altra, sedendosi accanto, con gli occhi brillanti. «Ma so che non potrò mai vivere una vita di finzione.»

Finzione. Le stesse parole di Francesco.

Con la differenza che Valentina era Valentina, e che lei faceva sul serio.

Cercò di ragionare, senza lasciarsi distrarre dai propri tormenti.

Voleva, e doveva consigliarla per il meglio.

Le disse l'unica cosa di cui si sentisse certa: «Gianluca è il padre, non puoi non dirglielo».

10
Valentina

VALENTINA picchiettò delicatamente con le dita il correttore soltanto sulle occhiaie, tentando di coprirle. Poi si guardò, girando più volte il viso, per vedersi sotto una diversa angolazione. Niente da fare, l'effetto era comunque troppo pesante, quindi prese un batuffolo di cotone per rimuoverlo, infine si spazzolò con vigore i capelli.

Scorse Gianluca che la osservava fermo sulla porta.

«Sicura che te la senti?» le ripeté una volta ancora.

Annuì e uscì dal bagno per andare a vestirsi.

Lui la seguì e si sedette sul letto. Lei si accorse che era già pronto, camicia, jeans, giacca. L'odore del dopobarba, come ogni altro profumo, le dava fastidio. Non lo disse.

«Tina? Non siamo obbligati ad andare. Possiamo inventare una scusa.»

Lei scosse la testa, lui assunse un'espressione rassegnata e alzò le mani.

«Come vuoi.»

Valentina si girò per nascondere le lacrime. Sembrava impossibile non piangere.

Non aveva nessuna voglia di andare, in quelle condizioni. La gravidanza, a partire dalla forte emorragia di tre settimane prima, le stava creando solo problemi. Nausea, fiacca, un sapore costante di ferro in bocca. Il pranzo della domenica in pompa magna a casa dei suoi genitori, con persino Gigliola invitata, non era proprio quello che ci voleva.

Uscì dalla camera per andare a prendere le scarpe e lui la seguì ancora, rimanendole accanto anche mentre si infilava gli stivaletti.

«Che c'è?» gli chiese.

Lui le prese una mano e la condusse verso il salone.

«Ti prego, Valentina, ragioniamo. Non possiamo andare a-vanti così.»

Lei si sedette sul divano, remissiva, pronta ad affrontare nuo-vamente i discorsi già ascoltati molte volte nelle ultime settimane.

Alla notizia della gravidanza, la reazione di Gianluca era stata esattamente quella che si sarebbe aspettata. Quel bambino era un segno del destino, la prova che la loro unione era destinata a durare e che nessun errore, nessun cedimento, poteva minare le loro fondamenta. L'aveva abbracciata, accarezzata, coccolata, si era scusato all'infinito per averla fatta soffrire, aveva promesso che tutto si sarebbe risolto. Da quel momento, era diventato un marito talmente perfetto da far sbiadire il Gianluca precedente che pure già tutte le invidiavano. Mai più una serata di lavoro in ufficio, cancellate le uscite con gli amici, a parte il calcetto, ma solo perché il torneo era già iniziato. Le chiedeva il permesso persino per vedere la partita della Roma, pronto a sacrificarsi per qualsiasi alternativa lei desiderasse, anche se lei in realtà non gli chiedeva niente.

Valentina lo lasciava fare, approfittando di quella disponibilità per riflettere. Aveva fatto in modo che la gravidanza diventasse l'unico argomento, sfuggendo qualsiasi altra occasione di chiari-mento. La decisione di tenere la notizia riservata – a causa di quel primo spavento c'era un calendario serrato di controlli da fare – aveva reso Gianluca ancora più amorevole, perché consapevole di portare sulle proprie spalle il peso di quella responsabilità.

Nel frattempo, però, lei non era riuscita a venire a capo di niente.

C'erano momenti in cui si imponeva di guardare solo avanti, al bello che li attendeva. Ma il pensiero di quel tradimento tornava a galla da solo, portando con sé una rabbia feroce che non credeva di poter provare.

Gianluca era seduto davanti a lei, in attesa di poter parlare. Aveva un'aria disperata, lei provò un lampo di tenerezza.

«Dimmi», lo esortò cercando di mostrarsi vivace.

«Valentina, vederti così assente mi fa malissimo. So che hai bisogno di tempo e so che stiamo passando un momento difficile. Non capisco però perché non cerchiamo almeno di evitare le occasioni più faticose. I pranzi della domenica sono un incubo.»

Lo disse con un tono così accorato che a lei venne un sorriso.

«Perché non ce ne andiamo al mare, o anche solo a fare una passeggiata, ora che finalmente ti hanno detto che puoi ricominciare una vita normale?»

Valentina ci pensò sopra. Era tentata.

«Abbiamo già saltato il pranzo di due settimane fa», rispose demoralizzata.

Si erano inventati un compleanno inesistente.

«Se non mi presento, mia madre comincerà a insospettirsi.»

Per un attimo immaginò la spiaggia semivuota in autunno, il vento e l'odore del mare, l'unico, ne era certa, che non le avrebbe dato fastidio, e provò un desiderio struggente di fuggire davvero, di avere accanto il Gianluca di un tempo, di fare l'amore con lui, senza sapere che era esistita una Paola, senza la responsabilità di una nuova vita in arrivo.

Era impossibile.

«Andiamo, che è tardi», disse soltanto.

Parcheggiarono davanti al portone e, prima di scendere, Valentina si controllò una volta ancora nello specchietto.

«Sicuro che sembro normale?»

«Certo, sei bellissima.»

Videro arrivare Gigliola a piedi dall'alto della discesa, ben dritta sui tacchi, impeccabile come sempre, ed entrambi trattennero il fiato prima di aprire lo sportello.

Lavorarci insieme era più che sufficiente, ritrovarsela accanto anche nel giorno di riposo era davvero faticoso. Valentina aveva anche provato a farlo capire a sua madre, ma era stato inutile.

«Come potrei essere così scortese verso la mia consuocera, che oltretutto è vedova e sola da tanti anni?»

Vedova sì, sola non proprio, visto che era molto più mondana di tutti loro messi insieme, tra viaggi e serate con le amiche, mostre, cinema, teatri.

La verità era che a sua madre faceva troppo piacere esibirsi nel ruolo di padrona di casa e che Gigliola, che probabilmente avrebbe avuto altri dieci impegni per quello stesso giorno, avrebbe comunque maldigerito l'idea di essere esclusa.

In più, entrambe provavano un piacere patologico nella sfida sotterranea che esisteva tra le loro due tipologie. Donna in carriera da un lato e moglie-madre-nonna ideale dall'altro. Era uno scambio continuo di frecciatine che le rendeva protagoniste di ogni pranzo.

Che buona questa ricetta, ma dove trovi il tempo? Io al massimo riesco a cucinarmi un uovo sodo.

Non lavorerai troppo? Davvero in riunione oltre mezzanotte? Io sono distrutta solo per aver accompagnato le bambine a equitazione.

Entrambe contavano su una schiera di domestici, Gigliola poteva schioccare le dita e organizzare una cena di lavoro per venti persone in un solo pomeriggio, e sua madre poteva fare altrettanto, facendosi sostituire da più di una baby-sitter in qualsiasi emergenza.

Ma loro si divertivano così, nel disinteresse totale di tutti gli altri.

Suo padre e suo fratello parlavano di lavoro o di calcio, le bambine resistevano nel ruolo di signorine beneducate per dieci minuti al massimo e poi facevano impazzire Simona con capricci placati subito con uno schermo qualsiasi, tv, tablet o console.

A lei e Gianluca non restava che contare i minuti in attesa che il pranzo terminasse.

Dall'alto della strada, giunsero le voci squillanti delle nipotine e Valentina schizzò fuori dalla macchina con entusiasmo autentico. Vestite uguali, pettinate entrambe con un cerchietto dorato, sembravano due versioni della stessa persona in statura differente. Flavia stava diventando via via più magra e cominciava ad assomigliare sempre più a Simona, mentre Cecilia era paffuta e manteneva i lineamenti del padre.

La videro e le corsero incontro. Cecilia le saltò in braccio sorprendendola, ormai a sei anni era diventata pesante, e Valentina notò l'occhiata allarmata di Gianluca. Cercò di fargli capire di evitare reazioni eccessive, che potessero suscitare sospetti.

Fingendosi occupata con loro, salutò Gigliola frettolosa, lasciando che lei si accaparrasse subito il figlio per chiedergli qualche favore o affibbiargli qualche incarico imprevisto.

In casa, Valentina si lasciò aiutare da Jorge per togliersi il cappotto e poi entrò in cucina per salutare Maria, sua moglie, domestica dei suoi genitori ormai da oltre vent'anni, entrata in famiglia quando lei era ancora bambina.

Fu avvolta dall'odore del cibo che le provocò una lieve nausea.

Maria l'abbracciò con calore e poi la squadrò dall'alto in basso.

«Sei dimagrita ancora?»

Valentina rise cercando di essere naturale.

«Ma che dici?» esclamò.

«Così è troppo», sentenziò la donna, osservandola con più attenzione e notando sicuramente anche le occhiaie.

Valentina fu assalita dalla sensazione irrazionale che Maria possedesse poteri magici e fosse in grado di percepire la gravidanza senza bisogno di parole. In fondo era stata lei a curarla, con carezze e tisane, quando, in adolescenza, i cicli mestruali erano dolorosissimi e le provocavano emicranie.

«Ma certo», rispose briosa, «solo troppo lavoro.»

«Vuoi anche tu le fettine panate?» le chiese Maria indicando la padella. Per evitare digiuni, sua madre faceva sempre preparare qualcosa che andasse bene per le bambine.

L'idea di mangiare il fritto le parve inconcepibile ma sfoderò il suo sorriso migliore.

«Perché le fettine? Chissà quante cose buone hai fatto!»

Quella non nascose la soddisfazione, era una cuoca eccezionale e la cucina straripava di piatti già pronti per essere serviti, tenuti in caldo nel forno e ricoperti di alluminio. Valentina riconobbe gli sformatini di verdura e un grande arrosto in crosta.

Pregando di riuscire a ingoiare qualcosa, si diresse in salone.

La tavola era quella delle grandi occasioni, con i tovaglioli di lino azzurro, il servizio decorato in argento e i sottopiatti abbinati.

Si sedette al proprio posto lasciandosi catturare da un battibecco tra le ragazzine, saltando sulla sedia quando suo padre le schioccò un bacio sulla nuca. Cecilia rise di cuore vedendola così spaventata e suo padre le fece una carezza sulla guancia.

«Tutto bene?» le chiese, distratto.

Per fortuna Cecilia le afferrò il viso per costringerla a parlare con lei e Valentina poté fingersi occupata. Era circondata da medici e da persone che la conoscevano troppo bene per non notare la sua stranezza. Gianluca era ancora monopolizzato da sua madre, che non smetteva di parlargli e di mostrargli qualcosa sul telefono.

«Cecilia, smettila!» La voce seccata di sua cognata Simona la riportò alla realtà. «Lascia in pace Valentina.»

«Non preoccuparti», rispose lei in fretta. «Le vedo così poco, non mi creano nessun problema.»

Simona fece un sorrisetto formale e si sedette in mezzo alle figlie, nella posizione strategica studiata per evitare che non litigassero. In quei pranzi i bambini stonavano, al di là delle chiacchiere su quanto adorasse essere nonna, a sua madre piaceva che tutto filasse liscio e Gigliola era probabilmente la donna alla quale i bambini altrui interessavano meno al mondo.

In quel momento, fecero il loro ingresso il fratello di suo padre con la moglie. Valentina non ricordava che venissero anche loro, e siccome lui camminava male dopo l'operazione all'anca tutti gli si fecero incontro e lei ne approfittò per osservare Simona. Sembrava persino meno contenta di lei di essere lì. Era seduta a occhi bassi e continuava a riprendere sottovoce le figlie, con un nervosismo immotivato. Flavia, nel tentativo di placarla, le si strusciò addosso in cerca di contatto, ma lei rispose con un bacio fugace.

La bambina allora si alzò per andare a cercare il padre, che la accolse con molto più entusiasmo: «Chi è questa signorina così grande?» Le scompigliò i capelli, le fece il solletico, con la consueta allegria, ma rimanendo ben distante da Simona. Anche Cecilia si precipitò a cercare le attenzioni di Francesco e lui dovette dividersi faticosamente tra le due, fece il gioco di sollevarle in contemporanea, una sotto un braccio e una sotto l'altro, per trascinarle a salutare gli zii anziani annunciando orgoglioso: «Ecco a voi cinquanta chili di bambine!»

Gianluca andò in suo soccorso, aiutandolo a reggere Flavia che stava scivolando. Tutti risero, persino Gigliola, mentre soltanto Valentina e Simona se ne rimasero sedute a tavola in silenzio.

Il pranzo iniziò tra chiacchiere futili, complimenti esagerati sul servizio di porcellana e i bicchieri lavorati, saluti calorosi a Maria, che in divisa bianca aveva cominciato a servire l'antipasto, e prese in giro alle bambine che si rifiutarono categoricamente di assaggiare i piccoli flan di carciofi. Per loro, naturalmente, c'erano le ovoline e gli stecchini di salame.

Come da copione, il nonno tirò fuori da sotto il tavolo una bottiglia di Coca-Cola, proibitissima in casa, e la offrì alle nipoti con fare cerimonioso, annunciando che potevano scolarsene un litro a testa, garantiva lui, gastroenterologo.

Valentina fu assalita dalla voglia di bere anche lei quella bibita fresca, di fatto l'unica cosa che le andasse, e senza pensarci se la versò per prima, provocando ulteriore ilarità e uno sguardo preoccupato di Gianluca.

«Allora? Nessuna novità in arrivo?» La voce roca di zia Silvana suonò fuori luogo in quel momento di allegria. «Lavori in corso, spero», continuò la donna. «Qui ci starebbe bene un bel maschietto.»

La moglie di suo zio, che i problemi di alcol rendevano spesso inopportuna, non aveva avuto figli. Spesso si dilungava sui problemi che le avevano impedito una gravidanza, una salpingite cronica diagnosticata male. Da lì partiva un discorso sulla sua totale contrarietà all'adozione, come fai a sapere chi ti capita, magari il figlio di qualche disgraziato. Il resto della conversazione era dedicato a esortare gli altri a procreare a oltranza.

Ora le vittime predestinate erano giocoforza lei e Simona. Si rivolgeva sempre direttamente a loro due, come se Gianluca e Francesco non avessero alcun ruolo. Più a lei che a Simona, per ovvi motivi.

Le fu di aiuto la mania di protagonismo di Gigliola, che intervenne subito.

«Mio Dio! Che è tutta questa fretta? Valentina ha appena trent'anni e una carriera brillante davanti a sé. Mica vorrete sottrarmela così?» scherzò. «Sappiate che non la lascerò andare tanto facilmente!»

Valentina si schernì con un sorriso di circostanza e per distrazione si servì una porzione gigantesca di pasta alla siciliana, mentre accanto a lei Cecilia stava studiando il piatto con sospetto.

«Cosa sono?» chiese indicando le melanzane, tagliate in pezzi minuscoli proprio per non essere individuate.

«Sugo», rispose innocente la nonna.

«E questo?» insistette la bambina indicando la ricotta grattugiata.

«Parmigiano.»

Il trucco di mentire sulla natura degli alimenti, come se le bambine potessero crederci in eterno, ormai non funzionava.

Cecilia si rabbuiò e iniziò un'operazione meticolosa di pulizia dei rigatoni, creando un pasticcio nel piatto e facendo cadere pezzetti di melanzana sulla tovaglia.

Simona si irrigidì.

«Piantala», le sibilò secca.

Prima che la bambina si mettesse a piangere, la nonna bisbigliò qualcosa a Maria, che corse e in cucina e le mise davanti rigatoni in bianco.

Valentina mangiò in silenzio, sperando che quell'interruzione avesse cancellato dalla tavolata l'argomento figli.

Gigliola era ripartita con i suoi aneddoti preferiti, tra cui l'aver lavorato fino a sedici ore prima del parto e l'aver fatto nascere il figlio con un cesareo programmato. «Chi ha tempo per il travaglio?» era stata in passato la sua frase classica, accompagnata dal gesto di chi cerca un buco in agenda per partorire. Con il tempo aveva eliminato quel riferimento, ormai il cesareo era troppo diffuso. Riservava il suo show alle giovani praticanti dello studio che la guardavano con un misto di paura ed estasi.

«Valentina?» La voce di Gianluca la richiamò alla realtà e si rese conto che qualcuno doveva averle posto una domanda.

Si guardò intorno smarrita mentre sua suocera ripeteva: «La tua amica sta meglio?»

Tutti gli occhi erano puntati su di lei. Capì che si parlava di Arianna. Gigliola lo sapeva, avendone sentito parlare lei e Gianluca in studio. Lo sapevano anche sua madre e suo padre, che si informavano regolarmente sulle sue amiche. Inizialmente Paolo, tramite lei, aveva chiesto consiglio anche a suo padre per trovare uno psichiatra esperto in problematiche post parto. Poi però si erano rivolti a un'altra dottoressa, quella che Cristiana definiva «scelta chissà come».

«Molto meglio!» esclamò sopra le righe, affaticata da quella curiosità.

«Quindi è rientrata a casa?» chiese sua madre con tono di voce prudente.

Anche le bambine ascoltavano attente. Dovevano aver intuito che si trattava di un argomento serio dall'atteggiamento generale.

«In realtà no, ha ancora bisogno di qualche giorno di riposo, ma vede tutti i giorni il bambino. Suo marito lo porta al mare oppure viene lei a Roma per qualche ora, sono solo trenta chilometri e guidare la rilassa.»

Tutti annuirono come se fosse una situazione normale.

Intanto Maria entrò con l'arrosto circondato da patate al forno fumanti e carote caramellate e i complimenti ricominciarono.

Valentina si mise a impilare i piatti così da confondere il proprio, ancora pieno, con quello rifiutato da Cecilia.

Parlare di Arianna le aveva creato disagio.

Non aveva detto la verità o, meglio, non aveva modo di dire la verità, perché non la conosceva fino in fondo. Nonostante le premesse di Paolo, non c'era stato bisogno che loro intervenissero per convincerla. Né sarebbe stato possibile, con lei allettata per l'emorragia e Cristiana fagocitata dal nuovo lavoro, visto che suo zio non era ancora rientrato in servizio.

Al contrario era stata proprio Arianna a scrivere a entrambe. Poche parole, semplici.

Mi sposto qualche giorno al mare per riposare un po'.

Non aveva fatto nessun riferimento a dove fosse il bambino. Paolo, molto più sereno rispetto all'incontro, aveva raccontato loro quello che lei adesso stava ripetendo. Aveva definito Arianna «consapevole e collaborativa».

«Dovrei incontrarla proprio questa settimana», aggiunse allegra rivolgendosi alla tavolata, anche se stava tranquillizzando soprattutto se stessa. Non c'era nessun appuntamento già fissato, solo uno scambio di messaggi su un possibile pranzo, senza data.

Si era chiesta se raccontarle della gravidanza, non era giusto che Cristiana lo sapesse e lei no, ma anche se fosse il caso di parlare di nascite e bambini, nel clima difficile che aleggiava. Aveva deciso di aspettare e anche di non dire una parola su Gianluca. Non era il momento di mettere sul piatto altri temi dolorosi.

Mentre lei rifletteva, il resto della tavolata, in attesa di frutta e dolce, si era concentrato su Cecilia.

Mancavano pochi giorni al suo primo saggio di pianoforte, ma ogni alunno poteva portare al massimo sei persone, perché il teatro non avrebbe potuto contenere tutti. Erano stati scelti genitori, sorella, nonni e zia, cioè lei. Era in dubbio se andare, aveva voglia di stare da sola. Stava ipotizzando di cedere il proprio biglietto a Maria, che aveva una vera passione per le figlie di Francesco. Lo avrebbe proposto all'ultimo momento, per evitare tira e molla inutili con sua madre.

«Facci sentire qualcosa!» stava chiedendo suo zio.

Cecilia si alzò tutta rossa e orgogliosa, mordendosi il labbro per l'emozione, e andò a sistemarsi sullo sgabello del pianoforte a coda che era a lato del salone. Il nonno accorse per aprire il coperchio e assicurarlo per bene, facendo il solito scherzetto di lasciarlo cadere sulle mani della bambina.

Cecilia suonò qualche nota di una canzoncina molto semplice, che Valentina stessa ricordava. Era tra gli esercizi per bambini che anche lei aveva studiato, tanti anni prima. Sua madre cominciò a canticchiare le parole e Valentina, per vedere meglio, si alzò e si spostò di qualche passo.

Nell'osservare quella scena – la bambina con i capelli lisci e il vestitino grigio elegante che suonava, gli adulti raggianti attorno a lei che si prodigavano in applausi, sua madre che controllava Gigliola per essere certa che ammirasse il suo trionfo di nonna, quella del tutto disinteressata che digitava messaggi sul telefono, sua zia già brilla che continuava a ripetere brava Flavia perché confondeva i nomi – si sentì soffocare.

Vent'anni prima, su quello sgabello c'era lei, con gli stessi calzini traforati, le scarpe con gli occhietti e la camicina con il colletto smerlato. Tra qualche mese ci sarebbe stata ancora lei, nel pubblico, con un neonato in braccio? E tra qualche anno sarebbe stata lei a regolare lo sgabello magari per un maschietto in giacca e capelli ben tagliati, mentre suo padre avrebbe continuato a fingere di schiacciargli le dita?

Troppe domande le si affollarono in testa.

Gianluca l'avrebbe tradita ancora? Quanti altri pranzi avrebbero passato Francesco e Simona senza guardarsi in faccia? Arianna avrebbe ripreso a risponderle al telefono o avrebbe dovuto continuare a inseguirla su WhatsApp per prendere appuntamento? Sua zia, sempre più grossa e sempre più ubriaca, le avrebbe ancora messo la stessa tristezza? Avrebbe indossato collane d'oro e camicie di seta come sua madre o tailleur di stoffe sgargianti come Gigliola?

Afferrò Gianluca per un braccio, scuotendolo. Possibile che davvero fosse interessato a quel teatrino?

«Portami al mare, ti prego.»

Lui la fissò stordito.

«Adesso?» bisbigliò.

«Portami via, per favore.»

Lui le si fece accanto e si allontanarono di qualche passo.

«Tina, come facciamo ad andarcene *adesso*?»

Sembrava impaurito, come se gli stesse proponendo qualcosa di pericoloso.

Valentina sentì il nodo che le stringeva la gola, gli occhi pieni di lacrime; Gianluca se ne accorse e si chinò a baciarle le labbra.

«Prendiamo il dolce e poi scappiamo, te lo giuro.»

Suo padre si era seduto insieme a Cecilia e strimpellava note senza senso facendo ridere le bambine fino alle lacrime.

«Che stupido», dichiarò sua madre, mostrandosi disgustata, ma sempre attenta che Gigliola apprezzasse quel calore famigliare.

La suocera intanto aveva catturato di nuovo Gianluca, ma Valentina colse solo qualche sillaba e le parole finali: «Entro stasera?»

Gianluca argomentò qualcosa e cominciarono a discutere in tono teso, ma a bassa voce per non disturbare gli altri.

Valentina fece qualche altro passo indietro e si trovò nel corridoio senza che nessuno la notasse. Si precipitò nell'armadio dei cappotti, spostò freneticamente le giacche fino a che riuscì ad afferrare la propria. Fece cadere quelle rosa delle bambine e faticò a riappenderle perché i ganci erano troppo pieni.

Prese la borsa e si avvicinò alla porta.

Stava per richiudersela alle spalle quando si sentì chiamare.

«Sta uscendo, signora Valentina?»

Jorge era arrivato diversi anni dopo Maria e si divideva tra Roma e Capo Verde, qui custode e autista, lì proprietario di una piccola azienda agricola.

Si girò a guardarlo, osservò la giacca azzurra che gli imponevano di indossare, strana su quell'uomo tarchiato e possente. Maria aveva confessato a sua madre che a volte l'aveva picchiata. Quella lo aveva riferito sia a suo padre sia a Gigliola, per un consiglio legale. In qualche modo dovevano avergli fatto passare la voglia, visto che del problema non si era parlato più.

«Stavo andando a prendere una cosa in macchina», balbettò.

Dal salone il frastuono proseguiva.

«Va bene, signora. Aprirò io il citofono.»

Valentina si chiuse la porta alle spalle e si fermò davanti all'ascensore. Spinse il pulsante e impaziente seguì i numeri lampeggianti che comparivano sul minuscolo schermo, dal piano terra fino al sesto.

Quando la porta scattò perché era arrivata al piano, si sentì paralizzata.

Dove pensava di fuggire?

Si massaggiò il viso, ricacciò a forza le lacrime, si sistemò i capelli con le mani.

Girò su se stessa e suonò decisa alla porta.

Jorge aprì, sorpreso.

«Già tornata?»

Valentina estrasse il portadocumenti di pelle rossa e lo mostrò.

«Trovato. Era nella borsa», annunciò, con voce ferma.

Gli diede di nuovo il cappotto e tornò verso il salone, proprio mentre Maria portava i profiteroles.

11
Cristiana

«Ecco, è qui.»

Cristiana indicò il portone dove il civico, inciso nella pietra, non era più leggibile.

Alessandro si guardò intorno in cerca di un parcheggio mentre lei abbassò lo specchietto per controllarsi di nuovo. Troppo trucco? Troppo profumo? Era abituato a vederla sul lavoro, in camice e atteggiamento sobrio.

Lui intanto era entrato in un posto libero con precisione millimetrica.

«Che mira!» commento Cristiana scherzando.

Alessandro spense il motore e per un attimo le sembrò smarrito. Era stato coraggioso ad accettare di accompagnarla a una festa dove non conosceva nessuno tranne, poco, lei. L'aveva invitata a cena e Cristiana gli aveva controproposto il compleanno di Paolo.

«Ripassiamo?» suggerì allegra.

Lui si mise a disposizione, compìto.

«Allora», esordì Cristiana, «Paolo, il tuo gemello, è il festeggiato e compie trentacinque anni.»

Lui fece sì con la testa, i commenti sui compleanni a un giorno di distanza erano già stati esauriti. Il giorno prima, per lui, c'era stato un piccolo brindisi in clinica. Cristiana aveva partecipato al regalo comune, un poster con disegni comici basati sulle disavventure di un medico incapace. Alessandro lo aveva appeso nel suo studio, tra laurea e master vari.

«Paolo è il marito di Arianna», proseguì Cristiana in tono da maestrina, «che insieme a Valentina è la mia migliore amica.»

Lui annuì mostrando di riuscire a seguire.

«Valentina è sposata con Gianluca e sono tutti e due avvocati.»

Lui fece ancora sì e poi gli venne in mente il dettaglio.

«Lui è il figlio della Arcuti Romagnoli, vero?»

Cristiana confermò.

«Che potrebbe diventare ministro?»

Lei alzò le spalle. La politica le interessava poco e la madre di Gianluca le stava antipatica. Sapeva però che il suo era un nome in vista. Se ne era parlato come possibile ministro della Giustizia, una volta anche dell'Istruzione. Solo a Valentina, tra le persone che Cristiana conosceva, poteva capitare un ministro in famiglia.

Forse però Alessandro si aspettava un commento più competente. Si sentì inadeguata.

Proseguì con l'elenco delle parentele.

«Paolo e Arianna hanno un bambino di sei mesi che si chiama Andrea», aggiunse.

Alessandro rise. «Questo magari non lo memorizzo, non credo che mi verrà presentato.»

Rise anche lei.

Elencò un paio di altre ex compagne di classe. Poi prese coraggio.

«Ci sarà anche Francesco Molinari, il fratello di Valentina.»

Alessandro fece l'ennesimo sì ormai distratto.

«Anche lui medico, ha circa la tua età.»

«Lo conosco di vista.»

«Viene con la moglie», aggiunse lei precipitosa, nonostante l'informazione non avesse alcun rilievo. «Si chiama Simona, è laureata in Chimica e aveva vinto un dottorato, ma poi ha lasciato perché hanno due bambine piccole.»

Lui non sembrò granché interessato alle scelte di vita di Simona.

Cristiana si sentì patetica.

Se fosse stata sincera avrebbe dovuto dire: «Tu stasera sei

qui perché sono riuscita a tenerlo lontano per un mese, ma se lo incontro quando io sto da sola e lui con Simona mi sento male».

Un clacson richiamò la loro attenzione. La grande macchina scura di Gianluca si accostò alla loro e Valentina li salutò facendo ciao con la mano.

Cristiana sentì una morsa di apprensione. Anche a distanza, anche in penombra, notò il viso affaticato. Valentina si affrettò a scendere per abbracciarla aspettando che Gianluca trovasse un parcheggio libero. Tese la mano con il suo sorriso aperto, che non poteva non conquistare, mentre si presentava ad Alessandro. Gianluca fece lo stesso quando arrivò trafelato, anche lui cortese e affabile.

Le due amiche salirono da sole nell'antico ascensore a vista, gli uomini a piedi in un gesto di cavalleria per non stare stretti, ma evitarono qualsiasi commento per il rischio di essere sentite.

Paolo aprì la porta con un sorriso tirato, dietro di lui si sentiva musica in sottofondo e chiacchiericcio. «Benvenuti!» esclamò in tono molto alto.

Si guardarono perplesse ed entrarono. Fu Valentina a ricordarsi che Alessandro era sconosciuto ai più.

«Lui è Alessandro, un collega di Cristiana», spiegò rivolta a Paolo, che continuava a guardarle come se non le mettesse realmente a fuoco.

«Ah sì, certo, scusa, stavo cercando il cellulare in borsa», mentì Cristiana.

Finiti i convenevoli, rimasero fermi qualche istante con una domanda ovvia sospesa sulle loro teste.

Di nuovo fu Valentina a rompere il ghiaccio.

«Arianna dov'è?» chiese con naturalezza.

Paolo non riuscì a nascondere l'impaccio.

«Stavo proprio per dirvelo. Si è sentita poco bene ed è andata a sdraiarsi a casa di sua madre. Tra poco andrò a vedere se riusciamo a trascinarla qui almeno per la torta?»

Se?

La torta?

Cristiana calcolò che non sarebbe arrivata prima di un paio di ore, considerando che dovevano ancora iniziare a cenare. Poteva vedere un grande tavolo apparecchiato a buffet e in un angolo la postazione per le bibite.

«Vuoi che vada io a vedere come sta?» propose.

Notò che Alessandro la guardava incuriosito per quella domanda strana. Gianluca intanto aveva già salutato mezza sala. La casa di Arianna e Paolo era abbastanza grande, i presenti dovevano essere una cinquantina e l'avevano riempita tutta, compreso il piccolo terrazzino esterno, dove si poteva stare seduti in tre o quattro ma molto ravvicinati.

Una ragazza si avvicinò a Paolo con aria speranzosa.

«Giuro che faccio pianissimo, me lo fai vedere?»

Paolo esitò e a Cristiana servì qualche attimo per capire che stavano parlando del bambino.

Valentina provò a far desistere la ragazza.

«Se sta dormendo, forse è meglio lasciarlo tranquillo.»

Quella unì le mani simulando una preghiera.

«Lo so, lo so, ma io sono una zia», spiegò entusiasta, «sono la cugina di Paolo e vivo a Berlino, a Roma non capito quasi mai!»

Valentina si offrì.

«Vuoi che la accompagni io? È in camera sua?»

Paolo fu catturato da qualcuno che lo chiamava e dovette acconsentire.

Cristiana seguì Valentina e la zia berlinese verso la zona notte. Valentina si muoveva con sicurezza, girò con cautela la maniglia e richiuse, attentissima a non fare rumore.

Nel vedere la porta della camera matrimoniale, Cristiana sentì affiorare una sensazione sgradevole. Non era passato nemmeno un anno da quando lei e Valentina si erano accampate tra quella stanza e il salone per distrarre Arianna, costretta a letto dalle contrazioni, e far sì che non si accorgesse del dramma che si stava consumando nell'appartamento di fronte, del viavai di medici e parenti, della cassa da morto portata a spalle per le scale.

Arrivarono alla porta accostata della camera di Andrea, dalla quale usciva una luce fioca e si intravedevano decori infantili alle pareti azzurre. Entrò Valentina per prima, sbirciò il bambino nel lettino a sbarre e fece cenno all'altra di accostarsi, indietreggiando per lasciarle spazio. Cristiana rimase sulla porta, avvolta dal tepore e dall'odore di talco. La ragazza osservò il piccolo in estasi coprendosi il volto con le mani in un gesto di meraviglia e anche le altre due si avvicinarono. Il bimbo dormiva a pancia all'aria con la bocca aperta. Il ciuccio gli era caduto sotto una guancia. Fece un piccolo movimento, la zia si tirò subito da parte e Valentina fu rapida nel carezzargli la testa e infilargli il ciuccio in bocca. Lui non ebbe nemmeno la forza di aprire gli occhi, succhiò veloce e ricrollò subito addormentato con un'espressione di pace assoluta. Poi uscirono in punta di piedi e si ributtarono nella festa.

Si udì il citofono e Cristiana trasalì.

Era arrivato?

Stava per rientrare nel salone quando Valentina la bloccò per un braccio.

«Non è normale che non sia qui», le disse, turbata.

Cristiana dovette placare l'ansia e concentrarsi sulla risposta. «No, non lo è.»

«Ti ha scritto qualcosa?»

Cristiana cercò sul cellulare l'ultimo messaggio di Arianna.

Intanto si rese conto che stava lasciando Alessandro da solo per troppo tempo e che era scortese.

Mostrò il messaggio a Valentina che lo lesse con attenzione, nonostante ci fosse ben poco da capire.

Ci vediamo stasera, e poi l'immagine dei coriandoli e di una bottiglia di spumante.

«Scusami, devo per forza stare un po' con Alessandro», si scusò Cristiana, agitata.

«Tranquilla, ci sta pensando Gianluca», la rassicurò Valentina, indicando un angolo del salotto dove i due stavano chiacchierando rilassati insieme a un terzo uomo che Cristiana non riconobbe. Avevano tutti in mano un piattino ricolmo di invitanti stuzzichini. Gianluca, beneducato quanto sua moglie, non avrebbe mai abbandonato a se stesso un ospite solitario.

Intanto dall'ingresso si sentivano ancora voci e saluti.

Cristiana non poté impedirsi di spiare, con una tensione crescente.

Paolo entrò in salone dandole le spalle insieme a due donne e lei provò una fitta di delusione.

«È proprio un bel ragazzo», stava commentando Valentina, «avevi ragione.»

Cristiana stava per chiedere: «Chi?» ma fece in tempo a capire che stava parlando di Alessandro.

«Gli piaci molto», continuò l'amica, convinta.

Cristiana non ne era nemmeno certa che le interessasse.

«Di sicuro lui piace a molte e ha un'ampia scelta», rispose giocando a fare la cinica.

«Mi pare che stasera sia qui con te in un noioso compleanno di coppie sposate e con figli.»

Questo era vero. Un'occasione ben poco stimolante, se il massimo dell'eccitazione era sdilinquirsi di fronte a un neonato addormentato e il tema più gettonato parlare di altre pance, altri bambini e altri matrimoni.

Notò che Valentina, al solito, stava tenendo la conversazione lontana da sé.

«Dimmi come stai tu», le chiese fissandola negli occhi.

Quella sostenne lo sguardo rimanendo impassibile.

«Tutto bene.»

Non era stato semplice farla parlare della gravidanza o di come stessero andando le cose con Gianluca.

Valentina aveva espresso pochi concetti.

Sì, Gianluca era felicissimo.

Sì, Gianluca era pentitissimo.

Sì, Gianluca si stava comportando benissimo.

No, non sapeva dire come si sentisse lei.

No, non sapeva se sarebbe riuscita a perdonarlo.

No, non aveva parlato ancora a nessun altro della gravidanza, voleva comunque aspettare l'ecografia del terzo mese.

Il tutto riassunto da una frase ripetuta fin troppe volte: «Ho bisogno di tempo».

Cristiana le strinse una mano cercando un contatto. Valentina ricambiò la stretta ma rimase distaccata, gli occhi altrove.

«Lo sai che io ci sono», le sussurrò Cristiana.

«Certo», rispose Valentina in fretta.

Notarono entrambe la madre di Arianna che tirava Paolo da una parte per dirgli qualcosa e si diressero verso di lei.

Vedendole arrivare, la donna sembrò scossa.

«Buonasera, signora, come sta?» si fece avanti Valentina.

La donna le osservò con l'aria di chi non ha fatto in tempo a sottrarsi.

«Abbiamo appena visto il bambino, è sempre più bello», proseguì Valentina con dolcezza.

A Cristiana tornò in mente il giorno in cui erano andate a trovare Arianna in clinica. Il cesareo era stato deciso d'urgenza, per un rialzo di pressione, alla trentottesima settimana. Poi c'era stata la flebite e la ferita con due punti infetti. Quando l'avevano finalmente vista, a quasi settantadue ore dal parto, più che l'immagine della felicità pareva distrutta. A Cristiana era rimasto impresso il caos di gente in quella camera, la madre che faceva avanti e indietro con la sua aria spaurita, i troppi parenti che volevano salutare la neomamma e conoscere il piccolo, i toni di entusiasmo eccessivo per compensare il lutto così recente, le puericultrici in divisa azzurra che portavano il bambino avanti e indietro in una teca trasparente intimando ogni volta ai presenti, in modo sgarbato, di uscire dalla stanza e che chiamavano Arianna «mamma», Paolo «papà» e Andrea «patato».

Come ti senti mamma, riposati, papà, che qui il patato è un diavoletto, alzati, mamma, che devi camminare, la ferita fa male, ma prima ti muovi e prima passa.

Aveva capito che non conoscevano i nomi di nessuno e che quindi erano tutte «mamme», tutti «papà» e tutti genitori di «patati». Le aveva dato fastidio. «La mia amica si chiama Arianna», avrebbe voluto urlare.

Un ricordo stridente con quello che aveva di Gloria con Marco appena nato fra le braccia. Radiosa, con accanto soltanto lei, Roberto e Alfredo.

Dopo l'infarto del marito, la madre di Arianna era invecchiata all'improvviso. Al funerale, era sembrata a tutti rimpicciolita, quasi invisibile, vicino alla figlia che con il pancione veniva portata avanti e indietro in sedia a rotelle per non farla stancare.

Il nipotino sarà la miglior cura, era diventato il mantra generale.

Ma adesso appariva persino più fragile di allora, anche ingobbita, circondata da una musica e da un'allegria festosa nella quale era in evidente contrasto.

Il riferimento di Valentina al bambino illuminò solo per un attimo il suo viso.

«Arianna si è addormentata», spiegò loro, lanciando un'occhiata incerta a Paolo che però non la stava ascoltando. «Non so se sia il caso di svegliarla, negli ultimi giorni non è stata bene.»

Cristiana cercò di mettere a fuoco quel poco che sapeva.

Arianna era rientrata da Anzio da meno di una settimana e le aveva scritto di avere una gran voglia di tornare a casa.

«Non le dispiacerà non partecipare al compleanno?» chiese Valentina.

La donna scosse la testa. «Prende delle medicine per dormire e quando ci riesce il sonno è molto profondo.»

La stanno drogando, pensò Cristiana. Le stanno facendo perdere persino la sera della festa. Dovette trattenersi per non dirlo.

Per preparare un'interrogazione difficile e studiare fino a notte, una volta Cristiana e Arianna avevano preso degli eccitanti. Era successo nell'ultimo anno di liceo. Dovevano aver sbagliato qualcosa perché si erano addormentate quasi subito come sassi. A Valentina non lo avevano nemmeno proposto, non avrebbe mai accettato. Ne avevano riso per anni. All'interrogazione Arianna aveva preso quattro e Cristiana tre.

«Forse potremmo tentare noi?» suggerì Valentina, con un'insistenza insolita per una persona garbata come lei. «Almeno per poterla salutare?»

«Ma sì», si aggregò subito Cristiana, «ne sarà contenta!»

La donna dovette cedere.

«Va bene, vi chiamo tra un po'.»

Sparì verso la stanza del bambino e qualche minuto dopo la videro ripassare e uscire dalla porta cercando di non farsi notare. Cristiana si avvicinò al buffet, affamata.

La madre di Arianna era famosa per le sue polpettine di melanzane, dovevano esserci per forza. Si accorse di essere arrivata troppo tardi, ne erano rimaste alcune già schiacciate e poco invitanti su un grande piatto di portata. Scelse delle piccole crocchette di patate, un assaggio delle lasagne al pesto e dei cannelloni ripieni. Notò Alessandro che parlava animatamente con lo stesso invitato di poco prima. Gianluca però non c'era. Li raggiunse e per stare comodi si spostarono nel piccolo studio accanto al salone, meno affollato.

Stavano parlando di un viaggio in California che avevano fatto entrambi, senza conoscersi, l'estate dell'anno prima, con un itinerario molto simile. Da Santa Monica a San Francisco in macchina, fermandosi a visitare anche un parco giochi di Santa Cruz in onore di un film horror che lei però non conosceva. Avevano persino alloggiato nello stesso resort sulla spiaggia, dai racconti sembrava un luogo meraviglioso, capanne in riva all'oceano e falò al tramonto.

«Quanto mi piacerebbe andarci», sospirò sincera. Non aveva mai avuto grandi possibilità di viaggiare, a parte la Germania.

Si rese conto che quei racconti le offrivano l'occasione di conoscere più a fondo Alessandro.

«Con chi eri?» chiese versandosi del vino.

L'altro pensò che la domanda fosse rivolta a lui.

«Con mia moglie, in un tentativo di salvare il matrimonio. Che non è riuscito», ammise con fare scherzoso.

Alessandro sorrise, come se ne fosse già a conoscenza. Evidentemente avevano parlato di parecchie cose.

«Tu invece?» insistette, ma con noncuranza, mentre era molto interessata.

«Eravamo in gruppo, una decina di persone, ma non abbiamo fatto tutti insieme le stesse tappe.»

Adesso fu l'altro ad assumere un'espressione divertita.

«E...?» chiese Cristiana guardandoli incuriosita.

«Mi dovevo sposare lo scorso Natale, ma anche noi ci siamo lasciati poco dopo quel viaggio.»

«Oh», commentò lei, colta del tutto alla sprovvista. «Mi dispiace», si affrettò ad aggiungere.

«Non è stata una bella esperienza per nessuno dei due, mi pare di capire.»

Alessandro rispose tranquillo: «È probabilmente la migliore decisione che abbia preso. E la California è bellissima».

L'altro confermò convinto.

Entrambi alzarono lo sguardo verso qualcuno alle spalle di Cristiana.

Si girò, certa che fossero Gianluca e Valentina.

Si trovò davanti Francesco e Simona e si sentì gelare.

«Ciao», le disse lui con il fare cameratesco che usava con lei nelle occasioni pubbliche. «Sono Francesco Molinari», disse poi allungando la mano verso Alessandro e verso l'altro ragazzo. Se si stava chiedendo con chi dei due fosse venuta, non lo diede a vedere.

«Ci siamo già visti», disse Alessandro e Francesco confermò dopo un istante di indecisione.

Lei si rese conto che stava affondando le unghie nel bracciolo del divano.

Non osò guardare Simona, che intanto si stava presentando a sua volta.

I due ragazzi si alzarono in piedi per stringerle la mano e lei fu costretta a fare altrettanto.

Se lo trovò a pochi centimetri e le parve di barcollare. Le venne istintivo toccare il braccio di Alessandro in un gesto di confidenza.

«Stavamo cercando Valentina e Gianluca», spiegò Francesco. «Non sono ancora arrivati?» chiese controllando l'ora.

L'affetto, palese e senza filtri, per sua sorella non avrebbe mai smesso di farle male, anche se non aveva nessun senso.

Alessandro intervenne, visto che lei taceva.

«Certo che sono arrivati, siamo entrati insieme da più di un'ora», rispose. Tutti si guardarono intorno, ma non erano in vista.

Cristiana prese il cellulare in mano solo per tenersi occupata e si accorse di un messaggio.

Sto male, chiamami subito.

Valentina?

«Vado a vedere dov'è finita», annunciò allontanandosi in fretta, senza curarsi di lasciare Francesco insieme ad Alessandro.

Si rifugiò nel bagno di servizio, con il cuore a mille. Faticava a concentrarsi, con lui a così breve distanza.

Compose il numero.

«Dove sei?» chiese precipitosa.

Il silenzio che seguì la spaventò.

Sentì armeggiare con il telefono e poi la voce di Gianluca.

«Cristiana, sei tu?»

«Sì, dimmi che succede!»

«Valentina sta perdendo sangue, la sto portando in ospedale.»

«Oddio, quanto sangue? È svenuta?»

«No, tranquilla, è lucida ma debole e io preferisco farla visitare subito.»

«Vi raggiungo.»

Gianluca tacque un secondo.

«Meglio di no. Se scomparissi anche tu sarebbe troppo. Non vogliamo mettere in allarme nessuno. Ti chiamiamo appena a-vremo notizie.»

Non poteva imporsi. Lui era il marito.

«Ma come...»

«Valentina ha scritto un messaggio a suo fratello dicendo che la signora del piano di sotto vede gocciolare dalla terrazza e che stiamo andando a controllare.»

Cristiana cercò di fare propria quella scusa poco credibile.

«Francesco è arrivato?» La voce di Valentina, lontana dal telefono, si comprendeva a fatica.

«Sì, sì, è arrivato.»

«Non voglio che...»

«Valentina preferisce tenere ancora la questione riservata», intervenne Gianluca, con modo autorevole.

Lo so benissimo, stronzo. E so anche perché.

Levati di mezzo e ridammi la mia amica.

«Certo, me lo ha spiegato», rispose fredda Cristiana, sottolineando *spiegato*.

Si censurò da sola.

Non sono affari miei. Non posso far male a Valentina.

Attaccò il telefono e tornò verso gli altri, sforzandosi di comportarsi in maniera normale.

Francesco stava leggendo il messaggio proprio in quel momento.

«Pare abbiano allagato di nuovo la casa del piano di sotto», stava spiegando allegro ad Alessandro.

«Già», confermò Cristiana, «lo ha appena scritto anche a me.»

Francesco trovò una sedia libera e la offrì subito alla moglie. Lei rispose che stava bene in piedi e allora si sedette lui, convincendola però a mettersi sulle sue ginocchia.

Cristiana sentì una gelosia lancinante.

Come faceva a comportarsi così, a fingere tanto bene?

Decise di reagire.

Prese Alessandro per un braccio e lo trascinò sulla terrazza in un angolo appartato, mettendosi di spalle a tutti gli altri.

«Serata noiosa, mi dispiace.»

«Serata normalissima, direi.»

«Non avevo idea che avessi annullato un matrimonio.»

«Lo abbiamo deciso insieme.»

Figuriamoci. Non sono cose che si decidono insieme. Lo decide uno dei due spezzando per sempre il cuore dell'altro.

«Fammi indovinare», lo provocò lei, «stavate insieme da tanto, lei voleva sposarsi e avere un figlio e tu continuavi a rimandare?»

«Non stavamo insieme da tanto», rispose soltanto.

La terrazza si stava svuotando per il freddo e anche lei rabbrividì.

Lui le si avvicinò pericolosamente, sfiorandole le spalle.

«Vuoi rientrare? Hai freddo?»

«Sto bene qui», rispose lei sorridendogli.

«Allora mi toccherà fare il gentiluomo e offrirti la mia giacca», annunciò lui cominciando a sfilarsela.

«Ma piantala», rise lei provando a bloccarlo perché non lo facesse davvero.

Le teste si avvicinarono e lui posò le proprie labbra sulle sue con delicatezza.

Cristiana se lo aspettava, ma si ritrasse appena.

Lui le sfiorò una mano.

«No?» le chiese nell'orecchio.

Lo guardò negli occhi, mentre il volto di Francesco sembrava sovrapporsi a ogni immagine.

«Non lo so...» ammise sincera.

Lui le toccò una guancia con le dita e lei lo lasciò fare in silenzio.

Chiuse gli occhi e provò ad abbandonarsi a quella sensazione calda e piacevole.

Lui la avvicinò a sé.

Si baciarono ancora, con intensità.

Si staccarono per prendere fiato e si sorrisero. Lui le prese il volto tra le mani e ripartì.

Fu lei a staccarsi cercando di non essere troppo brusca.

«Non so se è una buona idea», balbettò.

Lui si scostò subito.

«C'è qualcun altro?» le chiese.

«No, no», rispose fin troppo in fretta.

Si sentì arrossire e per non doverlo guardare negli occhi si voltò verso l'interno senza riflettere.

La figura intera di Francesco si stagliava ben visibile dietro la porta-finestra. Li stava fissando. Dietro di lui, si poteva intravedere Simona che ballava in gruppo. Qualcuno aveva messo la musica e nemmeno se ne era accorta. Le parve anche di riconoscere i capelli biondissimi di Arianna.

Il cuore riprese a battere come un tamburo. Si girò impetuosa verso Alessandro e lo baciò con una passione che non sentiva.

Lui ricambiò con trasporto e cominciò a infilarle le dita sotto la camicia.

Lei tenne gli occhi serrati cercando di non pensare a nulla.

Sentì una mano di lui che le carezzava il seno e si spostarono verso l'angolo più buio della terrazza, sempre più avvinghiati.

Si trovò schiacciata tra Alessandro e le piante e si rese conto di quanto lui fosse eccitato.

Senza darsi il tempo di ragionare, gli passò una mano tra le gambe e lui fu percorso da un brivido.

«Dobbiamo fermarci», le ansimò nell'orecchio.

Lei si ricompose in fretta mentre anche lui si affrettava a sistemare la giacca.

«Sono presentabile?» le chiese ridendo.

Gli tirò la giacca sulle spalle e gli raddrizzò la cravatta.

«E io?» chiese ansiosa, passandosi le dita sotto gli occhi nel timore di avere il trucco sbavato.

Lui la spostò appena verso la luce e la osservò.

Con un dito le pulì il mento, sicuramente macchiato di rossetto.

«Perfetta, direi», la rassicurò.

«Ci hanno visti?» gli chiese Cristiana vergognandosi.

Lui alzò le spalle con un'espressione dubbiosa.

«È molto buio, proprio non lo so.»

«Rientriamo?» gli propose.

Lui la seguì e passarono dal lato dove c'era meno gente.

Si infilarono nella calca, mantenendosi a distanza di sicurezza. Passando vicino a Paolo, scatenato nelle danze, lei accennò qualche movimento imitandolo, per dimostrare che era partecipe. Alessandro intanto si era seduto e aveva recuperato il proprio bicchiere come se nulla fosse. Le fece un occhiolino d'intesa, per rassicurarla. Non ci hanno visti, era il senso.

Venne sete anche a lei e mentre si avvicinava al tavolo delle bibite, si accorse che la torta era già lì, le candeline già spente, le porzioni già pronte sui piattini.

Ma quindi...?

Si fece largo nella calca per arrivare a Paolo.

Qualcuno la afferrò per la spalla. Mentre si girava, Francesco le si avvicinò.

«Perché mi fai questo? Vuoi farmi impazzire?»

Sentì lo stomaco indurirsi, si girò per rispondere, ma lui stava di nuovo parlando con altri e aveva Simona a poco meno di un metro.

Lo guardò sconvolta e si allontanò per riprendere fiato.

Si ritrovò accanto Alessandro.

«La torta ce la siamo persa, che ne dici se ce ne andiamo da qualche altra parte?» le propose ammiccante.

Lei respirava un po' troppo velocemente.

«Ti sei lanciata nella danza, vedo!» la prese in giro lui.

Gli sorrise, certa di avere un'aria stralunata.

Perché mi fai questo?

«Sì, non ti va di ballare ancora un po'?»

Lo trascinò nel mezzo e si aggregarono al gruppo di Paolo. Si sentiva spaventata ed esaltata allo stesso tempo.

Era geloso. Quindi era questo che doveva fare. Farsi desiderare. Fargli capire che non sarebbe stata sempre pronta al suo schioccare di dita.

Si strusciò su Alessandro, adesso incurante degli sguardi altrui.

Francesco continuava a guardarla inespressivo, talmente indifferente da dubitare che fossero sue le parole udite poco prima.

Alessandro le parve imbarazzato da quelle effusioni esplicite e lei allentò la presa. Si girò verso Paolo, che le stava dicendo qualcosa.

«Come?» gli chiese, visto che la musica li sovrastava.

«Ti cercava Arianna», gridò lui.

«Dov'è finita?»

«Il bambino si è svegliato e lo sta allattando di là.»

«Non aveva smesso con il latte?»

«Ne ha ancora poco e dice che le fa piacere darglielo, ma ormai lui mangia le pappine.»

«Pappine», che termine smielato.

Ricordava bene quando Roberto aveva preso Gloria, un'allattatrice da record, e le aveva intimato: «Basta con questo bambino sempre attaccato a mamma. È ora di passare ai cibi solidi».

«È di là in camera?» chiese ancora a Paolo, di nuovo a voce altissima.

«No, è andata nell'altra casa, qui c'è troppo rumore.»

«Prima di andare via vado a salutarla», gli disse.

Francesco le passò accanto con Simona sottobraccio e capì che si stavano dirigendo alla porta. Lui si fermò qualche istante per scrivere qualcosa sul telefono. Poi alzò gli occhi e la guardò.

Cristiana fece qualche passo verso il divano e cercò la sua borsetta, infilata dietro a una poltrona. Tirò fuori il suo telefono rimanendo piegata.

E chi sarebbe questo gran pezzo di figo? Non vi ho voluto disturbare, eravate moooolto occupati.

Faccina furba.

Arianna.

Emorragia finita, Valentina bene. Ci consigliano ecografia e controllo della plica nucale. Qui però ci sarebbe da aspettare ore, la faremo domani dal suo medico. Troppo stanchi per tornare alla festa, abbiamo scritto noi a Paolo.

Pollice che fa ok.

Gianluca.

Ti aspetto sotto casa tua.

Francesco.

Alessandro le arrivò alle spalle facendola sobbalzare.

«Eccoti. Che ne dici? Andiamo?»

Era chiaro che aveva fretta di proseguire in altro modo la serata. Alzò gli occhi verso l'ingresso. Francesco era ancora lì e continuava a guardarli.

«Sì, andiamo», rispose, sovrappensiero.

Salutarono Paolo e cercarono le giacche nel mucchio accatastato all'ingresso. Uscirono sul pianerottolo e si trovò davanti la porta chiusa della casa della madre di Arianna. Le tornò in mente la penombra di quella giornata, la consapevolezza spaventosa di sapere il corpo del padre ricomposto e immobile nel letto.

Ebbe paura.

Doveva suonare e salutare l'amica? E se avesse svegliato il bambino?

Non si sentiva padrona della situazione.

Alessandro l'aveva presa sottobraccio.

L'ascensore era occupato e scesero a piedi.

Lei stava per inciampare e lui riuscì a sorreggerla a malapena. Stavano per cadere entrambi.

«Ehi», le disse lui scherzoso, «che ti succede? Hai bevuto senza che me ne accorgessi?»

Lei fece una risata forzata.

«Per chi mi prendi? Sono una tua stimata collega.»

Arrivarono al portone e uscendo sulla strada una ventata di freddo li avvolse entrambi. In lontananza si sentiva ancora la musica.

Girando verso destra, andarono quasi a sbattere contro Simona.

«Scusaci», disse subito Alessandro.

Lei fece un sorrisetto freddo.

«Mio marito è andato a prendere la macchina», spiegò.

Mio marito.

Suo marito.

«Allora ti facciamo compagnia e ci accertiamo che tu non muoia congelata», stava dicendo Alessandro, fin troppo cortese.

Cristiana fu costretta ad acconsentire. «Grazie», aggiunse soltanto.

Non riusciva a guardarla in faccia.

«Vorrebbe portarmi a un altro compleanno, insiste per passare almeno a salutare, ma io voglio solo mettermi sotto le coperte», raccontò Simona, stringendosi nelle spalle, infreddolita.

Alessandro si mostrò interessato per educazione.

«Hai ragione, è tardi», commentò. «Io domani lavoro presto e dovrei dormire da un pezzo», aggiunse.

Mentre lo diceva, le strinse una mano in segno di intesa.

La macchina bianca di Francesco apparve dalla curva, ma non poteva arrivare sotto il portone per via del senso unico. Lampeggiò con i fari.

Simona li salutò e Alessandro restò fermo ad aspettare che raggiungesse l'auto.

Mentre camminavano anche loro verso la macchina, Cristiana non poté impedirsi di controllare il telefono.

«Scusami», gli disse restando qualche passo indietro. «C'è un messaggio di Valentina», mentì.

Lui aspettò che lei leggesse senza mostrare fretta o fastidio.

Liberati di lui.

Cristiana cancellò l'intera conversazione come faceva sempre e si avvicinò all'auto, salì e chiuse lo sportello sbattendolo un po' troppo forte.

Alessandro partì e guidò in silenzio per qualche minuto.

«Tutto a posto?» le chiese dopo un po'.

Lei fece sì con la testa, senza suoni.

Lui accostò in uno slargo, con il motore acceso. Le carezzò i capelli cercando di attrarla verso di sé.

Lei non si oppose, le sembrava di essere una bambola di pezza.

Lui la sfiorò con il naso, le baciò il collo, cercò le sue labbra, ma dovette accorgersi che qualcosa non andava.

Liberati di lui.

«Che succede, Cristiana? Ho fatto qualcosa che non va?»

Lei scosse violentemente la testa. «No, no, non sei tu.»

Lui arretrò verso il proprio sedile.

«Mi sembrava che ti facesse piacere», disse, dispiaciuto.

Lo guardò.

Era carino, era educato, era gentile.

Simpatico, intelligente, corretto.

Poteva essere perfetto.

Ma non era Francesco.

Non voleva andare a letto con altri uomini illudendosi che fossero lui. Non poteva più farlo.

«Forse ho davvero esagerato un po' con l'alcol», rispose, impacciata.

Lui la osservò attentamente, rimanendo a debita distanza.

«Spero di non aver frainteso la situazione e di non aver forzato nulla», disse.

«Assolutamente no», rispose in fretta lei.

«Anzi», aggiunse per farsi perdonare, «è stato molto...» cercò un termine adeguato, «piacevole.»

Lui tacque, in attesa di maggiori chiarimenti, poi: «Ma...?»

«È che...»

Cosa poteva dirgli?

«Ci conosciamo poco, ho bisogno di più tempo.»

Gli era saltata addosso solo tre quarti d'ora prima.

Lui non lo fece notare.

«Certo», rispose pacato, «lo capisco benissimo.»

Guidò fino a casa di lei senza parlare, in un clima diventato improvvisamente pesante.

Si fermò davanti al portone.

«Allora grazie», gli disse lei in modo amichevole.

Non sapeva proprio come salutarlo e rimase immobile al proprio posto, certa che lui avrebbe comunque tentato un'ultima mossa.

«Grazie a te», rispose lui senza tentennamenti, «sono stato bene, tra persone simpatiche.»

Non si avvicinò più.

Lei scese dalla macchina in un misto tra ansia e delusione.

Lui aspettò che lei aprisse il cancello per ripartire.

Rimase a metà, tra il portone e l'esterno, per guardare la macchina che se ne andava.

Provò un dispiacere fugace, ma già faticava a ricordare i baci appena dati.

La grande macchina bianca comparve e si diresse verso i cassonetti.

12

Valentina

«Non è quello che ha detto.»

Gianluca lo ripeté per la terza volta, con forza crescente.

Valentina era accucciata sul divano abbracciandosi le gambe, il viso piegato sulle ginocchia.

Gianluca le si fece accanto sfiorandole i capelli.

«Non è quello che ha detto», insistette con maggiore dolcezza.

Lei provò a inspirare profondamente, imponendosi un ritmo regolare.

Le sembrò ancora di sentire il liquido caldo tra le gambe.

Balzò in piedi e si abbassò i pantaloni, per controllare una volta ancora il pannolone che le avevano messo.

Era pulito. Crollò senza forza sul divano.

«È l'una ormai, andiamo a dormire», la supplicò lui, esausto.

Lei lo guardava disperata.

«Se succedesse ancora, torneremo lì.»

La tirò su a forza, sorreggendola.

«Devi riposare.»

Valentina fece qualche passo incerto e si chiuse in bagno. Controllò ancora l'assorbente, immacolato, poi si struccò il viso, passando più volte il batuffolo di cotone con il latte detergente e con il tonico.

Accese il phon soltanto per riscaldarsi le spalle.

Quando entrò in camera, sentiva di aver ripreso colore. Gianluca dovette notarlo perché le parve rassicurato.

Lui era già in pigiama.

Lei si sedette sul letto pensierosa.

«E se fosse, che facciamo?»

La sua voce era ancora incrinata.

Gianluca sospirò.

«Valentina, lo abbiamo sentito insieme. Ha detto che è solo una delle tantissime ipotesi. Ha detto che serve un'ecografia, che bisogna fare le analisi del sangue, che bisogna prendere misure precise.»

Si buttò all'indietro sul materasso.

«Dormiamo, Tina.»

«Infatti ho detto *se* fosse», replicò lei innervosita. Non poteva far finta di non capire.

Gianluca si tirò di nuovo su prendendole le mani.

«Se ci fosse un problema, e sottolineo *se*», scandì con forza, «faremo tutti gli approfondimenti che servono.»

Valentina provò a concentrarsi perché il dottore del pronto soccorso ginecologico ne aveva elencati talmente tanti: bi test, tri test, villocentesi, amniocentesi.

«E se...» insistette ancora.

«Mi rifiuto di parlarne adesso, Valentina», esplose lui. «Mi rifiuto di parlarne di notte, dopo un'emorragia, senza nessuna certezza e sapendo che devi solo stare a riposo.»

Lei lo aggredì: «Perché ti nascondi dietro ai giri di parole? Hai capito benissimo cosa voglio dire».

Gianluca non arretrò.

«Certo che l'ho capito», ribatté. «Quello che sto facendo adesso è comportarmi da persona lucida.»

«Ma se è stato lui stesso a dire: 'Nel vostro caso consiglio la villocentesi per avere eventualmente il tempo di dec...'»

«Basta!» adesso Gianluca era furioso. «Quello che ha detto è che oggi esistono esami che consentono di sapere tutto e di saperlo prima rispetto al passato, ma non ha mai, mai, mai parlato di interrompere la gravidanza!»

113

Quella parola, rimasta fin troppo in sospeso, la ferì.

Restò immobile sul letto, mentre lui si aggirava per la stanza mettendo in ordine oggetti a caso.

Lo aveva detto eccome. Non in maniera diretta, certo, perché non è che un medico a una giovane coppia in attesa del primo figlio può dire testualmente: «Tranquilli, siete ancora in tempo per abortire». Piuttosto dice esattamente quello che aveva detto lui: «Ecco gli esami da fare, cercate di prenotare prima possibile proprio perché, se mai fosse, nella remota eventualità che dovessero esserci problemi, la legge vi consentirebbe il tempo per valutare la strada da prendere».

Il tema adesso era sul tavolo, e ciò che non veniva esplicitamente detto era: siate pronti a tutto.

Gianluca lo aveva capito quanto lei, ma non voleva pensarci. E non voleva pensarci perché si era messo in testa, ormai da oltre un mese, che le cose tra loro dovessero andare bene per forza, anzi addirittura meglio di prima, vista la difficile prova che avevano dovuto affrontare. Come nei film in cui ai protagonisti capitano i guai peggiori, in un susseguirsi di colpi di scena che tengono incollato lo spettatore alla sedia, ma poi tutto si risolve prima dei titoli di coda.

Valentina fu presa dalla rabbia.

«Si può sapere perché ti comporti così?» gli gridò stupendosi di se stessa.

Lui la guardò altrettanto sorpreso, ma in un attimo cambiò espressione e scattò in piedi puntandole un dito contro.

«Ecco, brava. Giusta domanda. Si può sapere perché *tu* ti comporti così?»

Le venne una risatina ironica. «Te lo devo spiegare?»

Prima che potesse ribattere, lo prevenne.

«Forse perché nelle ultime cinque settimane ho scoperto che mio marito mi tradisce, poi che sono incinta e poi forse che perderò il bambino?»

Lui la guardò altrettanto furioso.

«Finalmente!» esclamò fingendosi soddisfatto.

Lo fissò senza capire.

114

«Finalmente parli!» insistette lui con la stessa espressione derisoria.

A Valentina venne voglia di colpirlo.

«Ma che dici?» gli sibilò dirigendosi verso la porta per andarsene.

Lui fu più rapido.

La raggiunse e bloccò la porta con la mano.

«Quello che dico è che quello che stai facendo da cinque settimane è chiuderti in te stessa, cercare di risolvere da sola, fingere con gli altri e accumulare rancore verso di me.»

Stavolta fu lei a ridere amara.

«È strano che abbia rancore?»

«Per niente. Ma se ti faccio così schifo, perché allora non mi hai buttato fuori di casa?»

Valentina sentì le lacrime agli occhi e le ricacciò.

«È questo che avresti preferito?» gridò. «Ti sei dimenticato che ho scoperto di essere incinta quella sera stessa?»

«E cosa ne potevo sapere io? Ti sei dimenticata di avermelo tenuto nascosto per giorni e di averlo raccontato a Cristiana prima che a me?»

Valentina non ricordava di averlo mai visto tanto fuori di sé.

«Quando me lo avresti detto, se non ti fossi sentita male?» le urlò ancora. «E come hai potuto non chiamarmi mentre eri in ospedale, mentre sanguinavi, mentre sapevi di aspettare un bambino da *me*?»

Lei fece un passo indietro.

«Chi ti ha dato il diritto di tenermi fuori?» proseguì Gianluca, sempre più alterato.

La furia travolse anche lei del tutto.

«E tu quando me lo avresti raccontato che ti sei scopato un'altra? E chi ti ha dato il diritto di umiliarmi così?»

Lui si girò e si allontanò di qualche passo, facendo grossi respiri per calmarsi.

Valentina appoggiò la schiena al muro e chiuse gli occhi sentendosi vacillare. Li riaprì e se lo ritrovò davanti terrorizzato.

«Stai bene?» le chiese. «Sei troppo bianca, sdraiati, ti prego, Tina, sdraiati. Scusami, scusami, non so cosa mi sia preso. Ti esce sangue?»

Valentina si lasciò guidare sul letto e si sdraiò sentendosi sprofondare.

Gianluca le si stese accanto e cominciò ad attorcigliarle i capelli tra le dita, massaggiandole con delicatezza le tempie. A lei piaceva che lo facesse, la aiutava a rilassarsi e spesso a addormentarsi.

Poi prese a sfiorarle il ventre.

«Ti fa male?»

Scosse la testa per dire di no.

«Sangue?» chiese lui a voce molto bassa.

Non poteva esserne certa, ma fece ancora no.

Aprì gli occhi e lo guardò.

«Come ci siamo ridotti così? Come può essere che ci stia succedendo questo?»

Lui era di fronte a lei e la fissava triste, con gli occhi lucidi.

«Non ci siamo ridotti in nessun modo, Tina. Siamo sempre noi due.»

Fece una piccola pausa e si asciugò una lacrima.

«È vero», riprese poco dopo, con voce sofferente.

«Forse non te lo avrei detto. Erano passati già quattro mesi e ci sono stato malissimo, così male che non puoi immaginarlo. Ero sicuro di aver fatto un errore, ero sicuro che non sarebbe più successo e davvero non sapevo se fosse giusto dirtelo e farti male per alleggerirmi la coscienza.»

Lei taceva e lui allora continuò.

«È stata una sciocchezza di nessun valore e senza nessun senso. Mi sembrava assurdo che questo...» cercò una parola adatta, «niente potesse intromettersi tra noi.»

Lei ascoltava, attenta.

«Credi che gli altri mariti che tradiscono poi raccontino qualcosa di diverso da quello che mi stai dicendo?» gli chiese.

Non era aggressiva. La sua voce era soltanto stanca.

«Non so niente di quello che dicono gli altri mariti che tradiscono. Questo sono io e ne sto parlando con te.»

Lei si rigirò verso l'alto piantando gli occhi sul soffitto.

«Come ti sentiresti se lo avessi fatto io?»

Lo sentì trasalire.

«Mi sentirei morire.»

«Per me è uguale», gli disse.

Le lacrime cominciarono a scenderle senza poterle controllare.

Lui la strinse a sé più forte che poteva e restarono in silenzio. La costrinse a sdraiarsi insieme a lui e la coprì con il piumone.

«Sono ancora vestita», protestò lei, senza convinzione.

«Non importa», disse lui spegnendo la luce.

Valentina si rifugiò in quell'abbraccio sentendosi un pochino meglio.

Dopo pochi istanti si rese conto che Gianluca si era già addormentato. Lei era più sveglia che mai e scivolò fuori dal letto.

«Dove vai?» biascicò lui.

«Shhh. Mi cambio e torno.»

Lui crollò immediatamente, mentre lei usciva dalla stanza in punta di piedi.

In salone accese soltanto una delle lampade laterali, rimanendo in penombra.

Sul mobile d'ingresso era rimasta appoggiata la cartella dell'ospedale con tutto dentro.

Non poté impedirsi di afferrarla e rileggere, cercando di dare un senso al linguaggio tecnico. Settimane 9+2. Voleva dire inizio terzo mese, le aveva spiegato.

Quelle carte burocratiche la facevano sentiva sola, nonostante Gianluca fosse nella stanza accanto. La fugace sicurezza che aveva appena provato sentendolo vicino era già svanita.

Cercò il telefono per distrarsi e lo trovò nella tasca della giacca.

Si sedette sul divano e cominciò a scorrerlo senza uno scopo preciso.

Nessun messaggio di Cristiana, che però aveva scritto più volte a Gianluca insistendo per avere tutte le notizie possibili.

Ce ne era uno di Arianna, di due ore prima.

Bell'amica! Proprio stasera dovevi allagare il palazzo?

Le venne da sorridere e si accorse che l'ultimo accesso di Arianna era solo di pochi minuti prima, nonostante fosse ormai notte.

Immaginò che stesse allattando o cambiando il bambino.

Chiamarla le sembrò imprudente, considerando l'ora. Avrebbe

avuto voglia di chiacchierare e soprattutto di pensare ad altro, ma poteva essersi già riaddormentata e avere Paolo o sua madre vicino.

Andrea è il bambino più bello del mondo, scrisse aggiungendo qualche cuore.

Poi aprì sulle news e lesse un articolo sulle ultime serie tv.

Il dottore aveva scherzato con Gianluca, prescrivendole di rimanere immobile.

Le toccherà qualche altro giorno di dolce far niente, libri, cibo, tv, accudita come una principessa.

Cercò su Amazon una pentola a pressione di cui le aveva parlato sua madre.

Poi tornò su WhatsApp e fece su e giù per vedere se Arianna aveva visualizzato.

No.

Dormiva.

Capitò nella chat con suo fratello, salvata come Checco, nella foto profilo i visi delle nipotine intente a fare una enorme linguaccia.

L'ultimo messaggio lo aveva scritto lei, mentendo.

Qui a casa è un disastro, non so se riusciremo a tornare, che palle. Il regalo l'ho lasciato insieme agli altri e ho firmato per tutti.

Era strano che il fratello non le avesse risposto più.

Si rese conto che la posizione era ancora attiva.

Paolo era appassionato di una marca di piumini tecnici ultraleggeri adatti a tenere caldo in moto. Come sulle piste da sci. Anche Francesco li utilizzava e Valentina aveva incontrato suo fratello poche ore prima per comprare insieme il regalo. Lei non conosceva l'indirizzo del rivenditore specializzato di quella marca e lui le aveva inviato la propria posizione.

Valentina notò che mancavano ormai solo dodici minuti alla fine della condivisione. Toccandola, la schermata si aggiornò automaticamente e il pallino con le bambine sparì dalla via del negozio di giacche e dalla mappa.

Valentina non era un'esperta e allargò l'immagine incuriosita per capire dove fosse finito.

Checco appena aggiornato, precisione di tredici metri, lesse.

Osservò il punto in cui era ricomparso.

Piazza Fiume, più o meno.

Cercò di ricordare cosa si erano detti proprio mentre sceglievano la giacca. L'aveva provata Francesco, che era alto circa come Paolo, e lei aveva scelto il colore, un bordeaux scuro.

«A che ora è?» le aveva chiesto suo fratello.

«Dalle nove in poi», aveva risposto Valentina.

«Non riuscirò ad arrivare prima delle nove e mezza o dieci perché prima dobbiamo addormentare le bambine, altrimenti con la nuova baby-sitter fanno di testa loro.»

Francesco intanto si stava provando un maglione a collo alto che gli stava molto bene e che aveva deciso di comprare per sé.

«E non potremo fermarci troppo, perché stasera è anche il compleanno di un collega del mio reparto nuovo e se non ci passo almeno per un saluto sembra che me la tiro.» Francesco era stato promosso da poco in un nuovo ruolo. «Spero che Paolo non ci resti male...»

«Non mi sembra il tipo», aveva commentato Valentina per tranquillizzarlo.

In realtà suo fratello stava antipatico a parecchie persone e proprio perché se la tirava, o forse perché aveva troppe fortune. Bello, ricco, in carriera, famiglia da pubblicità, ma anche ambizioso e determinato. Un po' le dispiaceva, specialmente quando accadeva nei confronti di persone più alla mano, come erano Paolo e la sua famiglia. Sua madre si era rivolta a Francesco, su suggerimento di Valentina stessa, per risolvere un problema al ginocchio e l'invito alla festa era un modo per ricambiare. Era certa che Francesco non ne avesse nessuna voglia, lui e Simona erano abituati a serate diverse, tra persone più simili a loro.

«Nessuno è tipo da ore piccole, a mezzanotte saremo tutti fuori», aveva aggiunto per convincerlo a restare il più possibile.

Francesco si era diretto alla cassa per pagare e mentre digitava il codice della carta di credito era tornato sul tema.

«Ci proverò, ma il mio collega è dall'altra parte di Roma, in fondo alla Cassia.» Poi aveva fatto una risatina. «Simona me la farà pagare, non le piace girare di notte e non le interessa per niente frequentare i miei amici medici.»

Lì per lì Valentina non aveva dato peso a nessuna di quelle parole.

Ora però, osservando quel pallino immobile a tredici metri da piazza Fiume, l'intero scambio assunse una connotazione diversa.

«Mai lasciare un marito da solo», era una delle battute preferite di sua madre, che aveva accompagnato suo padre a convegni medici, con lussuose vacanze annesse, in giro per il mondo. All'epoca lei e Francesco venivano spediti dai nonni, con tanto di tata al seguito.

«Mai dipendere da un marito», aveva replicato Gigliola in un paio di occasioni.

Di sicuro adesso suo fratello non era in fondo alla Cassia. E di sicuro non era più a casa di Paolo e Arianna. E nemmeno a casa propria.

Toccò di nuovo il puntino che fece un saltello, ma ritornò sempre dov'era.

Sentendo una mano sulla spalla lanciò un grido di paura.

Gianluca non poté fare a meno di ridere.

«Dio Santo, Valentina, penseranno che ti stia squartando.»

Lei si calmò, ma mise giù il telefono con troppa fretta perché lui non lo notasse.

«Con chi ti scrivi a quest'ora?» le chiese stupito.

«Con nessuno, non riuscivo a dormire e stavo guardando notizie a caso.»

Lui glielo tolse di mano.

«Ti fa male a quest'ora. Abbiamo detto che devi riposare.»

Lei si arrese e si sollevò.

Sentì una fitta sul fianco. Non molto forte, ma abbastanza da spaventarla.

«Cos'è?» chiese Gianluca ansioso.

«È quel dolore che ho descritto anche prima.»

Il medico aveva chiarito che, almeno quello, era normale.

Il marito si rilassò e la guidò verso la camera. Mentre camminavano le passò il telefono.

La condivisione era finita e adesso Francesco poteva essere ovunque.

Pensò a Cristiana, che abitava proprio dietro piazza Fiume, augurandosi che con quel collega carino le cose si mettessero per il verso giusto. Per lei sarebbe stata una bella occasione. Finalmente un ragazzo normale. Aveva avuto solo storie fugaci, con persone inadatte, eterni ragazzini o uomini adulti che la annoiavano presto. Sosteneva di stare bene così e che non le interessava altro. Trovava sempre da ridire su tutto e tutti, invece le sarebbe servita un po' di stabilità.

Mentre staccava il cellulare per la notte, si accorse che Arianna aveva visualizzato il suo ultimo messaggio, quello in cui si era complimentata per la bellezza del bambino, ma senza rispondere.

13
Cristiana

CRISTIANA si sbracciò dopo aver abbassato il finestrino.

«Mi apre? Grazie!» gridò ironica.

L'addetto all'ingresso del parcheggio privato della clinica alla fine aveva imparato a riconoscerla, ma passava il tempo a guardare una piccola tv senza alzare la testa.

Si diresse verso la discesa tortuosa e fece il giro più largo, nonostante ci fossero ben due posti liberi già nella prima parte del piazzale.

Cercava, per il terzo giorno di seguito, la macchina di Alessandro. Lui lavorava in clinica soltanto a giorni alterni, perché il resto della settimana era in servizio nell'ospedale di Monterotondo. Da quanto ne sapesse lei, i turni potevano cambiare a seconda di visite, richieste ed esigenze, ma era strano che mancasse da tre giorni.

Niente, nemmeno oggi.

Tornò verso il piazzale e, come temeva, trovò tutto occupato. Bisognava cogliere le occasioni al volo, in pochi minuti si riempiva tutto e toccava scendere nella parte sotterranea. Riprese a girare dando la caccia a un qualsiasi angolo libero. Una moto le sfrecciò accanto per poi fermarsi nel parcheggio dedicato, dall'altra parte rispetto a dove era lei.

Era lui! In moto. Come aveva fatto a non pensarci?

Quindi era possibile che fosse stato in clinica anche nei giorni precedenti senza che si fossero mai incontrati?

Si sentì spiazzata.

Lo osservò scendere, riporre il casco e la giacca impermeabile dentro il bauletto.

Voleva rivederlo, anzi doveva rivederlo, soprattutto per allontanare il ricordo di Francesco ansimante sopra di lei.

Alessandro non si era fatto più vivo, ma era probabile che si stesse ponendo molte domande e che non sapesse come muoversi.

Toccava a lei fare la mossa successiva.

La sera della festa di Paolo, Francesco le era saltato addosso senza perdere tempo in preamboli, con una furia che all'inizio l'aveva travolta. Poi però aveva esagerato. Le aveva tirato i capelli e tenuto i polsi troppo stretti.

Era stata la rabbia che gli sentiva in corpo a spaventarla.

Da vittima in cerca di compassione, dopo un mese di lontananza forzata, era tornato l'uomo arrogante che non accetta di essere messo in stand by.

L'aveva spinto via, facendolo cadere dal letto.

«Che ti prende, sei impazzito? Mi stai facendo male.»

Lui si era rialzato, cupo.

«Me lo stai facendo apposta? Te lo sei scopato quello là?»

Si era sentita potente, euforica.

«Faccio quello che mi pare, come fai tu», gli aveva risposto soddisfatta, cominciando a rivestirsi.

E lui aveva cambiato tattica.

«Scusami», le aveva risposto, iniziando a rivestirsi pure lui.

Lei aveva sentito il cuore andare in pezzi e aveva dovuto fare appello a tutta la sua dignità per non mettersi in ginocchio e implorarlo di non andarsene.

Si erano ricomposti entrambi e si erano diretti verso la porta, mentre lei cercava di placare il tumulto che aveva dentro.

Sulla porta l'aveva fissata a lungo negli occhi.

Si era chinato a baciarle il collo, timoroso, come se stesse chiedendo il permesso.

«Tu non sai quanto mi ha fatto stare male immaginarti con lui», le aveva sussurrato facendole scivolare una mano sul ventre.

Avevano fatto l'amore lentamente, a terra, sui cuscini sparpagliati, caduti poco prima dal divano, spogliandosi di nuovo a vicenda, ripetendosi parole dolci nelle orecchie.

«Dimmi che sarai sempre solo mia», l'aveva scongiurata più volte, tra un sospiro e l'altro.

Era riuscita a non dirlo mai, ma il solo ricordo della sua voce aveva il potere di illanguidirle lo stomaco.

Ma poi era rimasta sola, sveglia fino all'alba, odiando se stessa e lui.

Scaraventata una volta ancora nello stesso angolo da cui non sapeva uscire.

Le serviva altro, per provare a girare pagina.

Tornò a concentrarsi su Alessandro e si sforzò per ritrovare l'emozione che aveva provato baciandolo.

Lui stava camminando verso la scaletta dell'ingresso laterale; lei suonò il clacson d'impulso, frustrata dal lungo inseguimento. Alessandro si fermò, si guardò intorno e la focalizzò. Per la seconda volta in pochi minuti, Cristiana si sbracciò dal finestrino.

Lui la vide e alzò una mano in segno di saluto, ma poi riprese la sua strada.

Lei rimase di sasso. Si aspettava che le venisse incontro o che si fermasse per essere raggiunto.

Con una sensazione sgradevole addosso, riprese a cercare un parcheggio. Non trovandolo, si infilò davanti a un piccolo cancello, sapendo che era per lo più inutilizzato.

Proprio in quel momento, le squillò il telefono.

Era certa che fosse Valentina, anche lei irreperibile da tre giorni, nemmeno fossero spariti tutti insieme dalla faccia della terra. Passava da una visita all'altra e la aggiornava di tanto in tanto via WhatsApp, ma non erano riuscite a parlarsi nemmeno due minuti.

Roberto.

«Sto entrando», annunciò trafelata, pronta a essere rimproverata. «Sei già qui?»

Sperava che la risposta fosse no. Voleva trovare Alessandro e non lo voleva fra i piedi. Suo zio era fin troppo perspicace.

124

«Io lì? Ma che dici? Te l'ho scritto ieri sera, non sai più leggere? Oggi ho un impegno fuori.»

Il messaggio le tornò in mente.

«Devo farmi bello per la grande occasione», scherzò lui.

Il matrimonio di Corrado sarebbe stato il giorno seguente.

«Emozionata che si sposa il tuo papà?» la prese in giro.

«Ma figurati», rispose lei.

«Non saremo mica gelose», continuò a sfotterla.

Come faceva a essere sempre così indisponente?

«La pianti, zio?» rispose seccata.

«Se io e Doug ci presentassimo vestiti uguali?»

A Cristiana venne da ridere.

«Nonna Anna ormai è una povera vecchietta. Che senso può avere provocarla ancora adesso?»

«Nipote, nonna Anna è l'omofoba che ti faceva pregare Gesù perché io mi redimessi. Le persone così non cambiano.»

Questa storia delle preghiere la raccontava da secoli anche se lei non ne conservava alcun ricordo.

«Domani tormenterà me, chiedendomi come mai *io* non sono ancora sposata», sospirò Cristiana. Per una come sua nonna, una trentenne single è una zitella ottocentesca. «Che volevi? Perché mi chiami?» gli chiese.

«Ah, già. La mia segretaria mi deve mandare tre cartelle. Non si può scannerizzare tutto. Me le ritiri tu?»

«Certo. Quale segretaria?»

Ne aveva due.

«Quella tonta, quindi controlla che ci metta tutto dentro.»

Cristiana attaccò tutta contenta. Suo zio condivideva con Alessandro proprio quella segretaria. Aveva una scusa ideale per cercarlo.

Prese l'ascensore ragionando su come approcciarlo e quando si aprì al piano se lo trovò davanti.

Si sentì arrossire violentemente.

«Ciao!» lo salutò con un enorme sorriso. «Stavo proprio venendo dalle vostre parti.»

«Ahimè, io invece sono richiesto sottoterra per un consulto.»

Lei cercò di nascondere la delusione.

«Spero di trovarti più tardi», aggiunse lui appena più caloroso.

«Oggi ho il turno lungo, se ti va possiamo pranzare insieme», mentì lei. Non aveva appuntamenti nel pomeriggio.

Le parve che tentennasse ancora e sentì crescere l'imbarazzo.

«Se avevi altri progetti, rimandiamo...» si affrettò a chiarire.

«Va benissimo a pranzo», rispose lui, gentile. «Al bar grande all'una?» propose subito dopo.

Bar e non ristorante voleva dire che avrebbero avuto poco tempo, ma il bar grande aveva una bella veranda riscaldata e un menù ogni giorno diverso.

«Perfetto», rispose.

Cristiana proseguì verso la segreteria di suo zio e si concentrò nella ricerca delle cartelle cliniche.

Le rimase però addosso una sensazione di amarezza. Non le era chiaro cosa stesse succedendo.

Provò a chiamare due volte Valentina. Ancora staccato.

Scrisse a Gianluca.

Ciao, non voglio ossessionare Valentina, so che sta facendo esami di continuo. Vorrei solo avere qualche notizia aggiornata, purtroppo non riesco mai a trovarla. Le puoi dire di chiamarmi? Solo se può.

Era abbastanza cortese?

Le sembrava assurdo dover usare tanta formalità per parlare con la sua migliore amica.

Guardò l'ora e si rese contò che mancavano due minuti alla prima visita.

Iniziò a lavorare, lieta di non dover dare risposta alle troppe domande che aveva in testa.

Staccò pochi minuti prima dell'una e si precipitò in bagno per sistemarsi e ripassare il trucco.

Scorse Alessandro al grande cancello d'ingresso e accelerò per arrivargli accanto.

«Eccomi!» lo salutò.

Lui le sorrise, entrarono nel bar e aspettarono in fila il proprio turno, discutendo con un interesse eccessivo le proposte del giorno, anche perché alla fine lui scelse pollo ai ferri con patate al forno e lei una banale insalata mista.

Si sedettero a un tavolo laterale e attesero che il cameriere prendesse le ordinazioni per le bibite, che contavano a parte.

Quando lui le chiese con un sorriso statico: «Liscia o gassata?» Cristiana capì che era arrivato il momento di piantarla con quel ridicolo balletto di convenevoli.

«Che succede, Alessandro?» domandò.

«Niente, che deve succedere?» rispose lui calmo, versandole l'acqua liscia.

Lei bevve due sorsate cercando di trovare il tono giusto.

«C'è un motivo per cui non ti sei più fatto vivo e adesso mi tratti come se fossi una perfetta sconosciuta?» chiese sentendosi un po' troppo vicina alle lacrime.

Lui bevve a sua volta con ostentata serenità, poi incrociò le mani con i gomiti sul tavolo e si fece più vicino.

«Tu che ne pensi?» le rispose, con una punta di sarcasmo.

Lei si sentì in difficoltà. Ripassò gli eventi della serata. In fin dei conti si era limitata a dirgli un no alla prima uscita e a chiedergli più tempo. Troppo poco per giustificare quel comportamento gelido.

«Mi pare chiaro che hai qualche difficoltà ad accettare un rifiuto», ribatté altrettanto ironica. «Evidentemente sei abituato fin troppo bene.»

Lui si tagliò un pezzetto di carne e lo addentò, facendola innervosire ancora di più.

«So accettare benissimo i rifiuti», disse a voce bassa, «piuttosto non mi piace essere preso in giro.»

Lei rimase con la forchetta a mezz'aria proprio mentre si accingeva a imitarlo e a mangiare come se nulla fosse.

«Cioè?» esclamò incredula.

«Mettiamola così», cominciò lui appoggiandosi alla sedia, «mi era sembrata una serata molto strana fin dall'inizio. Mi sono chiesto: perché una ragazza libera e carina, che fin dal primo istante ha fatto di tutto per farmi capire che le interesso...» lei sbarrò gli occhi e lui corresse il tiro, «e che a me interessa altrettanto, accetta di uscire insieme e mi porta subito nel suo giro di amicizie intime, e poi, mentre siamo in mezzo a coppie e bambini che conosce, diventa focosa e disinibita e invece appena rimaniamo soli si trasforma in una scolaretta timida?»

Cristiana era ancora a bocca aperta con la forchetta in mano. Sentiva le guance bollenti.

«Stai dicendo che dovevo per forza venire a letto con te?» lo aggredì.

Lui non si scompose per niente.

«Certo che no», chiarì alzando le mani. «È solo che mi sarei aspettato esattamente il contrario.»

«Appunto! Che venissi a letto con te», insistette lei arrabbiata.

«No», la bloccò lui secco. «Che mostrassi più pudore in mezzo a estranei e che fossi più a tuo agio da soli», aggiunse tagliente, «ma se mi lasci finire, ti spiego, perché il punto non è certo questo.»

Lei tacque, disorientata.

«Quando ci siamo salutati e sei salita a casa, mi sono sentito in difficoltà. Mi sembrava tutto incomprensibile ed ero dispiaciuto. Pensavo di aver fatto o detto io qualcosa di sbagliato. Ho gironzolato un po' chiedendomi se fosse il caso di mandarti un messaggio, di chiederti di scendere e chiarirci, provando a parlare, magari per allentare la tensione...»

Cristiana intuì il seguito e si sentì raggelare.

Lui lo capì e si concesse il gusto di tenerla sulle spine.

Prima di proseguire mangiò un altro pezzo di carne, mentre lei adesso aveva le mani contratte e cercava di immaginare risposte plausibili.

«Ed è così che, per puro caso, ho visto che aspettavi visite.»

La studiò per vederne la reazione, ma lei non riuscì a muovere un muscolo.

Lui allora proseguì: «A quel punto tutto è diventato molto più chiaro. Il tuo comportamento e il mio ruolo. Abbiamo messo in scena un bel quadretto, se mi avessi avvertito avrei potuto fare anche di meglio. Spero almeno che abbia funzionato e che la vostra serata sia proseguita nel migliore dei modi».

Cristiana ritrovò la voce, spinta dalla vergogna.

«Ma di che stai parlando? Tu non sai niente delle mie amicizie e dei rapporti che ho, stai saltando a conclusioni che sono tutte nella tua testa e fantasticando su cose che...»

«Ma per favore», rispose lui, imperturbabile.

Cristiana sentì gli occhi riempirsi di lacrime e si mise a mangiare con gesti nervosi.

Un boccone le andò di traverso e cominciò a tossire, sentendosi sempre peggio. Avrebbe voluto solo scomparire.

Alessandro le porse il bicchiere e poi si alzò per aiutarla a mettersi in piedi. Un cameriere si avvicinò cercando di rendersi utile.

«Siamo entrambi medici», lo rassicurò Alessandro.

Le ci vollero un paio di minuti per calmarsi.

Quando si risedette era violacea in viso e aveva gli occhi gonfi.

Non riusciva a guardarlo negli occhi. Non le capitava spesso di avere così poco controllo della situazione.

«Tutto a posto?» le chiese lui con maggiore partecipazione.

«Andiamocene», propose brusca.

«Aspetta», rispose lui, cercando di prenderle una mano, che lei ritrasse. «Almeno mangia qualcosa.»

«Non ne ho nessuna voglia.»

Cristiana continuava a guardare altrove.

«Senti, scusami se sono stato brutale. Non sono affari miei e non ti voglio certo giudicare.»

«Ti ripeto che non sai di che parli.»

Lui sospirò.

Lei tentò un contrattacco, sentendosi patetica già prima di aprire bocca.

«Quello che capisco io te l'ho già detto. Sei rimasto lì sotto solo perché speravi di arrivare fino in fondo. Per il resto ti puoi fare tutti i film che ti pare.»

Lui non rispose e cercò di farsi notare dal cameriere per pagare.

Lei fu tentata di alzarsi e andarsene per sfuggire a quel martirio, ma le sembrava un gesto di eccessiva debolezza.

Lui riprese a parlare, in tono più amichevole.

«Dimmi, perché accetti una cosa del genere?»

Lei non fece in tempo a elaborare una risposta dignitosa.

«Ti avevo detto che lo conosco poco. Ma che è un grandissimo puttaniere è un fatto noto.»

Cristiana avvampò e lui provò a prevenirla.

«Non è un giudizio su di te.»

«Io non sono una delle sue puttane», ringhiò sentendo le tempie infiammarsi e dimenticando gli sguardi altrui.

Credeva che non sapesse che oltre alla moglie ufficiale c'era stata una girandola di altre donne? Che fosse così ingenua?

Lei era diversa.

«Non gli ho mai chiesto niente e sono dieci anni che torna da me», proseguì.

Alessandro adesso era in difficoltà.

«Non volevo offenderti.»

«Vorrà dire qualcosa, o no?» insistette lei, che non riusciva più a fermarsi.

Il cameriere portò il conto e Alessandro gli diede la carta.

«Mi dispiace», le disse ancora.

«Non dispiacerti, io sto benissimo. Grazie del pranzo», rispose lei acida.

Lui allora tornò all'attacco.

«Quindi davvero non ti rendi conto da sola di cosa significa?»

Cristiana cercò di sostenere il suo sguardo.

«Sentiamo», concesse fingendosi in controllo.

«Non capisci che torna da te *solo* perché sei l'unica che non gli crea problemi?»

«La giornata dello psicologo?» lo derise lei.

Lui scosse la testa con un sorrisetto.

«Mi ero fatta un'idea diversa di te. Non mi sembravi così debole da farti sfruttare da uno stronzo.»

Fu il colpo finale. Cristiana saltò in piedi furibonda e uscì dal locale ansimando e senza riuscire a frenare le lacrime. Voleva attraversare e scomparire, ma il semaforo era rosso.

Si ritrovò accanto Alessandro, che l'aveva inseguita.

«Mi hai veramente rotto, vedi di andartene altrimenti...»

«Prima ascoltami.»

Scattò il verde e lei attraversò. Erano circondati da volti conosciuti, non poteva correre, non poteva urlare, e soprattutto non poteva picchiarlo, che era ciò che più avrebbe desiderato.

E lui continuò a parlare.

«È successo anche a me. Mi ci è saltato un matrimonio. So di cosa parlo.»

Cristiana accusò il colpo.

«Anche la tua ex era una puttana che si faceva sfruttare da uno stronzo?» rispose tagliente.

«No», disse lui. «Io.»

Lei rimase senza parole.

«Io stavo per sposarmi, ma avevo anche un'altra relazione», iniziò.

Erano ormai davanti all'ingresso e lui fece qualche passo per allontanarsi da lì.

Lei non poté impedirsi di seguirlo.

Voleva sapere.

«Pensavo di poterlo fare, non accettavo l'idea di una scelta definitiva», proseguì Alessandro. «È stata l'altra a mandarmi affanculo, proprio per lasciarmi libero. Invece, quando il problema sembrava essersi risolto da solo e potevo sposarmi senza sensi di colpa, sono entrato in crisi e ho annullato tutto.»

Strizzò gli occhi per colpa della luce accecante del sole.

«Io però», aggiunse accalorandosi, «non mi sarei mai sognato di comportarmi così.»

Cristiana lo guardò interdetta.

«Così come?»

«Non si va alla stessa festa con moglie e amante, non si fanno tutte quelle moine a una davanti all'altra, non si raccontano a tutti gli impegni della serata, e non si gira di notte con una macchina riconoscibile come quella.»

Cristiana sentì riemergere con violenza il misto di angoscia ed eccitazione provate durante la festa.

«Quello è un uomo che crede di poter far tutto, e si gode il brivido, sapendo di avere in pugno entrambe.»

Il tono di Alessandro si abbassò appena.

«La moglie lo sa. Basta guardarla per capire. Si tiene le corna in cambio della fede al dito. Forse non immagina di voi, ma chissà su quante altre è passata sopra. Tu sei contenta che lui torni sempre da te e lei è contenta che torni sempre da lei. Solo che voi siete due, mentre lui è uno e decide per tutti e la posizione peggiore in questa storia ce l'hai proprio tu.»

Era tutto così squallido. Avrebbe solo voluto tapparsi le orecchie.

Si rese conto che le lacrime le stavano ormai scendendo sulle guance.

«Devo andare, ho una paziente che mi aspetta», disse Alessandro, dispiaciuto.

Lei rimase sola e immobile, sentendosi nuda e sporca.

Si chiese come avrebbe trovato la forza di guardarlo ancora in faccia.

Lo squillo del telefono la fece sobbalzare.

«Ciao Vale, tutto bene? Ti ho cercata tanto», la salutò con voce incrinata.

«Cristiana? Mi senti?»

La voce andava e veniva, doveva essere in un punto con poca ricezione.

«Sì.»

«Purtroppo non si sta mettendo bene.» Nonostante le interferenze la voce di Valentina le parve spettrale.

«In che senso? Che intendi?»

«Potrebbero esserci problemi seri con il bam...» fece una pausa. «Con il feto.»

«Ma no, non può essere, spiegami meglio, possiamo cercare altri medici, anche qui c'è un centro specializzato.»

«Ti richiamo, adesso tocca a me.»

Cristiana attaccò sconvolta, non avrebbe saputo dire nemmeno lei per cosa.

Il telefono squillò ancora.

«Vale, dimmi!»

«Ma di che parli? Sono io.»

Roberto.

«Cosa hai nella testa? Prima chiedi a Stefania di tirare fuori tutte le cartelle e poi te le dimentichi lì?»

«No, no, non le ho dimenticate, ero fuori a pranzo, sto rientrando.»

Sentì una risatina.

«So tutto. Me l'ha detto un uccellino. Pranzetto romantico, eh?»

Non poteva essere.

«I miei sforzi non sono stati vani. Gli corre dietro mezza clinica. Pensa quanto faresti felice nonna Anna!»

Attaccò senza rispondergli e attraversò la strada proprio mentre un carro attrezzi usciva dal cancello laterale della clinica trascinando la sua macchina.

Aveva bloccato il cancello. Avevano chiamato i vigili.

L'uomo di guardia all'ingresso le stava correndo incontro trafelato, facendo ampi gesti di disperazione.

Lei realizzò e tentò di inseguire il carro che aveva già percorso diversi metri.

Quando stava per raggiungerlo scattò il verde e la macchina appesa ripartì.

Lei continuò a correre nonostante i tacchi e nonostante fosse impossibile raggiungerlo.

Si arrese solo quando ormai stavano per cederle le gambe.

14

Valentina

«DA questa parte, prego.»

L'addetta con la divisa blu della clinica li aveva attesi proprio davanti all'uscita dell'ascensore del sesto piano.

Gianluca la fece passare avanti e la seguirono in un corridoio con moquette azzurra e pareti grigie. A Valentina sembrò strano non sentire il rumore dei propri passi. Tutto era elegante, riservato, ovattato. Dalle grandi finestre si poteva vedere il verde rigoglioso di Villa Borghese.

Arrivarono all'ennesima vetrata. La donna suonò senza smettere di sorridere.

Qualcuno aprì e la loro guida si affacciò. Spiegò qualcosa verso qualcuno che loro non potevano vedere e poi, ottenuto il via libera, li presentò.

«L'avvocato Romagnoli e la signora, per il professore.»

Una figura si fece loro incontro, questa volta una donna di mezza età.

«Buonasera. Il professore è in arrivo. È stato trattenuto per un intervento urgente. Avete con voi le cartelle?»

Gianluca le consegnò una cartella bordeaux con i loghi dell'altra clinica che ormai pesava un quintale.

Valentina si chiese se non fosse scortese presentare in maniera così evidente analisi fatte altrove, anche se ormai quel plico conteneva timbri e indirizzi di mezza Roma.

La donna prese le carte, le dispose su un tavolino e le analizzò con aria competente. Ne selezionò solo alcune.

«Ci servono queste, le porto all'assistente del professore, in modo da velocizzare. Intanto, se volete, potete accomodarvi nel salottino.»

Li condusse a una grande porta scura e li fece entrare in una stanza con divani in velluto rosso e tende decorate, che poteva sembrare qualsiasi cosa tranne che l'anticamera di uno studio ginecologico.

«Ci eri mai stato?» bisbigliò Valentina a Gianluca.

Lui scosse la testa. «Io mai, è sempre venuta mia madre.»

Per il luminare da cui stava per essere visitata, lo studio Romagnoli aveva seguito una causa delicata per il riconoscimento degli alimenti, di cui si era letto qualcosa anche sui giornali, ormai diversi anni prima. Molto poco, perché Gigliola sapeva come tenere a bada i cronisti a caccia di dettagli scabrosi dell'alta società.

Lui era stato assistito da Gigliola, lei da un altro principe del foro, che invece amava i riflettori. Come ovvio, era stata la madre di Gianluca a spuntarla.

Era per quella vecchia storia che erano riusciti a ottenere quel consulto, richiesto con soli due giorni di anticipo, quando di solito il professore, che lavorava e viveva tra Italia e Spagna, aveva una lista di attesa di mesi.

A Gianluca era bastato chiamare una volta la sua segretaria per riuscire a farsi ricevere. Valentina durante la telefonata non aveva fatto che ripetergli, esagerando il labiale per non farsi sentire: «Non deve saperlo tua madre».

Appena riagganciato, Gianluca era esploso: «Dio mio, Valentina. È un concetto facile da capire, non me lo devi ripetere mille volte!»

Quando Gigliola raccomandava ai clienti di non parlare con nessuno, rinforzava il concetto unendo indice e pollice.

«Nessuno vuol dire *nessuno*. Vuol dire zero.»

Valentina si sentiva sul punto di essere scoperta da un momento all'altro.

Gianluca negli ultimi giorni aveva dovuto annullare riunioni, inventare scuse e addirittura fingere un viaggio a Milano per poter scomparire quarantotto ore.

«Non ti capisco», le aveva detto proprio la sera prima, mentre si infilavano a letto. «Va bene essere riservati, ma tu sembri vergognartene. Non stiamo facendo nulla di male, ricordatelo.»

Lei aveva spento la luce senza rispondere, con quel concetto trafitto nella pancia.

Le giornate si susseguivano in un crescendo di terrore, le pareva di avere il cervello vuoto, di non riuscire a incamerare le troppe informazioni che stava ricevendo.

Lo studio del luminare, dove sarebbe stata spogliata e analizzata una volta ancora, le sembrò cupo.

Una carezza di Gianluca la riportò alla realtà. Le aveva preso una mano, la stringeva tra le sue.

«Sono qui. Stai tranquilla. Questa volta non ti farà male nessuno.»

Il ricordo della villocentesi del giorno prima le procurò uno spasmo di ansia.

Cercò il telefono per distrarsi.

C'era una chiamata persa di Arianna.

Sbuffò, delusa.

«È incredibile. È diventato impossibile riuscire a parlarci, ci inseguiamo e basta», commentò a voce alta, mostrando il telefono a Gianluca.

«Le hai raccontato qualcosa?» chiese lui sorpreso.

«No. Le mancano solo i miei problemi...» rispose, amara.

Intanto digitava.

Scusa scusa scusa lavoro lavoro lavoro e la faccina disperata.

La porta si aprì e il professore entrò.

Valentina e Gianluca si alzarono in contemporanea.

L'uomo strinse per prima la mano di Valentina. Era basso, sulla sessantina, con qualcosa di magnetico. Le trasmise una sensazione di risolutezza.

Avevano affidato a lui il giudizio definitivo e lei sentì che era la persona giusta.

Con Gianluca si scambiarono pochi convenevoli senza nessun

cenno a Gigliola, poi lui la guidò nello studio vero e proprio, con il lettino, i paraventi, la macchina per l'ecografia.

Fece per spogliarsi per l'ennesima volta, senza nemmeno chiedere se occorresse.

«Signora», la chiamò il medico, che aveva una tonalità di voce bassa e avvolgente, «che ne dice prima di parlare un momento?»

Lei si riabbottonò i pantaloni e si sedette sulla sedia che le veniva offerta. Gianluca si mise in piedi alle sue spalle, le mani sullo schienale.

Il professore si accomodò di fronte a lei.

«Purtroppo non posso darvi buone notizie», esordì, calmo.

Ci fu qualche istante di totale silenzio.

Lo sapevano già, entrambi, anche se avevano aspettato che fosse un terzo a dirlo con chiarezza.

«Come già sapete, la definizione tecnica è igroma cistico.»

L'uomo mostrò loro le ecografie, già viste e commentate più volte durante gli accertamenti, che mostravano un grosso accumulo di liquido alla nuca del feto.

Valentina girò la testa, essendole impossibile guardare una volta in più.

«Il valore è molto alterato», spiegò mantenendo lo stesso tono professionale. «So che avete già richiesto la consulenza genetica e che avete già tentato la villocentesi.»

«Ieri», rispose subito Gianluca.

Ci fu un altro silenzio.

«Purtroppo si è rivelata inutile, mia moglie ha l'utero retroverso e non è stato possibile eseguire l'esame.»

In questo breve riassunto mancava molto di quanto era accaduto.

Il dolore fisico, i tentativi ripetuti, l'ago lunghissimo, le mani rigide aggrovigliate a quelle di Gianluca, le grida trattenute, il sudore gelido sulla fronte, la disperazione.

Si erano arresi quando Valentina aveva urlato per la seconda volta: «Vi prego, basta».

Il professore adesso tornò a parlare con lei.

«È un esame che potrà ripetere. Tra qualche altro giorno potrebbe essere più facile, il volume dell'utero sarà aumentato.»

Lei fece un sì stanco con la testa. Sapeva anche questo.

«Quello che vorremmo sapere...» iniziò Gianluca, «è quali sono le nostre possibilità.»

«Certo», rispose l'uomo. «Al momento, in base ai dati che abbiamo, la probabilità di anomalie cromosomiche è del settanta per cento. Esiste il rischio di malformazioni cardiache gravi. Nel caso la situazione peggiorasse, come alcuni parametri sembrerebbero già indicare, il rischio di mortalità è al novanta per cento. Queste sono statistiche. Se la gravidanza riuscisse ad arrivare a termine, sarebbe comunque necessaria l'escissione chirurgica subito dopo la nascita.»

Valentina rifece mentalmente il conto di cui lei e Gianluca avevano parlato per ore.

Poco meno di una possibilità su dieci che il bambino nascesse vivo, superasse un intervento complesso e fosse sano.

Cercò per la prima volta gli occhi del professore.

«Che devo fare?» chiese con la voce impaurita.

Gianluca le abbracciò le spalle.

L'uomo sostenne il suo sguardo.

«Questa è una decisione che può prendere solo lei, signora Molinari.»

Il silenzio che seguì fu pesante.

Il professore riprese a parlare con voluta lentezza.

«Può continuare a fare accertamenti per provare a capire meglio di quale anomalia si tratti. Posso indirizzarla da un bravissimo ecografista esperto in gravidanze per approfondire la situazione cardiaca, potrebbe...»

«Quanto tempo ho?» chiese lei dura.

Basta girarci intorno.

«La legge consente l'interruzione entro i novanta giorni. Per capirci, le prime dodici settimane.»

Lei era a 11+1.

Adesso. Oggi. Ora.

«Nel suo caso, però, si tratterebbe di un aborto terapeutico, giustificato dalle condizioni del feto, e potrebbe avvenire anche più avanti. Occorre intervenire prima che il feto abbia possibilità

138

di sopravvivenza autonoma, quindi suggerisco non oltre le venti-ventuno settimane di gestazione.»

Valentina impallidì. Dovette scacciare a forza quell'immagine inaccettabile.

«La mia previsione è che il feto non sopravvivrà fino a quel periodo, ma avrei bisogno di monitorarla nel tempo. Come le dicevo, esiste anche la possibilità che la gravidanza arrivi a termine. Allo stato dei fatti, però, lo considero improbabile.»

Valentina provò a parlare, ma non ne ebbe la forza.

Il professore continuò con la discesa nell'abisso.

«La differenza è nel tipo di intervento», spiegò, con lo stesso tono pacato.

Se non fosse stato per quegli occhi così espressivi, sarebbe sembrata una semplice elencazione di dati.

«I tempi per un eventuale aborto farmacologico sono già superati. Al momento è possibile interrompere attraverso un intervento chirurgico poco invasivo. Si tratta di un ricovero in day-hospital. L'intervento avviene in anestesia generale e dura pochi minuti.»

Di nuovo, le parole non riuscivano a imprimersi nella sua mente. Avrebbe voluto prendere un foglio per scrivere, per ricordare.

«Se deciderà di andare avanti, in seguito, potrebbe essere necessario indurre il parto. Si tratta di un'esperienza maggiormente traumatica dal punto di vista fisico e psicologico.»

«Posso morire?»

«Valentina!» La voce di Gianluca risuonò altissima in quella stanza in cui suoni ed emozioni apparivano attutiti. «Ma che dici?»

L'uomo li guardò entrambi senza cambiare espressione.

«Non esiste nessun intervento totalmente privo di rischio, ma stiamo parlando di percentuali bassissime: non morirà.» Poi aggiunse: «La decisione è solo sua. Non occorre prenderla immediatamente».

Valentina si alzò nervosa dalla sedia e fece qualche passo senza guardare né il medico né suo marito. Sentiva i loro occhi addosso e le parve di non conoscerli entrambi, alla pari, come se fossero due estranei totali.

«Vogliamo procedere con il controllo?» le chiese il dottore, avvicinandosi al lettino.

«Possiamo scoprire qualcosa di nuovo anche oggi? Dopo nemmeno ventiquattro ore dal disastro di ieri?» replicò lei, scontrosa.

«Ci scusi, professore», intervenne subito Gianluca con la voce piena di dolore, «mia moglie è molto provata da quello che sta accadendo.»

Valentina sentì di odiarli entrambi, ma dovette dirigersi verso il lettino.

«Lo capisco perfettamente», rispose lui, infilandosi i guanti e sistemando i macchinari.

«Come devo mettermi?» chiese lei, ugualmente ostile.

«Credo che l'ecografia vaginale sia quella con cui potremo valutare meglio la situazione.»

Lei si sfilò le scarpe e la gonna senza mettersi dietro il paravento, lasciandole cadere a terra.

Gianluca la prese per un braccio e la avvicinò a sé.

«Tina, ascoltami. Facendo così soffri il doppio. Sai che ci sono dei passaggi inevitabili. Non sarà doloroso questa volta. Sdraiati e chiudi gli occhi, io sono qui.»

Lo scansò e si arrampicò sul lettino, allargando le gambe in quella posizione così imbarazzante.

L'uomo la coprì con il telo e si sedette davanti a lei. Gianluca si mise alle spalle.

«Mi dispiace tormentarla ancora, ma anche in un solo giorno la situazione potrebbe essere modificata sensibilmente. Il battito registrato negli ultimi giorni», proseguì riprendendo in mano i fogli, «è irregolare. Potrebbe essersi interrotto.»

Valentina trattenne il fiato.

Poteva essere finito tutto così? Come in un brutto sogno da cui bastava svegliarsi?

Rimase ferma fissando il soffitto.

Sentì la sonda fredda dentro di sé e il dolore riflesso a sinistra che continuava a descrivere ai medici ogni volta, come se contasse qualcosa.

Non aveva bisogno di seguire per capire cosa stesse succedendo. Il medico stava tracciando le sue lineette e misurando.

Poco dopo sentì un rumore in lontananza, molto leggero.

«È vitale?» chiese Gianluca.

«Sì, ma la situazione sta peggiorando. Il battito è rallentato e la plica è aumentata.»

Valentina si rimise in piedi barcollando, Gianluca dovette afferrarla perché non cadesse.

Anche il professore la guardò sorpreso.

«Ok, ho deciso. Voglio abortire.»

Cercò le calze e la gonna che Gianluca aveva ripiegato.

«Valentina...»

Lo ignorò e si rivolse direttamente al professore.

«Dove devo venire? Quando? Può farlo lei? Fino a quando resta a Roma?»

«Tina!» la voce di Gianluca adesso era molto tesa.

«Vuole sedersi, signora?» le propose il professore indicandole la sedia e passandole le scarpe.

«No», rispose lei decisa, «me ne voglio solo andare da qui.»

Gianluca le si mise davanti e le afferrò entrambe le braccia.

«Siediti, per favore.»

Lei si divincolò e lo spinse indietro con forza.

Lui la guardò attonito e solo per una frazione di secondo provò pena per lui.

«Siediti tu e prendete accordi. Fatemi sapere. Ti aspetto giù.»

«Valentina», la chiamò l'uomo usando il nome per la prima volta, «non potrò essere io. Sono un obiettore di coscienza. L'interruzione di gravidanza può essere eseguita soltanto presso una struttura pubblica. Posso indirizzarla verso una collega ospedaliera che opera nel settore e che saprà darle tutte le indicazioni.»

Valentina lo guardò come se fosse pazzo.

«Che significa?» balbettò. Le vennero in mente immagini confuse di manifestazioni con Vangeli sventolati e feti crocifissi.

Si rese conto che aveva addosso una scarpa sola.

L'uomo adesso le sembrò in difficoltà.

«Non è stato lei a dirmi, un minuto fa, che le possibilità di sopravvivenza sono inesistenti, che la situazione sta peggiorando e che tra pochi giorni l'intervento sarebbe più traumatico?»

Affastellava parole e concetti, ma non era sicura di dire cose sensate.

«Ho fatto la scelta di obiettare fin dall'inizio, del tutto indipendentemente dai singoli casi, e non ha nulla a che vedere con la sua specifica situazione.»

Valentina sentì montare una rabbia ingestibile.

Gli si avvicinò.

«Quindi si fa pagare cinquecento euro a visita, tiene le persone in lista di attesa per mesi, ma quando si tratta di fare il lavoro sporco la sua risposta è che ci pensino altri?»

L'uomo non batté ciglio ma Valentina vide la mascella che si contraeva.

Lei si rivolse a Gianluca.

«Cosa ci siamo venuti a fare? Sapevamo già tutto.»

Si infilò il secondo stivaletto senza allacciarlo e uscì sbattendo con forza la porta.

Passò veloce e zoppicante, per via della zip aperta, davanti alla donna di prima.

«Signora, dove...?»

Trovò il pulsante della vetrata e uscì sbattendo anche quella.

Prese l'ascensore che aveva davanti e solo quando si era ormai chiuso si ricordò la complessa spiegazione che avevano ricevuto all'ingresso. Alcuni ascensori si fermavano a tutti i piani, altri no perché erano riservati al personale e alle sale operatorie.

Spinse un pulsante a caso.

L'ascensore si fermò a un piano tutto azzurro più basso del precedente, a giudicare dal verde delle finestre. Cercò affannata una scala e finalmente vide quelle esterne antincendio. Spinse il maniglione facendo partire un allarme. Richiuse alle sue spalle la porta e scese i gradini a chiocciola più velocemente possibile. Dovette fermarsi per allacciare la zip dello stivaletto. Riprese a correre senza alzare la testa.

Arrivata a terra, un uomo in divisa le si parò davanti.

«Scusi, ma da questa scala non si può scendere!»

«Sono claustrofobica. Non prendo ascensori. E sono già scesa, non mi vede?» gli gridò.

Sentì squillare il telefono nella borsa e lo spense senza guardare chi fosse.

Era vicina all'ingresso e lontana dal parcheggio dei taxi.

Uscì e si mise a camminare senza meta. La strada era pericolosa, le macchine le sfrecciavano accanto. Si fermò su uno stretto marciapiede laterale per prendere fiato.

Udì una voce che la chiamava, si girò e vide Gianluca che correva affaticato verso di lei. C'era qualcosa di buffo in lui, in giacca e cravatta, che scendeva a grandi falcate sullo spartitraffico.

«Stai attento!» le venne istintivo gridare.

Quando la raggiunse era boccheggiante e si chinò in avanti appoggiandosi al muro.

«Stai bene?» le chiese appena riuscì a riprendere fiato.

Lei non seppe cosa rispondere.

Camminarono insieme verso il verde della villa.

Entrarono scavalcando un muretto basso e si sedettero sfiniti su una panchina isolata.

«Voglio farlo subito», annunciò lei, decisa.

Gianluca sospirò. «Valentina, non va deciso ora. Come lui ha spiegato chiaramente...»

«Da che parte stai?» lo aggredì subito. «Sei come lui? Sei diventato un obiettore? È contrario alla tua etica? Mi stai giudicando?»

Lui perse le staffe. «Ma che cazzo dici??» urlò. «Ma di che parli?»

Lei si incassò sul sedile spaventata.

Gianluca le si mise davanti. «Mi spieghi che cosa te ne può fregare di *lui*, delle sue scelte, delle sue obiezioni, di fronte a quello che sta succedendo a *noi*?»

«Vuoi dire a *me*?» lo incalzò lei, sarcastica.

Gli lesse in viso una tale rabbia che ebbe paura che potesse farle male. Gli vide stringere i pugni e trattenere il fiato.

«Come puoi?» le ringhiò in faccia. «Come ti permetti?»

Valentina si girò per non guardarlo, ma lui le prese il viso tra le mani e la costrinse.

«Vuoi sapere cosa farei io se potessi?» la provocò con gli occhi lucidi. «Non solo vorrei farla finita adesso, ora, e basta, e senza vergognarmi, senza ripensamenti, ma darei qualsiasi cosa per poter prendere il tuo posto, mi farei torturare, mi farei ammazzare, se solo potessi levare te da questo incubo.»

Ora piangeva e anche Valentina non riuscì a non fare lo stesso, anche se davanti a loro passavano ragazzi in tuta e vecchietti a passeggio con i cani.

Lui la strinse a sé e restarono lì, incuranti di tutto, anche del freddo.

Gli sentì dire, tra le lacrime: «Ci sono anche io. Sono il padre».

15
Cristiana

«UN bel sorriso e... *cheese!*»

Perché, perché, perché.

Le aveva contate ed erano arrivati alla ventesima foto di famiglia.

Cristiana evitò di guardare dalla parte della sala dove erano seduti Roberto, Doug, Gloria e Marco. Inutile, perché i loro fischi e i loro applausi si sentivano lo stesso. A forza di ridere, a suo fratello stavano venendo le convulsioni.

«E adesso una anche con i cuccioli!» annunciò trionfante il fotografo.

Quanti parenti può avere una singola persona?

Chi può definire «cuccioli» dei bambini?

Aveva provato a costruire una griglia mentale in cui inserire quello sciame di persone.

Lei, la sfortunata, il cui nome era Vera, aveva due genitori e tre nonni viventi, più due sorelle e un fratello. Tutti sposati, quindi andavano aggiunti i cognati. Poi c'erano i bambini, ma attribuire a ciascuna coppia i relativi cuccioli era impossibile. Ne aveva contati sette, con età variabili. La più piccola una neonata in carrozzina, molto pacchiana, con un fiocco di raso bianco in testa, la maggiore una ragazzina adolescente seminuda, molto simile alle amiche di Marco. I maschi erano solo due, cicciottelli, vestiti uguali, con giacca lucida e cravatta. Di sicuro fratelli.

In generale, l'intera famiglia di Vera aveva qualche chilo di troppo, a parte Vera stessa, che sfoggiava un fisico da modella e un'altezza di qualche centimetro in più rispetto a Corrado.

«Manca nonna!» gridò una delle cognate.

Stupita, Cristiana osservò l'arrivo di un'altra donna molto anziana in sedia a rotelle, spinta dai due fratelli paffuti.

Guardò il padre interrogativa.

«È la bisnonna di Vera», spiegò lui.

Vera aveva trentatré anni, facendo i conti la bisnonna doveva essere più vicini ai cento che ai novanta.

«Novantasette anni tra un mese», confermò Corrado, con orgoglio, come se fosse in qualche modo merito di Vera.

Cristiana si accinse rassegnata a ricominciare con le fotografie che vedevano da un lato la famiglia molto ridotta di suo padre, cioè lui, lei e nonna Anna, e dall'altro la ressa di nonni e bambini.

Finito il tormento, tutti si dileguarono abbandonando lei e nonna Anna. Gli sposi ripresero il giro dei tavoli, accolti da appalusi e grida. Osservò Corrado, non sapendo se sentirsi triste o divertita all'idea di un uomo di mezza età, ormai un ex playboy, che mette la testa a posto. Non riusciva in alcun modo a vedere in lui una figura paterna.

Vera continuava a starle antipatica. Si frequentavano da un paio di anni, ma l'aveva vista poco. C'era stata la presentazione iniziale, inevitabile, tra la figlia frutto di una follia di gioventù e la nuova compagna, praticamente coetanee, e poi un paio di aperitivi riempiti soprattutto dalle chiacchiere frivole di Corrado. Il comportamento durante la cerimonia non aveva che confermato la brutta impressione. Vera si era mostrata gelida con Gloria, poco premurosa verso nonna Anna, del tutto indifferente con Roberto, Doug e Marco. Li aveva relegati in un tavolo secondario, quello dei parenti che contano poco.

«Vuoi venire a sederti con noi?» propose a nonna Anna, che sembrava anche lei isolata in quel viavai di gente. Il suo posto ufficiale sarebbe stato al tavolo con i genitori della sposa, ma Cristiana dubitava che avessero legato. Nonna Anna era una persona arcigna, ma a Cristiana faceva pena immaginarla sola tra tutti quegli estranei.

Sua nonna bofonchiò qualcosa che lei decise di interpretare come un sì.

Roberto aveva seguito il dialogo, zittì il tavolo e si preparò ad accoglierle in pompa magna. Si alzò in piedi, le spostò la sedia, si produsse addirittura in un mezzo inchino.

L'idea che quell'omone chiassoso e quella minuscola vecchietta si fossero battuti in un tribunale sembrava adesso inverosimile.

«Come sta, signora Anna, la trovo benissimo», la salutò, con estrema cortesia.

Gloria spinse Marco in piedi.

«Buongiorno, signora Anna, sono Marco», si presentò timidamente suo fratello. Cristiana pensò che fosse bellissimo, con i capelli pettinati, la camicia bianca, la galanteria di un ometto.

La nonna lo ricambiò con un buffetto sulla guancia.

Gloria le si avvicinò e la abbracciò, attenta a non travolgerla.

«Anna», le disse con voce affettuosa, «è una gioia vedere Corrado tanto felice. Tantissimi auguri!»

Quella la squadrò sospettosa.

Un tempo la chiamava «la mignottella» o «la smutandata», una volta se lo era lasciato scappare anche di fronte a un giudice. Roberto raccontava di aver battuto i pugni sul tavolo, trattenuto a stento dal suo avvocato, urlando che era un linguaggio inaccettabile. Il giudice non solo gli aveva dato ragione, ma aveva ammonito nonna Anna, spiegando che in quella complicata situazione, dove il bene della bambina doveva essere l'unico obiettivo comune, occorreva il massimo rispetto da parte di tutti. Il giorno dopo era arrivata una lettera di scuse da parte di nonno Mimmo.

Gloria baciò nonna Anna su entrambe le guance e poi la aiutò a sedersi. La donna la lasciò fare, mentre Doug si affrettava a versarle dell'acqua.

«Posso portarle qualcosa dal buffet?» propose ancora Roberto.

La donna lo guardò dubbiosa.

«Ci penso io», la prevenne lui.

Cristiana lo seguì, dopo aver lanciato un'occhiata al tavolo. L'anziana era seduta impettita, mentre Marco, Gloria e Doug le sorridevano angelici.

«Che stai facendo?» chiese a Roberto, mentre si mettevano in fila per i fritti.

«Cerco di creare un bel clima», rispose lui. «Non hai detto tu che ormai è solo una povera vecchietta?» Poi, la derise, riportando l'attenzione sul matrimonio. «Simpatica la tua nuova matrigna, non ti senti un po' Biancaneve?»

Mentre soffocava una risata, Cristiana avvertì una punta di amarezza. Certo che c'erano stati momenti in cui avrebbe desiderato un papà normale.

Roberto lo capì.

«Non hai colpe. È un uomo debole, si è lasciato dominare tutta la vita dalla madre e adesso ha trovato un'altra che lo comanderà a bacchetta.»

«Già», commentò Cristiana.

«È una stronza», proseguì lui senza giri di parole, «ma il suo problema non sei tu.»

«Certo che no», rispose Cristiana subito indispettita, «chi se la fila?»

«Su di te starà soltanto facendo i suoi calcoli. Vorrà avere dei figli e tu un giorno sarai un problema nell'asse ereditario.»

Nonna Anna e nonno Mimmo grazie a una vita morigerata, al confine con la tirchieria, avevano accumulato abbastanza soldi per rendere tranquilla la vita di Corrado.

Intanto erano arrivati al tavolo e il cameriere stava porgendo loro degli invitanti cartocci intrisi di olio.

«Il suo problema è Gloria», spiegò Roberto infilando in bocca un fiore di zucca. «È gelosa e lo sarà sempre.»

Cristiana si girò verso il tavolo, dove Doug e Marco parevano sul punto di addormentarsi, mentre Gloria stava intrattenendo nonna Anna gesticolando allegra. Nessuno poteva resistere al suo fascino.

«Sono passati trent'anni, però», osservò.

«È stata una grande passione e il primo amore non si scorda mai.»

Era vero. Ancora oggi, davanti a Gloria, Corrado era adorante. Lei invece lo trattava come un vecchio amico, con quel suo fare sfuggente che le aveva procurato decine di ammiratori.

Lo sguardo di Cristiana si spostò sugli sposi. Vera era una bella ragazza, dai tratti duri. Quando non sorrideva, aveva l'espressione di un mastino. Quel fisico palestrato, considerando i geni famigliari, doveva essere frutto di un impegno costante. Il matrimonio sfarzoso, il vestito spumeggiante sembravano essere un traguardo molto ambito. Era comprensibile che non volesse nessuna Gloria a rovinarle la festa. Di sicuro molti occhi curiosi stavano passando in rassegna la splendida ex con cui lui aveva messo al mondo una bambina quando non aveva nemmeno diciassette anni.

Roberto intanto era stato incastrato da una donna che gli parlava fitto fitto di un problema della figlia, che aveva accanto. Una bambinetta dall'aria lagnosa, che si nascondeva tra le sue gambe.

Cristiana tentò la fuga, ma suo zio fu più veloce.

«Anche la dottoressa Romano, che tra le altre cose è mia nipote, è specializzata in Endocrinologia.»

La donna non nascose la propria ammirazione. «Certo, lo sapevo. È la figlia maggiore dello sposo», commentò lusinghiera.

«Fin qui, anche l'unica, che io sappia», scherzò Cristiana.

«Questa è Sofia», spiegò la donna, cercando di tirare per un braccio la bambina che aveva il viso completamente schiacciato sulla sua gonna. «Forza, fatti vedere da questa bella dottoressa», le intimò innervosita.

Roberto finse di ricevere una telefonata e a Cristiana toccò socializzare con la piccola, mentre la madre elencava analisi, dubbi sulla crescita, percentili e diagnosi già ricevute. Nulla di preoccupante, la classica madre troppo ansiosa per una bimba appena più bassa della media.

«Se vuole può segnarsi il mio cellulare, così possiamo vederci in clinica», propose sperando di fermarla.

La donna esitò. Ovviamente avrebbe voluto essere ricevuta da Roberto.

«Ci pensi», le suggerì Cristiana, prendendo dal portafoglio un bigliettino. «Questi sono i nostri numeri.»

La donna non poté che ringraziare e lei fuggì. Deviò per non essere inseguita e si trovò di fronte al tavolo delle bomboniere. Erano in bella mostra, pronte per essere consegnate all'uscita agli ospiti. Un dettaglio catturò la sua attenzione e dovette sforzarsi per non mettersi a ridere in mezzo a tutti.

Cercò subito il telefono nella borsa. Poteva scattare una foto? Decise di sì e inquadrò il tavolo, osservata da una coppia che stava chiacchierando.

Poi inviò la fotografia ad Arianna e cercò un angolo silenzioso, per incidere un messaggio vocale.

No, vabbè, Ari, te la dovevo mandare per forza! soffocò una risata. Te li ricordi? Ci sono i cignetti! rise prendendo fiato. Hai capito in mano a chi è finito mio padre?

Erano state lei e Valentina ad accompagnare Arianna a scegliere le bomboniere per il suo matrimonio. Il negozio, inutile dirlo, lo aveva consigliato Valentina. E mentre questa veniva accolta con entusiasmo dai proprietari, che servivano la famiglia Molinari fin dal Medioevo – come sta suo padre, mi saluti sua nonna –, lei e Arianna avevano cominciato a scegliere apposta gli oggetti più brutti che trovavano. Valentina era riuscita a rimanere seria, cercando di dirottarle su qualcosa di più raffinato, ma Arianna pretendeva di essersi appassionata a una serie di bombonicrc vistose con animali sopra. Persino la commessa aveva suggerito altro, ammettendo che alcune collezioni erano ormai fuori moda, ma per almeno dieci minuti Arianna aveva insistito proprio con i cignetti. Gli stessi, orrendi, che invece Vera aveva scelto per davvero. Uscite dal negozio, avevano aspettato di girare l'angolo prima di piegarsi in due dalle risate, mentre Valentina aspettava che la facessero finita.

Cristiana girò la foto anche a lei.

Pensò che ormai si scrivevano singolarmente e non usavano più la chat «Sant'Anna Girls», chiamata così in onore della santa patrona del loro liceo e che aveva come immagine del profilo una fotografia di tutte e tre quindicenni che non avrebbero mai avuto il coraggio di mostrare a nessun altro. Valentina, in realtà, era identica a oggi, invece all'epoca Cristiana non aveva ancora iniziato a togliersi le sopracciglia da sopra il naso e Arianna portava il fermaglio di lato.

La chat a tre era diventata muta da quando Arianna aveva cominciato a rispondere solo una volta ogni venti messaggi.

Cristiana tornò verso il tavolo sentendosi nostalgica.

Si stava avvicinando anche Corrado in cerca di nonna Anna.

«Mamma, che fine avevi fatto?»

La donna si alzò faticosamente, aiutata da Gloria, che disse: «Mi sembra stanca».

Era così strano per Cristiana vederli insieme, le faceva un effetto difficile da descrivere.

Dovevano sentirsi in difficoltà anche loro, perché non si guardavano mai negli occhi.

Doug si stava riavvicinando al tavolo, da dove si era allontanato per telefonare.

Corrado gli si fece incontro con entusiasmo esagerato. Quello di chi deve mostrare al mondo di non aver nessun problema nei confronti di coppie omosessuali.

«Finalmente ci conosciamo», gli disse, «mia figlia mi ha parlato tanto di te.»

Lui rispose con il suo sorriso aperto, il suo accento british e il suo italiano basico: «Piacere mio. Tanti complimenti per la festa bellissima».

Corrado e la madre si allontanarono, proprio mentre Roberto tornava con altri due piatti pieni. Era incredibile quanto riuscisse a mangiare quando non si imponeva le sue diete senza capo né coda.

Marco non ne poteva più ed era praticamente sdraiato sulla sedia.

Roberto gli diede uno schiaffetto sulla nuca.

«Allora? Da quando si sta così a tavola?»

Il ragazzino si rimise dritto con un'espressione distrutta.

Intanto era partita la musica e qualcuno si era messo a ballare.

«Finirà mai?» sospirò Cristiana.

«Sarebbe scortese andarsene prima della torta», disse Gloria, l'unica ancora fresca come quando erano arrivati. Indossava un vestito rosa pallido, fuori moda, comprato probabilmente quando aveva diciott'anni. Le stava d'incanto.

Erano rimasti soltanto loro, i due tavoli vicini si erano svuotati.

Roberto si guardò intorno con fare circospetto e poi si schiarì la voce.

Cristiana lo fissò preoccupata. Conosceva fin troppo bene quel modo di fare.

«Che c'è?» gli chiese.

«Ho una notizia da darvi», esordì lui.

Doug sembrò imbarazzato.

«Abbiamo deciso di avere un figlio», annunciò Roberto addentando un grosso pezzo di filetto.

Rimasero tutti zitti un istante.

«Deciso... chi?»

La voce di Marco era dubbiosa.

Prima che Gloria o Cristiana potessero intervenire, lo zio prese il centro della scena. «Io e Doug abbiamo deciso di avere un figlio.»

«E come?» chiese il nipote spalancando gli occhi molto sorpreso.

Doug arrossì, Roberto rise e il ragazzo sembrò offeso.

«Marco», cominciò con il suo fare perentorio, «forza, hai i miei geni, cerca di essere un po' più sveglio di così.»

Quello si rabbuiò ancora di più, odiava essere trattato come il piccolo di casa.

«Come potrebbe capirlo?» si arrabbiò Cristiana.

Roberto amava fin troppo dettare tempi, temi e condizioni.

Ed era abile. Sganciare una bomba del genere in un'occasione pubblica significava costringere gli altri a discuterne in toni civili, fingendo di sorridere e di parlare di quanto era buono l'arrosto.

«Allora», riprese, «ovviamente nessuno di noi due può rimanere incinta.»

Marco sbuffò per dimostrare l'inutilità di quella spiegazione.

Cristiana stava per partire a macchinetta, ma lui fu più rapido.

«Ci siamo rivolti a una surrogata.»

Persino Gloria perse la sua compostezza di fronte a quella notizia. «Cosa?»

Marco aggrottò la fronte trattenendo le domande che sicuramente avrebbe voluto fare e cercò gli occhi della sorella, a caccia di chiarimenti.

Doug dovette farsi forza. Roberto lo stava costringendo a una riunione di famiglia e non pareva averlo avvertito.

«È solo un'idea da ragionare...» tentò di inserirsi.

«Sei ridicolo. Hai sessant'anni. Sei troppo vecchio per avere un figlio», intervenne Cristiana, sforzandosi di tenere la voce bassa, rivolta a Roberto e interrompendo Doug.

Roberto non si scompose e continuò a ingollare grissini.

«Non sono affari tuoi», le rispose senza apparente calore.

Cristiana sentì montare un fastidio di cui non avrebbe saputo spiegare le ragioni.

«Pensavo fossi contrario a questa pratica barbara che sfrutta il corpo di una donna per...»

«Pensavi male», la zittì lui, trattenendo a stento la furia.

Quando partiva uno scontro tra loro due, gli altri cercavano di scomparire. Cristiana poteva percepire sua madre, suo fratello e Doug farsi tutt'uno con le proprie sedie.

Roberto si rivolse a Marco: «Una madre surrogata è una donna che porta avanti la gravidanza per coppie che non possono avere figli. Noi non possiamo perché siamo due maschi, ma ci sono molte coppie composte da uomo e donna che non riescono ad avere figli per altre ragioni. È legale solo in pochi Stati, e ognuno ha una sua regolamentazione».

«E in Italia è *vietato*», si intromise ancora Cristiana.

Roberto proseguì senza fare caso a lei: «In Italia non è possibile, noi lo faremo in Inghilterra».

Cristiana cercò di farsi tornare in mente un articolo sul tema che aveva letto da poco, su una rivista femminile tra quelle a disposizione nella saletta d'attesa degli studi clinici del suo piano. Aveva aperto il giornale attratta dal titolo «Carciofi, tre ricette da provare» ed era finita a leggere l'approfondimento sulla maternità surrogata. C'era un'intervista a una coppia gay di Milano fotografata con un bel bambino in braccio. Lei aveva pensato proprio a Roberto e Doug.

«In Inghilterra è consentita soltanto la forma altruistica, quindi come...?»

«*My sister*», intervenne Doug, sempre più rosso in viso. «Mia sorella», tradusse un secondo dopo anche se avevano capito tutti.

Cristiana tacque.

Si sentiva meschina e stupida.

Non aveva mai conosciuto la sorella di Doug. Tutto quello che sapeva è che aveva qualche anno meno di lui, che era una biologa marina, divorziata con due figli. Cercò di ricordare il suo viso nelle foto viste sul telefonino di Doug.

«È un gesto molto generoso», commentò Gloria per riempire il silenzio che si era creato.

Dopo qualche istante Roberto tornò a parlare con Marco.

«Come sai, perché nasca un bambino occorre il seme del padre e l'ovulo della madre. Io sarò il padre biologico, lei sarà la madre biologica. Doug lo adotterà e lo crescerà insieme a me.»

Cristiana si alzò dal tavolo. «Vado a vedere se sono arrivati i dolci», annunciò senza alzare gli occhi.

Si allontanò verso un angolo più riparato del giardino, doveva calmarsi.

Perché le veniva da piangere? Perché avrebbe avuto voglia di prendere a pugni qualcuno? Si vergognava di quello che aveva detto – «pratica barbara», perché aveva usato quel termine? – ma non sapeva come rimangiarselo.

Il telefono vibrò.

Era la risposta di Arianna al vocale sulle bomboniere.

Aveva messo tre faccette di quelle che stanno per vomitare.

Cristiana compose subito il numero.

«Ehi, come va?» la apostrofò senza aspettare nemmeno il ciao.

«Bene», rispose Arianna con voce divertita.

Cristiana la travolse.

«Vuoi sapere qual è l'ultima trovata di quel matto di mio zio? Si è messo in testa di avere un figlio con Doug. Hai presente Doug? Lo hai mai incontrato? Non mi ricordo. Comunque è inglese, è un musicista e ha qualche anno meno di lui, si sono conosciuti a un corso di cucina. È simpatico, io non ce l'ho con lui, ma mio zio è vecchio, mi sembra un progetto senza senso, già la mia famiglia è assurda, ci mancava solo questo, e poi ovviamente serve anche una donna per...»

Roberto le comparve davanti e lei ammutolì.

«Ari, scusa, ti posso richiamare dopo?»

Attaccò e fronteggiò suo zio sentendo le guance bollenti.

Lui la afferrò malamente sottobraccio e la tirò dietro di sé verso una siepe.

Intanto stava arrivando la torta e tutti gli altri si avvicinavano al centro della veranda coperta.

«Lasciami stare», protestò liberandosi.

Prima che potesse aprire bocca, lui la aggredì.

«Non ti prendo più a schiaffi perché sei una donna ormai. Ma non ti azzardare mai più a giudicare le mie scelte. Ho avuto a che fare con fin troppi benpensanti per preoccuparmi di te.»

La guardò sprezzante, come se fosse ridicola.

Cristiana si sentì mancare, non riuscì a rispondere.

Lui continuò.

«Ho fatto per te tutto quello che ho potuto. Tutto quello che mi sembrava giusto. Non sarò stato perfetto, ma non ho mai a-vuto scelta, né quando mi sono trovato orfano con una sorella da crescere né quando sei nata tu. La vita mi ha buttato in mezzo al mare e ho imparato a nuotare.»

Lei tentò di inserirsi ma non riuscì ad arginarlo.

«Se sei sempre arrabbiata con tutti è solo colpa tua. Di cosa ti lamenti, *ancora*? Di una madre ragazzina? Di un padre immaturo? Di una famiglia atipica?»

Cristiana sentì le lacrime e dovette sbattere le palpebre più volte per trattenerle. Non li poteva vedere nessuno, ma l'idea di essere trascinata in una scena madre in quel contesto era insostenibile.

«Se non sei capace di essere felice, non prendertela con chi ci prova!» aggiunse lui, furente.

Fu il colpo finale.

«Mi dispiace», riuscì a dire sentendosi completamente vinta.

Roberto rimase impassibile.

«Non so cosa mi sia preso, ma so di non avere nessun diritto di giudicare le tue scelte», proseguì remissiva.

Essere messa tra i benpensanti, tra le nonne Anne e tutti coloro che avevano reso più difficile la vita dell'uomo che, di fatto, l'aveva cresciuta era l'accusa più bruciante.

Roberto capì che era sincera e si placò.

«So che non pensi quello che hai detto, ma so perché lo hai detto.»

Lei lo guardò sconcertata.

«Sono la cosa più vicina a un padre che ci sia nella tua vita e non sei pronta per questo cambiamento.»

Proprio in quel momento si udirono le risate di Corrado. Stava innaffiando di champagne un gruppo di amici che cercava di inseguirlo.

«Ho perso Alfredo perché non ho potuto dargli quello che voleva», continuò Roberto. «Voi eravate la mia priorità e lui si è sempre sentito in secondo piano.»

Cristiana non replicò, era troppo scossa.

«Una cosa giusta però l'hai detta. Io sono vecchio per davvero, se non lo faccio adesso non lo farò mai più. È ciò che voglio ed è ciò che vuole Doug. Sono un vigliacco, lo so. Vi ho teso una trappola perché non sapevo proprio come dirvelo.»

Lei tirò su con il naso.

Il rumore delle risate e dei brindisi li richiamò ancora. Si sporsero per vedere Corrado e gli amici che si facevano una fotografia tutti insieme, tenendo in braccio Vera, sdraiata su di loro come una sirena.

«C'è un'altra cosa che non ti ho detto», disse Roberto.

Cristiana si girò a guardarlo intimorita. Che altro poteva esserci?

«Sull'Italia hai ragione tu. Qui è vietato tutto.» Le batté il pugno sulla spalla per attutire il colpo. «Io e Doug vorremmo crescere nostro figlio in Inghilterra. Vorremmo che avesse vicino anche la madre.»

Altro che idea «da ragionare». Lui e Doug erano già in una vita nuova, in una nuova dimensione.

La gelosia che la invase fu fortissima e dovette deglutire per mandarla giù.

«E io?» chiese smarrita, senza poter trattenere quella domanda sciocca.

«È proprio questo quello che ti volevo dire», rispose lui speranzoso. «Vorrei che tu venissi con noi.»

Cristiana rimase di sasso.

«Marco deve finire la scuola e non voglio sradicarlo, già si divide tra Italia e Germania, ma tu perché non dovresti tentare un'esperienza nuova? Sei giovane, sei in gamba, sei libera. Cosa ti trattiene qui?»

Già.

Cosa?

16
Valentina

VALENTINA aprì gli occhi e si guardò intorno senza capire.

Era sdraiata su un lettino, la testa pesante. I rumori erano attutiti, la stanza di un bianco abbagliante.

L'infermiera le si avvicinò.

Non riuscì a metterla a fuoco, richiuse gli occhi, aveva nausea.

«Senza fretta, tesoro. Ti stai risvegliando. Stai tranquilla. Non muoverti. Ti dico io quando ti puoi alzare.»

Valentina girò la testa cercando di addormentarsi ancora.

Fa freddo, pensò.

E forse lo disse, perché qualcuno le appoggiò una copertina azzurra addosso.

Si era risolto tutto in tre giorni, ma era stato un caso.

Era arrivata in ospedale con Gianluca. Aveva tutti i moduli già compilati, anche se non aveva idea di chi se li fosse procurati. Era lei a seguire qualsiasi aspetto burocratico della loro vita comune, lei a pagare le bollette, lei che comprava i regali, lei che prenotava visite e vacanze. Gianluca non aveva nemmeno idea di chi fosse il loro medico di base. E invece aveva trovato tutto pronto, aveva dovuto soltanto mettere qualche firma.

Si erano messi in fila, non si prendeva appuntamento.

Erano in cinque.

Una ragazzina con la madre, una rom ugualmente ragazzina ma da sola, una donna della sua età, pure lei con il marito, e una donna più grande, sui quaranta, con i capelli corti, sola.

Avevano aspettato sulle sedie di plastica di fronte a una porta scrostata e senza scritte.

La ragazzina piangeva in silenzio e la madre le parlava di continuo a voce bassissima, la giovane rom stava affacciata al davanzale, le altre zitte. La donna sui quaranta usciva spesso per fumare.

Avrebbero dovuto cominciare le visite alle otto, ma fino alle 8.45 non si era visto nessuno. Ogni tanto passavano medici, infermieri di altri reparti o pazienti a passeggio. Nessuno di loro aveva fatto domande.

«Vuoi qualcosa da bere o da mangiare?» le aveva chiesto Gianluca indicandole un distributore automatico che sembrava semivuoto.

Lei non voleva nulla, ma sentiva il bisogno di alzarsi e muoversi.

«Vado io», aveva risposto allontanandosi.

Si era messa a studiare i pochi beni disponibili. C'erano anche spazzolini, assorbenti, cerotti, piccoli deodoranti. Molti scomparti erano vuoti. Era rimasta una confezione di biscotti di frolla con gocce di cioccolato.

Aveva cercato nella borsa gli spicci. Aveva infilato due euro, ma la macchina li aveva sputati fuori con un rumore secco.

«I due euro non gli piacciono. Prende solo le monete da uno», aveva sentito dire alle sue spalle.

Si era girata e si era trovata davanti la madre della ragazzina.

«Se vuole ho il cambio», le aveva offerto la donna porgendole i soldi.

«Siamo venuti già ieri, ma ci mancavano un sacco di cose e rieccoci qui», aveva spiegato senza che lei chiedesse nulla. «Ma stavolta mi sono attrezzata», aveva aggiunto mostrandole un piccolo borsellino pieno soltanto di monete.

Valentina le aveva dato in cambio i due euro. Aveva riprovato a prendere i biscotti sentendosi nervosa perché osservata. Per quanto non avesse senso, aveva avuto paura di sbagliare pulsante.

Era riuscita a prenderli, ma per sfilarli dal recipiente in basso si era schiacciata un dito.

«È 'na trappola», aveva scosso la testa la donna, accorgendosi che si era fatta male. «Scusi, m'era passato di mente e non l'ho detto.» Poi le aveva suggerito, indicando una porticina bianca: «Là c'è il bagnetto con l'acqua fredda, se ce lo vuole mette' sotto», aveva chiarito riferita al dito.

«Non è niente», aveva risposto Valentina.

Avrebbe voluto allontanarsi, ma quella aveva fatto un grande sospiro mostrando di avere voglia di parlare. Intanto si stava prendendo una bottiglietta d'acqua.

«Non ci riesco a falla stà calma», aveva detto guardando verso la figlia, che stava rannicchiata sul sedile abbracciandosi le ginocchia.

«C'ha diciassette anni», aveva aggiunto, «poteva pure fa' tutto da sola, però so' contenta che me l'ha detto.»

Valentina aveva sentito lo stomaco pesante. Non voleva sapere, non voleva sentire.

«Pure il ragazzetto voleva venì, per carità, è bravo, ma io ho detto, mica possiamo andà ogni volta in trecento, lui stamattina lavora pure. Verrà per...» aveva indugiato solo un attimo, «l'operazione», aveva concluso abbassando il tono.

Valentina era rimasta inespressiva.

«Dice che piange, che c'ha paura», aveva continuato la madre con apprensione. «Ma io lo so che è pure dispiaciuta tanto.»

Valentina aveva seguito il suo sguardo verso quel groviglio di capelli, gambe e braccia. Sembrava avere meno di diciassette anni, era magrissima, portava i jeans molto corti sulla caviglia.

La donna ormai aveva preso il via.

«Ma io non la posso aiutà. So' vedova, a casa c'ho due figli piccoli ancora a scuola. Lei ha appena cominciato un lavoretto, io je l'ho detto, se ce la fate da soli per me va bene, ma soldi non ce n'ho e tempo nemmeno e manco un posto dove mettervi.»

Le si erano inumiditi gli occhi.

«Mi dispiace tanto pure a me», aveva continuato con la voce emozionata, «je sto a ripete che c'ha tutta la vita davanti, che ne può ave' altri mille di figli, che ora è solo troppo presto, che devono stà più attenti, però ce sto male come lei. È una figlia», era sembrata giustificarsi, «e quando sta male un figlio il mondo te crolla addosso.»

Valentina sarebbe voluta fuggire e tornare da Gianluca, ma l'educazione non glielo permetteva.

«Mò s'è pure messa in testa che je fanno male, che sbagliano...» La donna sembrava sempre più angosciata: «Pensa che il ciclo j'è arrivato dopo i quindici, era piccoletta, ce stavamo pure a preoccupà, ora per scherzà un po' je dico che ha fatto presto a mettersi nei guai, che è bastato un anno, ma s'è fissata che la rovineranno».

Valentina era impallidita e lei se ne era accorta.

«Scusa», ormai era passata al tu, «so' tutte scemenze, non è che ti volevo mette' l'ansia pure a te!»

La ragazza rom aveva bussato forte alla porta e tutti si erano voltati. Anche Gianluca, in un angolo, al telefono, si era girato incuriosito.

«Non c'è nessuno?» aveva chiamato forte, provocatoria.

Non c'era stata risposta.

La donna accanto a lei aveva cambiato subito espressione.

«Chissà che se crede questa, di poter fare la padrona? Che noi che stiamo a aspettà siamo tutti scemi?» aveva commentato. «È pure arrivata ultima», aveva detto, attenta però a non farsi sentire.

Nella testa di Valentina si affastellavano domande.

Che ci faccio qui? Che c'entro io?

«Che poi chissà che ci sta a fa' qua», stava proseguendo l'altra, irritata dal comportamento della ragazza, «che questi di figli ne fanno uno dopo l'altro e poi si sa come li mantengono.»

Valentina non era riuscita a trattenersi. «Come possiamo conoscere le sue ragioni?» aveva detto infastidita da quel commento razzista.

La donna era stata veloce a fare marcia indietro.

«C'hai ragione, c'hai ragione», aveva ammesso con aria comprensiva, «mica ce possiamo giudicà tra noi, se siamo tutti sulla stessa barca.»

Valentina aveva visto Gianluca avvicinarsi e aveva tirato un sospiro di sollievo.

Dal corridoio a destra si erano sentiti dei passi ed era comparsa una dottoressa alta con i capelli raccolti dietro la nuca e degli occhiali di tartaruga molto grandi.

«Lei è il capo di tutto», le aveva spiegato la donna a voce bassissima e con tono rispettoso.

Subito, l'altra coppia, marito e moglie, le si era avvicinata.

Si erano messi a confabulare in un angolo, lei le aveva mostrato delle analisi, il marito era intervenuto subito concitato, provando a infilare in una cartellina proprio il foglio che la moglie aveva appena tirato fuori, mentre la dottoressa sembrava volerli placare.

Nessuno nella sala d'attesa aveva protestato, nonostante fosse evidente che avevano scavalcato tutti. Si percepiva tensione.

Gianluca intanto aveva raggiunto Valentina e aveva salutato la donna accanto a lei, che era sembrata intimidita da quel bel ragazzo elegante. Anche se in jeans, camicia e golf, ben lontano dalla giacca e cravatta d'obbligo nello studio, la differenza tra lui e gli altri, i medici dai camici spiegazzati, i pazienti che camminavano in pigiama, era abissale.

Tutti e tre erano rimasti a osservare il dialogo tra la dottoressa e la coppia che si svolgeva a pochi metri da loro. Ogni tanto si udiva qualche parola, ma era impossibile capire i contenuti.

La donna aveva fatto a entrambi cenno di seguirla riavvicinandosi alla figlia. Aveva ripreso a parlare appena avevano raggiunto una distanza di sicurezza.

«Ieri c'erano pure loro e li abbiamo sentiti tutti, hanno fatto una litigata...» aveva cominciato a raccontare. «So' una coppia tanto carina e hanno tre bambine, lei ieri m'ha fatto vede' le foto, so' tre meraviglie.»

Gianluca si era allontanato per discrezione, ma Valentina non aveva potuto fare a meno di ascoltare.

«Io non so lei che malattia c'ha, ma il marito ieri ha detto cento volte che non deve a-s-s-o-l-u-t-a-m-e-n-t-e», aveva fatto un gesto netto con la mano, «avere altri figli. Io pensavo fosse un tumore, ma invece è un'altra cosa, una cosa immunitaria, non lo so, comunque se lei non si cura può morì», aveva affermato decisa, mentre Valentina sgranava gli occhi inorridita.

Anche la ragazzina si era messa ad ascoltare attenta.

«Quindi 'sto bambino non se può tenè», aveva sentenziato la donna. «Stavano nella stanza là dietro», aveva indicato il reparto ancora chiuso. «Ti ricordi?» aveva chiesto alla figlia. «Se sente tutto fino a qua, figuriamoci», aveva spiegato disgustata da quella disorganizzazione. «Insomma, lei stava a dì che c'era un sistema perché poteva fare un'altra cura per un po', diceva che stava bene e infatti se la guardi sembra normale, però il marito era incazzato e pure la dottoressa gli dava ragione, cioè veramente diceva deve decidere solo lei, deve decidere solo lei, però si capiva che gli dava ragione a lui. Poi dopo un po' pure la dottoressa s'è stufata e ha detto: 'Ci so' le altre pazienti, io sono qui solo per fare l'intervento e per controllare che non ci sono rischi e che va tutto bene, ma la decisione non la posso prendere io, parlate con chi vi pare e a me fatemi sapere'.»

Quell'ultima frase l'aveva riportata in tono rassicurante, guardando sua figlia.

Valentina era talmente affascinata da quei racconti che per un attimo aveva dimenticato dove stava e perché.

«Io non avrei un solo dubbio», aveva proseguito la donna alzando le mani. «C'ha ragione il marito. Che vuoi lascià tre orfane?»

In quel momento la dottoressa era passata davanti a tutti ed era andata verso la porta d'ingresso. Si era girata a guardarli, soppesandoli come per organizzare gli incontri.

«Chiamo io», aveva detto, «entra soltanto la paziente, grazie.»

La porta si era chiusa e nella saletta era tornato il silenzio.

La ragazzina non piangeva più, la rom e l'altra donna rimanevano in disparte. La coppia era appoggiata al muro spalla a spalla con aria cupa, senza parlarsi tra loro.

Valentina si era rivolta alla donna.

«Ma è vero che devo rifare l'ecografia pure oggi? Non bastano tutte quelle che ho già fatto?»

Questa informazione, e cioè che doveva rifare analisi ed ecografia, l'avevano ricevuta il giorno prima per telefono. Portate tutto, avevano detto a Gianluca, ma comunque rifaremo alcuni esami.

Gianluca l'aveva guardata storta per quell'eccesso di confidenza per di più rivolto a una chiacchierona qualsiasi.

«Di quando sono quelle che hai?» le aveva chiesto la donna.

«L'ultima è dell'altro ieri.»

La donna aveva alzato le spalle, dubbiosa.

«Io so che devono controllà bene i tempi perché la legge è precisa. Devi stà dentro i novanta giorni. Non se fidano delle altre strutture, magari una s'è decisa troppo tardi e non lo può più fà.»

Valentina aveva certato di comprendere quel ragionamento.

Gianluca l'aveva tirata verso di sé.

«Perché non chiedi alla dottoressa quando entri? Ogni storia è diversa, immagino. La *tua* situazione è diversa, lo sai.»

Era seccato. Aveva necessità anche lui di prendere le distanze da quel luogo.

Gli squillò il telefono e si spostò di qualche metro, parlando a voce bassa e riparandosi la bocca con la mano. Chissà dove aveva detto di essere. Valentina non glielo aveva chiesto. Quanto a lei, si era resa conto che nella vita reale non è che si deve condividere con tutti ogni minuto delle proprie giornate. Quando ti chiedono dove sei, puoi rispondere quello che ti pare. Ci si può nascondere anche in piena vista, basta star zitti. Nessuno si era accorto di tutto quello che era successo nell'ultima settimana. Non ne avevano idea i suoi, non ne aveva idea suo fratello. Non lo aveva capito nemmeno Gigliola. La sera dopo la visita del luminare e la fuga a Villa Borghese erano rientrati in studio e avevano lavorato fino alle dieci passate come se nulla fosse accaduto. Era stato il miglior modo per distrarsi. Andare avanti con la quotidianità. Lei aveva mangiato una pizza con le amiche dell'università, Gianluca era stato a vedere la Roma con gli amici.

«Scusa, te lo posso chiedere un favore?»

La donna le stava di nuovo addosso.

«Certo», aveva risposto Valentina senza entusiasmo.

«Mi sa che voi due entrate insieme, dovreste essere la seconda e la terza.» Non aveva fatto caso ai numeretti. «Je puoi stà vicina? Non mi fanno entrare nemmeno se è minore, dice che è giusto che sta da sola, che ce sta lo psicologo, che se deve sentì libera. Magari con te si distrae.»

Valentina aveva valutato quella richiesta assurda, chiedendosi cosa avrebbe potuto dire a una diciassettenne disperata, lei che lo era altrettanto.

«Certo», aveva risposto per la seconda volta.

«Io su di voi non mi so impicciata», si era scusata ancora quella, «non voglio sapere niente, so' affari vostri.»

Lei aveva provato fastidio di fronte a quel modo subdolo per farla parlare. «Il feto è malformato e non potrebbe sopravvivere», aveva detto tutto di un getto.

La donna aveva fatto un sì timido con la testa.

«Io non ho scelta», aveva aggiunto stizzita, sentendosi una bugiarda.

La dottoressa aveva chiamato il suo numero e anche quello della ragazzina.

Erano entrate insieme per davvero, in un corridoio stretto.

Non si erano dette una parola.

Avevano chiamato per prima la ragazzina. Denise.

La porta era rimasta socchiusa e Valentina non aveva potuto fare a meno di ascoltare.

C'erano un uomo e una donna, non poteva vedere se fosse la stessa dottoressa entrata poco prima. La voce che sentiva invece era calorosa, affabile, coinvolgente. Erano stati molto gentili con lei, avevano usato giri di parole, evitando domande troppo brusche. Non avevano mai pronunciato i termini gravidanza, o interruzione, o bambino. Le avevano chiesto del «padre», senza specificare padre di chi. Su questo tema erano stati molto più insistenti, Valentina aveva capito che volevano essere certi che fosse un coetaneo, che non ci fosse stato abuso, che non ci fossero orrori nascosti. Denise aveva risposto senza timore, molto diversa dalla ragazzina che singhiozzava sulla sedia. Aveva parlato con affetto della mamma che le stava accanto, dei due fratellini che non sapevano nulla.

Poi la dottoressa le aveva elencato con chiarezza e precisione di dettagli persino eccessiva tutti i metodi anticoncezionali «affidabìli» e adatti alla sua età, le aveva chiesto se avesse un ginecologo di riferimento, e, visto che la risposta era stata un silenzio eloquente, le aveva suggerito un consultorio gratuito. Subito dopo le aveva descritto l'intervento, l'aveva rassicurata e aveva risposto a una tempesta di domande. Farà male, quanto sangue perderò, quanto durerà, dopo quanti giorni potrò lavorare. Da lì erano passati a parlare proprio di lei, di Denise. Le avevano chiesto che cosa facesse nella vita e la ragazza aveva raccontato di essere un'apprendista parrucchiera. Il suo sogno era aprire un negozio tutto suo, fin da bambina le piaceva acconciare i capelli alle amiche, gli esperimenti li faceva sulla sorellina undicenne. Le sarebbe piaciuto proseguire gli studi, ma non era portata per niente, aveva confessato, ridendo. Stavano parlando del futuro. La stavano aiutando a ricordare che la sua vita sarebbe proseguita e che avrebbe potuto farne ciò che voleva.

Denise era uscita a testa bassa, senza guardarla, ma aveva ripreso colore e aveva gli occhi asciutti. Sembrava davvero una bambina, impossibile immaginarla madre.

Poi era entrata Valentina e si era seduta in silenzio. I due medici stavano già studiando con attenzione il suo fascicolo. La dottoressa era proprio quella con gli occhiali di tartaruga, la «capa di tutto».

Erano stati ugualmente gentili, ma molto più sbrigativi e chiari. La situazione non lasciava spazio a interpretazioni e lei non era una ragazzina. Non le avevano parlato di anticoncezionali, nessuna domanda sul padre o sull'esistenza di un ginecologo di riferimento. Avevano confrontato date ed ecografie.

«Dobbiamo farla anche oggi?» era stata l'unica domanda di Valentina.

L'uomo aveva inspirato con il naso ed era rimasto in sospeso. Forse una speranza c'era. Ma la dottoressa aveva risposto sì.

L'avevano fatta accomodare sul lettino. Aveva sentito il gel sulla pancia e la pressione dell'ecografia.

Avevano parlato poco tra loro e segnato qualcosa sulla cartella.

Il battito si era sentito in lontananza.

Il dottore si era rivolto a Valentina. «C'è un aumento della distanza tra...»

Si era accorto che lei aveva il viso completamente voltato dall'altra parte e che teneva gli occhi chiusi.

«Segno tutto nella sua scheda», aveva concluso lui.

Valentina si era alzata subito, ma nel rimettersi in piedi aveva avuto un giramento di testa. Si era dovuta aggrappare alla spalla del dottore, che l'aveva fatta sedere subito.

«Mi viene da vomitare», aveva ammesso lei debolmente.

Negli ultimi giorni la nausea era aumentata a dismisura, le pareva che il suo corpo volesse ricordarle ogni minuto cosa stava succedendo.

«Abbiamo finito?» aveva chiesto non appena si era sentita meglio.

«Con noi sì, dovrebbe fare il prelievo nel corridoio accanto, ma forse è meglio lasciar passare qualche minuto.»

Lei aveva preso i fogli che le offrivano ringraziando cortese.

«Signora?» La voce della dottoressa l'aveva richiamata. «Ci rendiamo conto di quanto possa essere faticosa psicologicamente la sua situazione. In questo momento abbiamo una lista di attesa di circa dodici giorni.»

Valentina aveva sentito mancare la terra sotto i piedi.

«Dodici giorni?» aveva balbettato incredula.

Davvero avrebbe dovuto aspettare dodici giorni sapendo che era già tutto finito? Dodici giorni di *che cosa*?

«Non posso aspettare dodici giorni», aveva detto mentre le lacrime le rigavano il viso.

La donna si era seduta davanti a lei e l'uomo si era allontanato di qualche passo per lasciarle parlare.

«Lo capisco e le assicuro che faremo il possibile per abbreviare questa attesa. In queste situazioni è molto frequente che alcuni interventi già programmati vengano annullati. La lista si modifica continuamente.»

«Perché?» aveva chiesto Valentina senza riflettere.

Chi era che riusciva a evitarsi quel supplizio? C'era un modo per fuggire?

«Ci sono donne che cambiano idea oppure gravidanze che si interrompono spontaneamente.» La dottoressa adesso stava scandendo le parole, come aveva fatto con Denise. «La situazione degli altri ospedali non è diversa da questa, glielo assicuro.»

Valentina aveva annuito sconfitta ed era tornata in corridoio incrociando la donna quarantenne silenziosa che doveva avere il numero successivo.

Nella sala d'attesa c'era solo Gianluca, adesso.

«Devo fare le analisi in un corridoio qui vicino, tu hai capito dove?» gli aveva chiesto.

«Sì, sì, ho capito.»

Almeno lui era presente a se stesso. A lei sembrava di essere su una zattera, alla deriva.

«È là. Ci è già andata quella signora con la figlia.»

Lei si era dovuta mettere seduta.

«Mi sono sentita male, hanno detto di aspettare un po'.»

Lui le si era messo accanto e aveva preso a carezzarle il braccio.

Erano rimasti così a lungo, fino a che le era sembrato di aver ripreso forza.

All'improvviso era stata colta da una preoccupazione nuova e si era girata verso di lui strattonandolo. «Lo hai usato il preservativo?»

Lui l'aveva guardata come se fosse diventata pazza.

«Io?» aveva chiesto stupito. «Ma se non lo usiamo da...»

«Non intendo con me», aveva chiarito lei rapida.

Gianluca era impallidito e sul viso gli era comparsa un'espressione di dolore.

«Valentina, per favore...»

A lei era parso che il cervello potesse letteralmente andare in pezzi. La voce della dottoressa che dava lezione a Denise le sembrava assordante.

Il preservativo è estremamente efficace per proteggere dalle malattie a trasmissione sessuale, ed è anche un sistema anticoncezionale sicuro se usato correttamente. Non deve essere scaduto, non deve essere graffiato, e soprattutto va utilizzato per tutta la durata della penetrazione.

Come funzionando i tradimenti? C'è tempo di parlare, di accordarsi? Prendi la pillola? Usiamo un preservativo, chi lo ha portato?

«Non me lo dire, non lo voglio sapere», gli aveva detto prima che lui avesse tempo di finire la frase. «Di là dove?» aveva chiesto alzandosi e cercando il laboratorio.

Due giorni dopo le era arrivata la chiamata. Si era liberato un posto.

Valentina riaprì gli occhi. La testa era ancora pesante, ma adesso vedeva tutto con chiarezza. Era ancora sdraiata sul lettino, la coperta era scivolata di lato.

«Va meglio, cara? Hai fatto un sonnellino. È normale.»

Era la stessa infermiera che l'aveva accolta la mattina prestissimo, che l'aveva aiutata a spogliarsi e a indossare il camice e che le aveva detto: «Conta fino a dieci», mentre le infilavano l'ago per l'anestesia breve.

«È finito tutto?» le chiese.

Sembrava passato un attimo.

«Sì, cara.» Le sistemò i capelli. «Resta sdraiata, vuoi che ti porto un altro cuscino?»

«È andato tutto bene?» chiese ancora Valentina.

«Certo, tesoro», rispose la donna. «Tu come ti senti?»

«Non lo so, un po' strana, mi fa male la testa.»

«È tutto normale, stai tranquilla e passa.»

Sforzandosi, le tornarono in mente le parole sentite dire prima dell'intervento.

Sarete a casa entro la mattinata, al massimo nel primo pomeriggio. Vi terremo soltanto qualche ora a riposo e in osservazione.

Valentina si sfiorò la pancia.

Non c'era nessuna differenza.

Non aveva avuto il tempo di crescere.

Cercò la borsa attorno a sé, non ricordando più dove fosse stata messa.

L'infermiera capì.

«Le cose tue ce l'ha tutte tuo marito. Sta qua fuori.» Le si avvicinò e le fece un occhietto. «Ma quanto è carino 'sto ragazzo? Me lo presti? Te farei vedè il mio...»

Valentina fece un sorrisetto di circostanza.

Contò i letti della stanza.

Cinque.

Erano occupati solo in tre. Lei, una donna mai vista ancora addormentata e la stessa ragazza rom incontrata alle visite di controllo. Chissà che fine aveva fatto Denise. Chissà cosa aveva deciso quella mamma con tre bambine. Era stata lei a lasciarle il posto?

La ragazza si era messa già seduta sul letto e si stava allacciando le scarpe.

«E mò dove vorresti scappare tu?» l'apostrofò l'infermiera ridendo. «Guarda che almeno un paio di ore devi rimanere», aggiunse più seria. «L'hai sentito il dottore, o no?»

Quella faceva finta di non capire.

«Bella?» insistette l'infermiera. «Non mi far passare un guaio. Non puoi uscire subito. Ti deve autorizzare il medico. Capace che esci e finisci svenuta in corridoio.»

L'altra era già saltata in piedi e sembrava in ottima forma.

«Sto bene», disse soltanto, «non posso firmare? Io poi ho fatto per prima, lo so.»

L'infermiera si arrese.

«Famme almeno chiamà la dottoressa», la pregò.

La ragazza si appoggiò al lettino con aria annoiata, del tutto disinteressata alle altre.

In quel momento, entrò una dottoressa nuova, chiese alla ragazza di sdraiarsi, la visitò e parlarono qualche istante a bassa voce. Le fece firmare alcuni fogli e glieli consegnò.

«Questo è il protocollo», disse inespressiva.

«Sì, sì, grazie», rispose l'altra, infilando i fogli accartocciati nella borsa e recuperando la giacca sotto il lettino. Evidentemente lei non aveva fuori nessuno che potesse tenerle i vestiti.

Vista da vicino, sembrava più grande di quanto Valentina avesse immaginato la prima volta. Doveva avere solo qualche anno meno di lei.

L'infermiera tornò e la prese per un braccio.

«Bella, facciamo a capirci. Guarda che ti riconosco. Io qui non ti ci voglio più rivedere, chiaro? Te l'ha data la ricetta per la spirale?»

La ragazza indicò il foglio nella borsa.

«Ecco, vedi di fare la brava. Lo dico per te, a me non me ne viene niente. Questa non è una passeggiata di salute. Quella te la metti e te la tieni per cinque anni. Non te devi ricordà de prende niente e puoi fà quello che ti pare con chi te pare. Però almeno non rischi la pelle, chiaro?»

La ragazza rispose con un sì veloce e si avviò all'uscita, mentre l'infermiera scuoteva la testa.

Poi ebbe un ripensamento e la inseguì.

«Senti, che perdi sangue è normale, come quando c'hai il ciclo ma un po' forte. Ma se ti sembra troppo, se te senti che non ce la fai, torna qui, mi raccomando. Non fa' scemenze, vieni proprio a questo ospedale, passi al pronto soccorso e gli dici subito che cos'hai fatto. Hai capito? Te lo ricordi dove sta il pronto soccorso? Quello grande con le porte rosse. Non devi venì subito qua in reparto, che mica ci stiamo sempre. Lì ci puoi andare pure la notte e ti curano, capito?»

«Vabbè vabbè, grazie!» La ragazza le sorrise, le diede due baci sulle guance e poi inaspettatamente sorrise pure a Valentina, che le fece un saluto timido con la mano.

«Io non lo so come fanno», commentò l'infermiera sconfortata. Poi, richiamata da una forte scampanellata, commentò tra sé uscendo dalla stanza: «Mica se può entrà a quest'ora!»

Valentina rimase a fissare il soffitto in silenzio. Si sentiva già meglio, ma dopo quel discorso aveva paura a muoversi. Dopo almeno un quarto d'ora in cui non succedeva nulla si mise anche lei seduta.

L'altra donna accanto a lei era sveglia, ma stava ferma, girata da un lato.

Quando l'infermiera rientrò, sorprendendola, non la sgridò perché si era seduta, ma le venne vicino con un'espressione strana.

«Come ti senti, cara?» le chiese.

«Meglio», rispose Valentina cercando di mostrarsi convinta.

«Ce sarebbe tuo marito che ti vuole venire a trovare un momento. Non si potrebbe finché ce sta l'altra paziente, però se te metti là sulla poltroncina va bene. Ce proviamo?»

Lei si mise in piedi e si lasciò sorreggere per qualche passo. «Grazie, penso di farcela anche da sola.»

«Meglio se t'aiuto», insistette l'altra.

Si spostarono verso un angolo più riparato, l'infermiera la fece sedere su una poltrona comoda e tirò un paravento.

«Tutto bene?» le chiese ancora.

Ma perché era così insistente? Cominciò a pensare che quell'infermiera fosse ipocondriaca.

Così però ai pazienti metti ansia.

«Allora, cara, stai qui e adesso ti porto tuo marito, va bene?»

«Sì, va benissimo», rispose Valentina.

Aspettò, spiando la porta che si scorgeva solo a metà.

Aveva voglia di vedere Gianluca, soprattutto aveva voglia di andarsene.

Avevano promesso all'ora pranzo, al massimo nel primo pomeriggio, ma adesso le appariva eccessivo. Avrebbe dovuto fare un'ecografia di controllo, ma poteva farla ovunque o comunque tornare nei giorni successivi.

Sentì una porta che si apriva alle sue spalle. Non aveva notato quel secondo ingresso.

Gianluca entrò carico di giacche, e con la sua borsa.

Era terreo.

L'infermiera era dietro di lui, come se aspettasse qualcosa, in ansia.

«Che c'è?» chiese rivolta a entrambi.

Si deve essere sentita male la ragazza rom, pensò.

«Valentina», le disse Gianluca. «È successa una cosa grave.»

17
Cristiana

CRISTIANA poggiò lentamente la punta del piede sull'ultimo gradino, che scricchiolò appena.

Marco dormiva. Aggrovigliato tra lenzuola e piumino, il cuscino a terra. Si avvicinò dal lato e poi, con un gesto veloce, lo scoprì accendendo al tempo stesso la lampadina.

Lui balzò seduto sul letto con gli occhi ancora chiusi.

«Ma sei scema?» gridò, riafferrando il piumone da terra e nascondendocisi sotto.

Cristiana rise.

«Sono le sette e cinque, sei già in ritardo, se non ti alzi giuro che metto anche la musica.»

Si sedette ai piedi del letto e cominciò a fargli il solletico sull'unico piede scoperto.

«E basta!» urlò lui. «Lo dico a mamma che fai così, non ci resto più a dormire da te!»

«'Non ci resto più a dormire da te!'» gli fece il verso lei. «Come se tu contassi qualcosa!»

Marco si alzò indignato.

Di sotto gli aveva preparato una colazione da re. Pancake con la Nutella, il succo di pera della sua marca preferita, lo yogurt per far contenta Gloria. Era una madre originale e non aveva quasi nessuna regola tranne quella sui benefici dello yogurt.

Il tutto apparecchiato con eleganza, gli aveva messo persino il tovagliolo in lino bianco con il portatovagliolo. Bicchiere d'acqua già riempito, tovaglietta ricamata.

«E che sarà mai?» commentò lui scontroso.

Lei gli si sedette davanti, fissandolo adorante e tirandogli baci, mentre lui fingeva di non vederla.

«Sbrigati», lo esortò.

Lui si buttò vorace sui pancake spalmandoci una quantità eccessiva di Nutella.

«Oddio, il libro di algebra», esclamò subito dopo con aria terrorizzata.

«Eh no, Marco! Vedi, ecco, lo sapevo che finiva così, ieri te l'avrò detto cento volte di prendere tutto, ma stai sempre con la testa da un'altra parte, adesso come facciamo, non c'è tempo per ripassare da casa!»

Lui la guardava soddisfatto godendosi la sua sfuriata.

«Scherzetto», annunciò trionfante. Lo zaino, pronto, era accanto al tavolo.

Tirò fuori un libro.

«Ce l'ho!»

«Ah, ah, che divertente», commentò Cristiana. «Dai, vatti a lavare ora.»

Lei si era preparata prima per non rischiare di fare tardi con un unico bagno. Le mancavano solo le scarpe.

Lui era lento.

Non voleva che la notte a dormire da lei si trasformasse in un ritardo a scuola. Ci teneva a mostrarsi efficiente. In fondo, era la sua vice mamma. Come ci riuscissero due dormiglioni come lui e Gloria ad arrivare a scuola ogni mattina per le otto rimaneva un mistero.

Quando lei era piccola, ci pensavano Roberto e Alfredo ad accompagnarla in tempo.

Guardò l'ora. Le sette e venti. Cercò il messaggio di Valentina della sera prima.

L'ammissione è alle sette, mi hanno detto di stare lì mezz'ora prima. L'intervento dovrebbe essere tra le otto e le nove. Per fine mattina dovrei essere a casa.

Dunque doveva essere già dentro. Chissà se si era portata il telefono. In ogni caso non le sembrava il caso di chiamare.

Scrisse a Gianluca, anche se imbarazzata dal dover insistere ancora.

Ciao, scusa il tormento. Tutto bene?

Lui lesse in diretta e rispose subito.

Entrata adesso.

Sempre laconico.

Cristiana decise di farsi risentire dopo le nove.

Con loro si sentiva sempre inadeguata. Sebbene fosse un medico, sapeva che la sua amica e suo marito si muovevano solo tra illustri professoroni amici di famiglia. Si sentiva fuori luogo nel dare consigli, come se non fosse all'altezza. Era una sensazione che non riusciva a togliersi di dosso, anche se non avrebbe potuto produrre un solo elemento concreto che lo giustificasse.

Il citofono la colse di sorpresa.

A quell'ora non aveva senso.

Marco si affacciò dal bagno a torso nudo con addosso ancora i pantaloni del pigiama e lo spazzolino tra i denti.

«È mamma?» chiese stupito.

«Macché mamma, starà ancora dormendo, ora vado a vedere, ma tu pensa a sbrigarti.»

«Chi è?» chiese nella cornetta.

«Io», le rispose la voce di Francesco, riconoscibile nonostante il suono disturbato dell'apparecchio.

E adesso?

«È un pacco», gridò a suo fratello, «lo hanno dato per sbaglio alla vicina e me lo deve restituire.»

Stava parlando con foga, ma lui non ci fece caso, non poteva perdere tempo.

Percorse a piedi scalzi i pochi metri fino al portone di ingresso e lo intravide, al di là della vetrata, con addosso il giubbotto verde militare.

Aprì e sentì il vento gelido.

Lui fece per entrare, ma lei lo bloccò con la mano.

«Non puoi, c'è mio fratello!»

Lui la guardò stralunato.

Che gli era successo? Non si vedevano dalla sera della festa di Paolo.

«Ieri sera mia madre aveva quattro amiche a cena, fanno sempre tardi, Marco preferiva starsene in pace, quindi gli ho proposto di venire da me. Non voglio che ti veda, lo capisci?» insistette angosciata.

«Vado al bar», le disse stringendosi nel giaccone, infreddolito.

Da quanto era lì fuori?

Rientrò in casa intirizzita anche lei, ma sentendo salire l'eccitazione.

Si ritrovò Marco davanti, pronto. «Dov'è il pacco?» le chiese innocente.

Cristiana trattenne il fiato, per fortuna le tornò in mente la scusa appena usata.

«Non era mio! Si è sbagliata pure lei. Troveranno il proprietario prima o poi», rispose con noncuranza.

Suo fratello si infilò la giacca e si caricò lo zaino sulle spalle.

Sia da casa di Gloria, sia da lì la scuola era poco distante, a piedi ci volevano al massimo dieci minuti. Con il freddo, però, Marco preferiva essere accompagnato.

«Ti porto in macchina. Servizio completo!» scherzò lei muovendosi frenetica.

Lui si stravaccò sul divano rimanendo sollevato in una posizione buffa per lo zaino che aveva dietro. «Allora non c'è tanta fretta», disse tirando fuori il telefono e accendendolo.

«Certo che c'è fretta!» rispose sentendosi bugiarda. «Io poi devo lavorare.»

Gli strappò il telefono di mano e lui scattò in piedi per riprenderselo.

Iniziarono ad arrivare notifiche, una dopo l'altra.

«Cominciate a chattare all'alba?» chiese Cristiana incredula.

«A scuola lo dobbiamo tenere spento», si giustificò lui.

Uscirono e lei cercò di ricordare dove avesse parcheggiato la macchina. Aveva la testa completamente vuota.

«Dove cavolo l'abbiamo messa, ieri, te lo ricordi?»

Provò a ricostruire mentalmente la scena del ritorno dagli allenamenti di calcio.

«Lì», rispose Marco, fiero, indicando l'angolo opposto.

Era proprio davanti al bar.

Corsero verso la macchina e premendo troppe volte il telecomando lei fece scattare l'allarme.

Marco scoppiò a ridere.

Francesco era a pochi metri da lei, poteva vederlo attraverso la vetrata. Era al bancone, beveva un caffè e li stava osservando.

In macchina cercò di dedicare un po' di attenzione a Marco.

«Come procede la tua storia d'amore con Lucrezia?» chiese tutta allegra.

Lui la guardò sorpreso.

«Non sto più con Lucrezia.»

Cristiana trasalì. Da quanto tempo non controllava il suo profilo? Si sentì in colpa per averlo trascurato.

«Oh, mi dispiace», rispose, incerta sul tono da prendere.

«Sto con Lavinia», spiegò lui tranquillo.

Lavinia di Lucry e Lavy? Quelle che avevano creato un profilo comune pieno di balletti e fotografie in cui erano vestite uguali? L'amica fotocopia?

«Non sono amiche tra loro?»

«Mmh, mmh», rispose lui mentre controllava ancora il telefono cercando di non farsi notare. Evidentemente lo scambio di fidanzati doveva essere una pratica indolore.

«Sono identiche!» notò Cristiana.

«Non è vero», rispose Marco. «Lucrezia è bionda e Lavinia è bruna. E poi su Lucrezia avevi ragione tu», ammise. «Un po'»,
aggiunse subito per non darle eccessiva soddisfazione.

«Perché?» Proprio non si ricordava cosa avesse detto su una ragazzina sconosciuta.

«Come diceva anche mamma, è di quelle troppo 'scemette', che si fanno sempre selfie e pensano ai vestiti.»

«Lavinia invece è in corsa per il Nobel?»

Marco rise. «Uffa, no. Però mi ci trovo meglio.»

«Avete maggiori affinità elettive?»

Non voleva prenderlo in giro, ma immaginarlo innamorato era al di là delle sue possibilità.

Lui si rabbuiò. «Inutile, tanto sfotti.»

«No, no, sul serio, sono curiosa! Cosa ti piace di lei rispetto alle altre?»

Lui ci si concentrò intensamente e lei lo studiò colpita da quell'impegno.

«È carina, è simpatica, scherza sempre e non se la tira tanto.»

«Allora hai fatto bene a sceglierla», lo incoraggiò Cristiana.

«Fermati qui», le intimò lui in quel momento.

Erano arrivati vicino all'ingresso e non amava farsi vedere accompagnato. Lei lo accettava a fatica, in fondo non era un genitore, ma solo una giovane sorella maggiore. Ma lui non ce la voleva lo stesso.

«Attento a come scendi», gli urlò mentre lui apriva lo sportello senza guardare. Per fortuna aveva controllato lei. Meglio non pensare al fatto che girasse da solo tutto il giorno.

Ripartì a razzo e trovò ancora libero il parcheggio all'angolo. Un miracolo. Francesco però era scomparso dalla vetrata del bar. Lo cercò in ansia e lo vide seduto sul muretto accanto al suo portone.

Lo raggiunse e lui la seguì dentro casa.

Mise il paletto, anche se non poteva arrivare nessuno. Aveva una domestica per le pulizie maggiori e per stirare, una sola volta a settimana, ed era venuta il giorno prima.

C'era un disordine totale di cui si vergognò.

Lui non sembrava proprio nello spirito di farci caso. Le mise le mani sui fianchi e cominciò a toccarla.

«Che ci fai qui a quest'ora?»

«Avevo voglia di vederti.» Le baciò il viso, gli occhi, il naso, con una tenerezza insolita. «Mi mancavi troppo», le disse.

Cristiana si sentì in bilico.

Decise al volo, senza riflettere, di giocare l'ultima carta che aveva per proteggersi.

«Ti devo dire una cosa», gli sussurrò, staccandosi dalle sue labbra.

Lui non la stava ascoltando, continuava a sbottonarle la camicia.

«Cosa?» le chiese senza interesse.

Lei arretrò un po'.

«Ho deciso di passare un periodo all'estero.»

Francesco impiegò qualche istante per mettere a fuoco il concetto, ormai era già passato al gancio del reggiseno.

«Dove andresti?» le chiese, giocoso, come se non le credesse.

«Mio zio si trasferisce a Londra per avere un figlio.»

Detto così suonava talmente strano che finalmente Francesco si interruppe.

«Tuo zio vuole avere un figlio?»

Cristiana fece sì con la testa.

«Con il suo compagno e con una madre surrogata.»

Lui faticava a seguirla.

«Ma tu che c'entri?» chiese dopo un attimo di riflessione.

«Niente, ma lui sta cercando lavoro lì e potrebbe crearsi un'occasione anche per me.»

Adesso stava inventando. Non solo non aveva affatto deciso di seguire Roberto – non andavano d'accordo, quanto sarebbero durati? – ma le ipotesi professionali erano ancora completamente campate in aria persino per lui, figuriamoci per lei.

Non poteva nemmeno immaginare di separarsi da Marco. Solo a pensarci aveva già nostalgia anche di Gloria.

Ma forse, per smettere di soffrire così, l'unica via era davvero la fuga.

Lui indietreggiò e si mise a guardarla con le mani sui fianchi.

«Parli sul serio?» le chiese.

Qualcosa nella sua voce la colpì. Era spaventato. Per davvero.

«E io?» le chiese un secondo dopo, con tono sempre più nervoso.

Lei rimase paralizzata, incapace di ragionare.

«Cristiana», proseguì lui, insistendo nel guardarla negli occhi, «io questa vita la sopporto solo perché esisti anche tu.»

Dio, quanto lo amava. Era un sentimento così intenso che pareva poterla annientare.

Strinse i pugni per farsi forza.

«La tua vita non sono io, Francesco.»

C'erano stati tempi in cui le era parso di non poter respirare quando lui spariva, in cui aveva passato nottate in macchina a fissare il suo appartamento con le luci spente, pensando all'altra donna che gli stava accanto.

«Io sono solo la tua valvola di sfogo.»

Lo vide strofinarsi gli occhi.

«Non andartene, non resisterei.»

Le parve così sincero da metterle paura. Lo allontanò da sé.

«Se sei infelice», gli disse, «non sono io la tua soluzione.»

Lui fece qualche passo indietro e si sedette sul divano.

Guardava dritto davanti a sé e le parve impallidire.

«So che ho sbagliato tutto, ma come posso tornare indietro?»

Non lo aveva mai visto così esposto, non le era mai sembrato così sincero.

«Le persone possono scegliere, Francesco. La gente si separa, anche chi ha figli.»

Lui scosse la testa infastidito e alzò gli occhi disperati verso di lei.

«Non lasciarmi solo.»

Lei gli si chinò davanti.

«Cosa vuoi davvero da me?» balbettò. «Perché continui a tornare qui?»

Lui le strinse la mano, giocò con le sue dita.

«Dimmelo, ti prego», lo implorò. «Non puoi farmi più male di quanto me ne hai già fatto.»

«Se sono qui è perché...» la voce gli tremava, «penso che almeno tu mi vuoi bene davvero.»

Lei sentì un'ondata di gioia.

«E tu mi vuoi bene?» gli chiese tremante.

«Certo», rispose lui stringendola a sé.

Cristiana chiuse gli occhi e si lasciò cullare, assaporando quel momento. Per un istante le parve di essere fuori dal mondo, in un'altra dimensione.

Loro due, soli.

«Mi dispiace, mi dispiace tanto», le disse cercando di nuovo le sue labbra.

Si sdraiò su di lei, cominciò a sfilarsi i pantaloni.

Cristiana sentì vibrare il telefono e lo afferrò. Lui si sollevò per lasciarla leggere.

Gianluca.

Ha già finito. Tutto bene. La sto aspettando.

Provò un sollievo enorme.

È al sicuro.

Al riparo da tutto, anche da quello che stiamo facendo noi.

Appoggiò il telefono, silenziando la suoneria.

Si lasciò andare. Lui le stava baciando il seno.

Cercò di farsi travolgere da quella gioia, provando a dimenticare una volta ancora che non sarebbe mai stato suo, che la sua lunga attesa non sarebbe mai stata ripagata, che non ci sarebbe mai stato premio per il suo sacrificio.

«Non puoi lasciarmi qui, capisci?» le ripeteva stringendola a sé.

Il campanello della porta suonò.

Poteva essere soltanto la posta. Il palazzo era senza portiere, i corrieri citofonavano, entravano e accatastavano i pacchi dietro alla scala.

«Non è importante, non fermarti», lo incitò con il respiro corto.

Si udì distintamente il rumore di una chiave infilata nella serratura.

Saltarono entrambi in piedi.

«Ma chi è?» chiese lui a bassa voce.

Lei gli fece un cenno per tranquillizzarlo.

«È chiuso», bisbigliò.

Suonarono ancora.

Lui si allontanò verso il bagno con i vestiti in mano, lei si infilò in fretta i pantaloni. Con la coda dell'occhio vide lampeggiare il telefono silenziato. Qualcuno aveva provato a contattarla per telefono?

Aprì la porta e si trovò davanti sua madre.

«Gloria?»

Notò subito che era agitata. Doveva essersi vestita in fretta, aveva una tuta.

«Che è successo, mamma? Che ci fai qui?»

La mente corse a Marco, ma lei stessa lo aveva lasciato a scuola. Aveva fatto sega un'altra volta?

Gloria la guardò negli occhi.

«Ti devo parlare.»

Pensò a Francesco in bagno. Non si sentiva nulla, non potevano averlo visto.

Era ancora nel mezzo della porta aperta quando si sentì rumore nell'androne.

Cristiana vide arrivare trafelato anche Roberto.

Fece qualche passo indietro mentre loro entravano, in un silenzio surreale.

Dimenticò Francesco.

Gloria le posò una mano su una spalla.

«Siediti un momento, tesoro.»

18

Cristiana

«È DI là! È di là! Che fai?»

Cristiana aveva la voce strozzata, la gola chiusa. Teneva una mano sul cuore, temendo che potesse fermarsi.

Roberto era alla guida, Gloria le si era seduta accanto e la teneva sotto controllo. Aveva tentato più volte di farle mettere la cintura di sicurezza.

«So dov'è, stai calma», le rispose Roberto.

Cristiana sentiva la fronte gelata.

Sto male. Sto male.

Si girò ancora verso sua madre.

«Valentina lo sa? Sei sicura che lo sa?» le chiese per la decima volta.

«Sì, tesoro, lo sa. Mi ha chiamato lei.»

«Come stava?»

Gloria scosse la testa. «Abbiamo parlato pochissimo e poi sono corsa da te.»

Cristiana riprese il telefono e provò a chiamarla.

Staccato. Anche Gianluca.

Guardò ancora tutti i messaggi.

Vide quello sui cignetti e si sentì mancare. Poggiò il cellulare come se scottasse.

Suo zio ricevette una chiamata. Sterzò di lato e si fermò su un marciapiede.

Rispose mentre Cristiana e Gloria ascoltavano, attentissime.

«Sì», disse più volte al suo interlocutore. «Lorenzi. Arianna Lorenzi», scandì con chiarezza.

Cristiana aveva il cuore nelle orecchie, sentiva la voce di lui attutita.

«Grazie», disse prima di attaccare. Si girò verso Cristiana. «La stanno operando.»

«È viva?» balbettò Cristiana.

Roberto non rispose e si rimise alla guida.

L'insegna dell'ospedale si stagliò di fronte a loro e a Cristiana sembrò un presagio lugubre.

Non posso. Non è possibile. Non sta succedendo.

Dall'entrata partivano tre grandi viali, uno verso il pronto soccorso, uno verso l'ingresso principale, uno verso i parcheggi sotterranei. C'era un viavai di macchine, persone e ambulanze, in molti chiedevano informazioni. I cartelli per ogni direzione parevano infiniti.

«Scendete di là», spiegò Roberto, scaricandole in mezzo a un grande piazzale con il pavimento a mosaico. Lui si diresse verso il parcheggio.

Cristiana si guardava intorno stordita. Tentò ancora di telefonare a Valentina, certa di non trovarla.

Invece l'amica rispose.

«Dove sei?» chiese Cristiana.

«Siamo tutti qui», le rispose l'altra.

La voce era spettrale.

«Una via stretta, accanto alla palazzina blu, segui Ortopedia.»

Cristiana si guardò intorno ma non vide nulla che somigliasse a quella descrizione.

Gloria le sfilò il telefono di mano.

«Valentina? Sono Gloria, spiega a me.»

Subito dopo corse verso sinistra dove c'era un viale alberato, tirando la figlia per un braccio.

Costeggiarono la palazzina blu e arrivarono sul retro. C'era un giardinetto ombreggiato con alcune panchine.

Il primo che vide fu Paolo, con il bambino in braccio. Stava entrando nell'edificio da una porta laterale. Passò il bambino a una donna sconosciuta, ma Andrea non voleva starci e iniziò a lamentarsi e a divincolarsi.

C'era la madre di Arianna, accasciata su una panchina, circondata da più persone, tra cui la vicina di casa.

Cristiana dovette fermarsi.

«È la madre, vero?» le chiese Gloria a bassa voce.

Lei fece sì con la testa, mentre quella si avvicinava alla donna. Si piegò in avanti per parlarle, Cristiana era dietro di lei.

«Signora», la chiamò.

La donna alzò uno sguardo acquoso e stanco.

Riconobbe Cristiana e si alzò subito. La abbracciò stretta.

«Quanto siete belle, quanto siete belle, grazie di essere qui.» Poi aggiunse con una cantilena: «Lei lo sa che la aspettiamo, lei lo sa che la aspettiamo».

Due donne la sorreggevano.

«Hai capito che scherzo ci ha fatto?» disse poi con una voce da pazza.

A Cristiana sembrava un film dell'orrore.

«Signora, si sieda», la esortò Gloria. «Mio fratello è un medico, è entrato dentro per sapere qualcosa di più», le spiegò.

«Grazie, grazie che siete venute», ripeté ancora la donna.

«Imma, vuoi mangiare qualcosa?» le propose la vicina.

«No, no, dopo, no adesso no.»

«Prendi le gocce, però», disse l'altra passandole un bicchiere.

«No, no, non le voglio.»

Parlò con il tono cortese che non perdeva mai. Nemmeno adesso, nel momento peggiore della sua vita.

Paolo uscì dalla stessa porta da cui era appena entrato.

Tutti tacquero, il pianto del bambino che voleva tornare in braccio a lui sembrò risuonare insopportabile e fortissimo.

Lui lo prese e iniziò a cullarlo.

La madre di Arianna balzò ancora in piedi. «Deve mangiare! Deve mangiare!» Si guardò intorno. «È che non c'è stato proprio tempo, a quest'ora Ar...»

Non riuscì a continuare.

Valentina spuntò dal nulla con Gianluca attaccato.

«Vuoi darlo a me?» propose a Paolo.

Lui sembrava intontito quanto tutti gli altri.

«No, Valentina», urlò Cristiana. «Non ce la puoi fare, ti prego.»

Valentina non fece caso a lei. Prese il bambino che, lasciando le braccia del padre, cominciò di nuovo a contorcersi.

«C'è mio zio dentro», spiegò Cristiana a Paolo. «Conosce il chirurgo. Ci sta parlando.»

«Grazie», le rispose lui meccanicamente e senza guardarla.

Gianluca tentava di aiutare Valentina con il bambino.

«Tina, meglio se ci risediamo in macchina», le stava dicendo.

Gloria si avvicinò.

«Posso aiutarti?» propose a Valentina, che le diede subito il bambino.

La donna lo dondolò con dolcezza mettendolo sdraiato tra le braccia. «Cosa posso dargli?» chiese a Paolo.

Lui dovette concentrarsi. «Mangia pappe, omogeneizzati, frutta schiacciata», tentò di spiegare.

Guardò sua suocera in cerca di aiuto, ma quella era di nuovo seduta con gli occhi a terra.

Gloria insistette.

«Vado su al bar a vedere cosa trovo. Posso cambiarlo? Posso dargli il ciuccio?»

Lui non riusciva a concentrarsi. Disse sì a tutto.

Vicino alla panchina c'era una grande borsa. Paolo tirò fuori una copertina, il ciuccio, un biberon vuoto, pannolini sparsi. A terra caddero delle salviettine umide.

Era una borsa disordinata, fatta troppo in fretta.

«Ho solo questo, non c'è stato tempo... I miei genitori stanno arrivando», si giustificò. «Ma vengono da Latina.»

«Va benissimo così», rispose Gloria. Fece qualche passo verso la panchina e il pianto del bambino si placò. Aveva il ciuccio in bocca e il viso bagnato di lacrime, ma sembrava tornato sereno e si guardava intorno appoggiato alla sua spalla.

Intanto altre persone scendevano dal vialetto.

Qualcuno andava da Paolo, qualcuno verso la madre, qualcuno rimaneva in disparte.

Cristiana riconobbe volti noti della vita di Arianna, una sua amica della ginnastica, una domestica, le due cugine di Paolo, viste alla festa.

«Vado a cercare qualcosa per il bambino», le stava dicendo Gloria. «Tu resta qui e cerca di stare calma.»

Lei annuì, ma vedendola risalire la stradina si sentì immediatamente troppo sola.

Dov'era Valentina?

Gianluca aveva lasciato la macchina lì accanto, in un'area riservata, doveva aver trovato un modo per arrivarci.

Erano seduti dentro, con gli sportelli aperti. Valentina aveva la testa reclinata sul sedile, immobile.

Cristiana si avvicinò, ma Gianluca le venne incontro per prevenirla.

«Deve ancora smaltire l'anestesia, vorrei che stesse il più ferma possibile.»

«Come ti è venuto in mente di portarla qui?» sibilò Cristiana, molto più rabbiosa di quanto avrebbe voluto.

Lui cambiò faccia e rispose, seccato, a voce bassa: «Come avrei potuto non portarla?»

Accanto a loro si materializzò Francesco.

Cristiana non riuscì a provare nessuna emozione. Non si guardarono in faccia. Stavano facendo l'amore un'ora prima e sembrava un'altra vita.

«Che ha Valentina?» chiese Francesco a Gianluca, preoccupato.

«Niente. Solo nausea. Stamattina aveva deciso di rimanere a letto, ma poi è arrivata la notizia...»

Francesco si precipitò dalla sorella e si chinò accanto a lei.

Poi tornò da loro.

«Non si regge in piedi. Aveva la febbre?»

Sia Cristiana sia Gianluca ebbero un fremito.

«Ma che ha?» Francesco li guardava entrambi, sospettoso.

«È lo choc», rispose Gianluca, netto, indicando con un gesto l'ospedale.

Francesco tornò verso di lei.

Cristiana si girò per vedere dove fosse Gloria e si accorse che Roberto stava uscendo sul piazzale dalla porta dalla quale poco prima era entrato Paolo. Subito tutti gli si fecero intorno.

Corse anche lei, insieme a Gianluca.

«Purtroppo la situazione è molto grave», stava dicendo suo zio con voce ferma. «Il danno cerebrale è importante.»

Poggiò una mano sulla spalla di Paolo, che tremava in quel silenzio pesantissimo.

«Se vuole venire dentro con me, può parlare personalmente con il chirurgo.»

Lui lanciò un'occhiata angosciata verso la madre di Arianna, ancora ripiegata su se stessa e circondata da persone.

Roberto scosse la testa.

«Meglio di no», gli suggerì.

Così i due scomparvero.

Cristiana rimase immobile a fissare la porta con il maniglione antipanico rosso.

È impossibile. Impossibile che lo abbia fatto, impossibile non poterla raggiungere.

Sognò di entrare, di sollevarla dal letto e di portarla via da lì.

Sarebbero fuggite insieme, con Valentina, avrebbero riso, a-vrebbero gioito.

Era stato così, doveva essere così.

Come stai?

Bene.

Aveva detto *bene*.

Dal vialetto stava scendendo Gloria, seguita dai genitori di Paolo che spingevano il bambino in passeggino.

Mise un dito davanti alla bocca chiedendo di non fare rumore: Andrea si stava addormentando con addosso una tutina pulita e la copertina.

«Per fortuna avevamo il passeggino in macchina. Lo usiamo quando veniamo a Roma. Tengo sempre anche un cambio di emergenza. Quando Paolo ci ha chiamato, abbiamo corso il più possibile», stava spiegando la nonna.

Roberto uscì di nuovo, fece qualche passo e si accese una sigaretta.

Lo vide anche Valentina, che si alzò a fatica dalla macchina. Gianluca e Francesco le stavano accanto.

Si avvicinarono tutti a lui, in un angolo riparato.

Fu Valentina a rompere il silenzio. «Può farcela?» chiese.

Gianluca le teneva un braccio attorno alle spalle.

Suo zio prese un gran respiro e li guardò a uno a uno.

«No», disse sommessamente.

Cristiana sentì tutto girare intorno, dovette reprimere un grido.

«Come no?» chiese piangendo. Gloria la tenne stretta accanto a sé.

Valentina era ferma, Gianluca adesso la sorreggeva da dietro, le braccia salde intorno alla vita, come se potesse cadere a terra. Francesco era a qualche passo di distanza, impietrito.

«Come è possibile? Come fate a saperlo?» Cristiana singhiozzava così forte che le parole non si capivano.

«È stato un volo di venticinque metri», rispose lui, «tutti gli organi sono compromessi. Non è morta sul colpo solo perché un albero ha rallentato la caduta. Lo hanno capito dai graffi.»

Valentina emise un suono rauco, come un singulto.

«La stanno tenendo in vita le macchine, ma ormai è come se non ci fosse più.»

Cristiana si abbandonò tra le braccia di Gloria.

Tra le lacrime vide due poliziotti avvicinarsi alla madre di Arianna.

Alzò la testa e guardò gli altri cercando di capire.

Tutti stavano osservando la scena.

«È una morte violenta», spiegò suo zio, «devono escludere qualsiasi altra ipotesi...»

Si fermò un istante.

«Prima di catalogarla come suicidio.»

Cristiana si sentì rabbrividire.

«Verrà fatta un'autopsia», proseguì suo zio, con il tono professionale che aveva sempre sul lavoro.

Lei aveva la testa pesante, la vista annebbiata. «Potrebbe essere caduta?» chiese con un filo di voce.

Sullo stomaco le pareva di avere un masso.

Prendeva troppe medicine? Era troppo stanca?

«È salita nelle soffitte, prima delle sei di mattina. Ha chiuso sia la porta di casa sia la porta di accesso alla terrazza. No, non è caduta.»

La voce di suo zio era addolorata.

Cristiana si allontanò, guardando verso l'orizzonte.

Il cielo era bellissimo, azzurro, il sole splendente, le nuvole, poche, sembravano disegnate a mano.

Gloria le sfiorò la schiena.

«Mi dispiace così tanto, tesoro.»

Scoppiò a piangere anche lei e si abbracciarono.

Sentirono vociare e si voltarono.

Paolo era tornato e aveva tutti intorno, compresi i due poliziotti. La madre di Arianna restava seduta e adesso il suo pianto sembrava una preghiera antica, un misto di lacrime, parole e suoni primordiali. Il nonno lasciò il passeggino sotto a un albero per andare ad ascoltare.

Cristiana e Valentina si avvicinarono subito al piccolo. Aveva una sola scarpa, l'altra era caduta poco lontano, sulla sua testa pendeva un coccodrillo di pezza di colori allegri e tra il suo braccio e il corpo era incastrato un sonaglio. Aveva il viso rivolto da un lato e il sole gli batteva sulla testa. Valentina alzò la visiera e lo spostò perché stesse all'ombra, gli sistemò la coperta.

Poi lui aprì gli occhi e le guardò sorpreso.

«Ehi», gli sorrise Valentina chinandosi. Prese il sonaglio e glielo agitò davanti.

Andrea si illuminò e si aprì in un sorriso con pochi denti sbattendo i piedi e allungando le mani per prenderlo. Cristiana si affrettò a infilargli la piccola scarpa da ginnastica. Lui scosse le gambe divertito e la fece cadere di nuovo.

«Allora non hai più sonno! Vuoi giocare?» gli chiese Valentina.

Lui si tirò su per osservarsi i piedi e gli cadde il sonaglio. Le guardò sconvolto e parve sul punto di piangere.

Cristiana riusciva solo a pensare: non hai più una mamma, non hai più una mamma.

Cominciò a piangere di nuovo, mentre il bimbo rideva divertito perché Valentina continuava a restituirgli e poi a rubargli gli oggetti. Gloria si avvicinò e si mise a giocare anche lei, mentre a pochi metri da loro tutti singhiozzavano.

Cristiana si allontanò. Si chinò a terra e pianse disperata, con il naso che colava, le spalle curve, gli occhi chiusi, mentre Roberto le si metteva accanto.

«Dim...» non le riusciva di parlare. «Dimmi», ritentò, «dimmi com'è possibile.»

Avrebbe voluto urlare.

«Vi ho visto crescere», rispose Roberto, asciugandosi gli occhi, «e ti giuro che anche io fatico a credere che l'abbia fatto. Ma quello che posso dirti è che voleva proprio andarsene. Doveva stare malissimo.»

Cristiana era al terzo anno di università, quando un professore aveva raccontato il caso di una giovane che si era sparata alla testa. C'è chi lo fa solo per dire «Aiutatemi» e chi invece non vuole essere salvato. Tutti sapevano che quella ragazza stava male, ma lei li aveva depistati. La pistola l'aveva presa da giorni dalla casa dei nonni. Alla madre aveva detto che andava al lavoro presto, al padre che andava dal parrucchiere, ai colleghi che avrebbe passato una giornata al mare. Anche lei aveva scelto un'alba fredda e aveva chiuso tutte le porte.

«Chi vuole morire ci riesce», aveva commentato all'epoca il professore.

Cristiana si rigirò verso la folla, ormai le persone erano almeno una trentina.

Il nonno aveva ripreso il bambino in braccio e lo aveva portato nella ressa, dove tutti lo coccolavano. Paolo era circondato da amici, con la madre a fianco. La madre di Arianna adesso passeggiava su e giù, accudita da molte persone.

Ormai c'era solo da aspettare la notizia ufficiale.

Cristiana vide arrivare dall'alto della strada i genitori di Valentina.

Il professor Molinari con il vestito su misura, la camicia cifrata. La moglie, tutta in beige, con un cappotto di cachemire, le meches perfette, i gioielli costosi.

Francesco andò loro incontro e li condusse verso Valentina e Gianluca. Rimasero in disparte. Gloria si avvicinò per salutarli e si strinsero la mano.

Cristiana si sedette sulla panchina dove era seduta fino a poco prima la madre di Arianna, accanto alla vicina. Era una donna sulla settantina, poco curata, in abito da casa. Sulle spalle qualcuno le aveva appoggiato una felpa sportiva, evidentemente non sua.

«Ha freddo?» chiese Cristiana premurosa, pronta a levarsi la giacca.

«No, grazie, sto bene così», le rispose la donna, che aveva due grandi occhi celesti.

«Lei è un'amica, vero?»

Cristiana sentì il volto contrarsi e si morse il labbro.

Fece sì solo con la testa.

«L'ho trovata io...» iniziò la donna con una voce triste.

Cristiana non voleva sentire, ma non poteva andarsene.

«Ero scesa per i gatti, saranno state le sette e mezza. Ho urlato di chiamare l'ambulanza e sono corsa a citofonare a Paolo, ma lui non mi capiva. Ci ha messo tanto a scendere. Gli dicevo: 'Non chiamare Imma, non chiamare Imma, non gliela fate vedere così', ma poi è passata una madre con i bambini e si sono messi tutti a urlare.»

Cristiana non poteva reggere, si alzò e si infilò nella folla sperando di confondersi.

Ma stavano parlando tutti della stessa cosa e a ogni passo un nuovo dettaglio come una pugnalata.

Se fosse sceso qualcuno prima?

Proprio oggi il portiere era in ferie.

Alle quattro c'è stata una lite, perché il ragazzo del terzo piano è rientrato facendo rumore con la moto.

Il tonfo non l'ha sentito nessuno.

Quelli dell'ambulanza hanno provato a rianimarla.

La madre è svenuta.

Era piena di farmaci.

Stava per metà tra i cespugli, dalle finestre non si vedeva.

I bambini del piano terra hanno visto il sangue.

L'altra mattina era uscita in pantofole.

Aveva smesso le medicine senza dirlo a nessuno.

Il marito non trovava il bambino, per questo ci ha messo tanto a scendere. Era in cucina, nel passeggino.

Cristiana sentì il cuore che esplodeva.

Un'infermiera uscì per chiamare Paolo e tutti tacquero.

Lui la seguì.

Valentina e Gianluca si avvicinarono al gruppo.

Roberto e Gloria erano sul lato opposto, dove li aveva lasciati. Cristiana li raggiunse.

Gloria le strinse una mano, Roberto le abbracciò le spalle.

«Lo sai che Paolo non trovava il bambino?» chiese a sua madre.

«Sì, me lo hanno raccontato», rispose Gloria.

«Ringraziamo Dio», aggiunse Roberto, «che lo ha lasciato lì.»

Cristiana lo fissò incredula. «Tu pensi che sarebbe stato possibile?»

Le parole di Paolo le riempirono la testa.

Pericolosa per sé e per il bambino.

«Sì. Basta leggere i giornali: succede molto più di quanto si creda», le stava rispondendo suo zio.

In quel momento, Paolo uscì dalla porta insieme a un medico e all'infermiera. Tutti si fecero indietro in silenzio affinché potessero raggiungere la madre di Arianna. Il dottore si chinò per parlarle.

Cristiana si avvicinò d'istinto, doveva sentire. Si accorse di avere Valentina accanto.

La madre di Arianna ascoltò rassegnata, poi alzò la testa con gli occhi esaltati.

«Quanto coraggio ci vuole per un salto così, vero?»

Nessuno rispose. Paolo piangeva.

Era finita.

Cristiana si girò verso Valentina.

«Bene. Mi aveva detto: sto bene», farfugliò tra le lacrime.

Non aggiunse che lei le aveva chiuso la conversazione di colpo per litigare con Roberto.

Valentina le rispose fissandola negli occhi, con voce cristallina.

«Dove eravamo noi?»

19

Valentina

VALENTINA continuava a tenere d'occhio il portoncino anonimo, sul retro dell'ospedale. Mancavano ormai meno di quaranta minuti alla messa e c'era da fare un bel po' di strada.

Gianluca, seduto in macchina accanto a lei, guardava davanti a sé, assorto. Aveva silenziato il telefono, ma continuava a controllarlo di continuo. Ricevette una chiamata e si scaraventò fuori dall'auto.

«Scusa», le disse a voce bassa, «torno subito.»

Lo osservò mentre parlava. Era nervoso. Era chiaro che stava succedendo qualcosa.

Valentina chiuse gli occhi e assaporò quei pochi istanti di solitudine. Negli ultimi tre giorni non era mai riuscita a stare in pace.

Si sforzò di immaginare Arianna. Per quanto fosse razionalmente impossibile, non le riusciva di vedere il suo volto. Le sembrava di udirne la risata, ma le appariva di schiena, i capelli albini mossi dal vento, la sera del matrimonio, la festa in spiaggia, nemmeno due anni prima. Ricordava alla perfezione i dettagli del vestito color avorio, le spalle nude, il bouquet di rose rosse fiammanti.

Lo aveva lanciato gridando: «Cristiana è per te», mentre quella si allontanava prudente di qualche passo. Lo aveva raccolto una cuginetta, una bambina di sette anni, che non aveva capito il senso del gioco ma alla quale non lo si poteva certo strappare di mano. L'aveva portato in giro come un trofeo fino a quando si era addormentata su due sedie.

Ma no, non riusciva a vederne il viso.

Non aveva voluto cercare nessuna fotografia sul telefono. Aveva svuotato la memoria sul computer per non imbattersi a sorpresa in quegli occhi azzurrissimi e nel naso pieno di lentiggini.

L'ultimo incontro era stato l'aperitivo di fine estate. Un tardo pomeriggio, loro tre. Faceva ancora caldo, tutte in maglietta e sandali. Arianna aveva una canottiera azzurra ed era la meno abbronzata tra loro. Senza trucco, l'aria stanca.

Era arrivata in ritardo, «scusate, dovevo allattare». Aveva parlato quasi sempre Cristiana, reduce da un'avventura estiva a Panarea, una delle tante, che non sarebbe durata. Valentina si era trovata a pensare a quanto fossero diventate diverse le loro tre vite, in quella fase.

Arianna se ne era andata via dopo poco. Paolo era passato a prenderla, con il bambino addormentato nella macchina. Si erano alzate per vederlo, con molti commenti e complimenti. A pensarci adesso, si erano complimentate con Paolo, perché Arianna era rimasta seduta al tavolino. A pensarci adesso, del bambino aveva parlato pochissimo.

Ma pensarci adesso non serviva più.

Gianluca batté sul vetro e Valentina si accorse che il corteo era in partenza. Il carro funebre, anonimo anche quello, di un grigio chiaro per niente lugubre, stava per uscire dall'ospedale. Dietro c'erano le macchine pronte a seguirlo.

Lui salì e si rimise alla guida.

«Tutto bene?» le chiese spostandole una ciocca di capelli. «La aspettiamo qui?»

Lei non rispose, spiò le macchine che si avvicinavano. Nella prima c'era la madre accanto al fratello. Dietro altre due persone. Non le riconobbe, ma erano sicuramente la cugina, qualche anno più grande di loro, con il marito. Seguivano altre due automobili piene. Tutto ciò che rimaneva alla madre di Arianna era una famiglia numerosa.

Lo sai che ti sposi solo per far contente le tue zie?

Cristiana stava arrancando a piedi per la salita.

Gianluca fece un colpo di clacson leggero e lei li individuò subito. Accelerò il passo e salì. Aveva il viso gonfio e stravolto. Si soffiò il naso rumorosamente.

«Sentite questa», annunciò con una voce sarcastica. «Ve lo ricordate il prete del funerale del padre? Quello che avrà cent'anni e non si capiva niente quando parlava? È il parroco di quella chiesetta del cavolo. Ma oggi ci sarà un altro sacerdote.»

«Perché?» chiese Gianluca

«Perché la Chiesa non può fare funerali per chi si...» Cristiana non riuscì a terminare la frase. Il senso era chiaro.

«Meglio», commentò Valentina, dopo un po'.

Il padre si chiamava Carmine, e il vecchio parroco aveva sbagliato più volte in Carmelo, corretto dal prete che lo aiutava. Quando aveva citato i fratelli, Adelmo, Vincenzo e Lucia, aveva detto Delmo senza la A e poi Renzo e Lucia, facendo sorridere diverse persone.

Era riuscita a ridere tra le lacrime persino Arianna, seduta in prima fila, bloccata sulla sedia a rotelle. Aveva i capelli legati e una panciona rotonda che sembrava finta.

Cristiana si sporse in avanti per porgerle dei fogli.

«Queste sono le letture, te la senti?» le chiese.

Valentina si concentrò sui fogli, ma leggere in macchina le dava fastidio.

Provò una nausea lieve, che la fece precipitare ai giorni appena trascorsi. Sentì la fronte gelata, il fiato mancare. Rivide il soffitto bianco, il volto dell'infermiera, Gianluca che le dava la notizia, la corsa di ospedale in ospedale.

Non sono più incinta, si disse stringendo fortissimo i pugni, conficcandosi le unghie nei palmi.

«Certo», rispose, evitando lo sguardo indagatore di Gianluca.

Il telefono di Cristiana squillò allegro in quel silenzio triste.

«Gloria?» la sentirono dire. «Stiamo arrivando, mancheranno...?»

«Dieci minuti», le rispose Gianluca.

Lei si affacciò per guardare fuori dal finestrino. «No, qui non piove», disse al cellulare.

Valentina notò il cielo plumbeo e le pesanti nuvole scure non molto lontane.

Il carro procedeva lentamente, nonostante non ci fosse traffico. Ebbe un fremito pensando ad Arianna lì dentro, sommersa dai fiori.

Finalmente comparve la piccola chiesa e una folla in attesa.

Cristiana ricominciò a singhiozzare. Valentina sentì il bisogno di uscire, di prendere aria. Si augurò che Gloria e lo zio di Cristiana fossero nelle vicinanze, non ne poteva più di vederla piangere. Non sapeva come consolarla. Se in passato, a tratti, aveva invidiato la sua irruenza spontanea, adesso ne era stanca.

Scese dalla macchina prima ancora che Gianluca spegnesse il motore.

Sì, Gloria c'era e dietro a lei anche Roberto. Entrambi la salutarono.

Valentina si diresse da sola verso il carro che veniva aperto sul piazzale della chiesa, mentre cominciava a cadere qualche goccia di pioggia. Osservò gli impiegati delle pompe funebri tirare fuori i fiori. La madre di Arianna era davanti, resa invisibile dall'abbraccio di tante persone.

Entrando in chiesa, Valentina aspettò che i parenti prendessero posto. La cugina di Arianna la chiamò perché si avvicinasse a loro. Lei allora si guardò intorno per farsi vedere da Gianluca e alzò timidamente un braccio. Fu allora che notò Paolo. Era impettito, elegante, con un vestito che somigliava a quello del matrimonio. Poteva essere lo stesso? Era circondato anche lui di persone, riconobbe i genitori, la sorella, gli amici. Tutti gli si accalcavano intorno. Valentina si rese conto di avere paura. Paura di rivedere il bambino. Dovevano aver trovato una soluzione. Non potevano averlo portato oggi.

Non riusciva a togliersi dalla testa i dettagli che le avevano raccontato. Solo, allacciato al passeggino, con addosso un piumino azzurro mai visto, l'etichetta ancora attaccata, in un angolo della cucina.

La cerimonia cominciò e lei si accorse solo dopo qualche minuto che nel suo banco, oltre a Gianluca e a Cristiana, dall'altro lato si era seduto anche Francesco. Lui allungò una mano e le diede un colpetto affettuoso sul ginocchio.

Con la testa le indicò i genitori, poco più indietro. Sua madre aveva un completo blu elettrico, gonna, maglia, sciarpa e borsa coordinate. Quell'eleganza non c'entrava niente. Proprio dietro a loro c'erano Gloria e Roberto. Lei aveva un abito nero, con sopra una giacchetta scura, sembrava una delle compagne di classe.

La chiesa era stracolma. Riconobbe alcuni insegnanti del liceo. La professoressa di latino e greco, quella di inglese, molte ex ragazze della ginnastica artistica ormai diventate donne. All'epoca sembravano tutte farfalle. Oggi apparivano diverse, adulte, alcune appesantite. Arianna no, Arianna era rimasta leggiadra e radiosa come quando l'aveva conosciuta, e così era stata almeno finché l'aveva vista, prima che sparisse dalle loro vite e dal mondo. Qualcuna le sorrise, qualcuna le fece un saluto con la testa o con la mano. Cristiana rimaneva piegata con la testa china e le spalle scosse dal pianto.

Valentina tentò di ascoltare le parole del prete, senza riuscirci. Era un ragazzo giovane, straniero, eppure più comprensibile del vecchio parroco.

Non fece nessun riferimento diretto a come fosse morta Arianna. *Tragedia che lascia senza parole, che ci costringe a riflettere.*

Giunse il momento delle letture. Valentina si alzò e si mosse verso l'altare a occhi bassi, nel silenzio. A ogni passo le pareva di poter cadere. Osservò il primo banco, la madre di Arianna si guardava intorno frastornata, senza piangere. Paolo era fermo e inespressivo, ma incrociando i suoi occhi le fece un piccolo sorriso.

Valentina salì sul podio, aggiustò il microfono e si augurò di avere abbastanza forza. Lesse una storia che non conosceva, aveva le carte in mano ma non se ne era interessata, e non frequentava la chiesa. Parlava di Gesù che incontra una madre vedova al funerale del suo unico figlio. La voce le uscì chiara, e ferma, ma dentro le pareva di rabbrividire. Devo arrivare fino in fondo, si ripeté tenendo gli occhi incollati alle parole che aveva davanti. Gesù si commuove di fronte al dolore di quella donna e le restituisce il figlio, con un miracolo.

Chi aveva scelto quel testo? Quale miracolo avrebbe potuto restituire Arianna a sua madre?

Valentina concluse e scese dal palco. Tornò al suo posto e si risedette, accolta da suo marito e da suo fratello, che le vennero incontro per aiutarla. Francesco le prese di nuovo una mano e gliela strinse forte.

Il prete parlò a lungo, con tono pacato e incoraggiante. Dio avrebbe restituito Arianna a sua madre e a suo figlio, perché un giorno il suo amore li avrebbe riuniti e quello che oggi ci sembra incomprensibile sarebbe finalmente diventato chiaro.

Cristiana scosse la testa in segno di disaccordo, ma per fortuna non commentò.

Finita la cerimonia, il prete chiese chi volesse parlare.

Si alzarono lo zio e la cugina. Ci fu parecchio brusio nei primi banchi e poco dopo li seguì anche Paolo.

Cristiana adesso guardava inorridita.

Lo zio ricordò prima il cognato, sottolineando come per tutta la loro famiglia fosse un sollievo, in quel momento, poter immaginare padre e figlia insieme. E poi parlò di sua sorella rimasta sola, del fatto di come adesso proprio il bambino rimasto senza mamma rappresentasse la vittoria della vita che va avanti contro ciò che si era ingiustamente perduto.

Toccò alla cugina, che parlò rivolgendosi ad Arianna in prima persona, ricordando la loro infanzia comune, di come lei, la cugina grande con tanti fratelli maschi, avesse sempre considerato la piccola cuginetta bionda come un immenso regalo.

Valentina si sforzò di ricordare qualche episodio legato a quella donna, che pareva buona e sinceramente affezionata, ma che non riusciva in nessun modo a collocare nella vera vita di Arianna. Nominata forse solo qualche volta al ritorno dalle vacanze estive, quando ancora la sua amica le passava con la famiglia, ormai tanti anni prima.

Dal nulla spuntò sul palco una delle ex atlete della sua squadra. Una ragazza bruna con i capelli lisci e un viso piatto. Valentina fu certa di averla vista in qualche fotografia delle premiazioni che

Arianna teneva nella sua cameretta da ragazza, poi traslocate in un angolo dello studio anche nella casa matrimoniale.

Parlò con una voce squillante e gioiosa, raccontò la tenacia di Arianna, l'impegno dopo un infortunio – questo lo ricordava anche Valentina, si era dovuta operare al ginocchio ed era rimasta ferma qualche mese – e soprattutto la sua allegria, la sua insofferenza alle regole, il suo odio per gli esercizi ai quali cercava sempre di sfuggire, i suoi scherzi negli spogliatoi, la sua mania per il fucsia.

Per un attimo l'intera chiesa sembrò alleggerita, per qualche istante un'Arianna viva e vibrante sembrò volare su di loro.

La ragazza fece qualche battuta e qualcuno rise. Poi scese e andò ad abbracciare con calore la madre. Valentina la seguì con gli occhi, sentendo lo stomaco stretto.

Chi sei? Dove vai? Forse insieme possiamo riuscire a trovarla? Anche io sapevo così tante cose di lei, ma non so dove sono finite adesso.

Nel frattempo Paolo era salito sul podio e si stava schiarendo la voce. I presenti ammutolirono.

Parlò a voce alta, guardando le persone negli occhi, ma leggendo da un foglio.

Tenne un discorso perfetto, senza nessun dettaglio personale. Ringraziò tutti per la vicinanza, per l'aiuto concreto che stava ricevendo, per l'affetto verso Andrea. E poi ringraziò i medici, citò due nomi che Valentina non conosceva, e ringraziò anche le ragazze che le avevano insegnato ad allattare.

Cristiana si tirò su, e si sporse oltre Gianluca per parlarle. Aveva gli occhi di fuoco.

«Come fa a ringraziare i medici che l'hanno curata? Che cura è quella in cui una si butta dalla finestra?» sibilò a denti stretti. «Io li denuncerei tutti, altro che grazie», aggiunse. «E pure a quelle maniache dell'allattamento al seno che l'hanno fatta impazzire», proseguì.

Gianluca era in imbarazzo.

«Ti prego, Cri. Non adesso», la raggelò Valentina.

Paolo aveva finito e stava per restituire il microfono al prete, quando la madre di Arianna si alzò. Il fratello fece lo stesso e provò a farla risedere, ma lei si avvicinò al podio. La cugina le si mise accanto.

«Io non ce la posso fare», disse Cristiana. Si alzò e uscì veloce dal banco, dirigendosi verso il fondo della chiesa. Valentina vide che Gloria la seguiva.

La madre di Arianna faticò ad abbassare il microfono fino a sé, aiutata dal prete e dalla cugina.

Disse qualcosa ma non si sentì nulla, si guardò intorno in cerca di aiuto con un'espressione colpevole e imbarazzata che a Valentina fece male al cuore. La cugina si mise a battere con il dito sul microfono e in qualche modo lo riaccese perché si sentì un rumore forte e gracchiante.

Valentina si alzò in piedi per vedere meglio. Francesco e Gianluca si alzarono d'istinto perché lo aveva fatto lei. Solo in quel momento si accorse di Riccardo. Era a destra rispetto a lei, appoggiato a un muro laterale, uno dei tanti volti nella folla.

Gianluca seguì il suo sguardo e lo vide anche lui.

Quella era la vita vera di Arianna. Intere nottate passate a parlare di lui, a sviscerare ogni parola, ogni mossa, ogni spiraglio. «Croce e delizia», la prendeva in giro la mamma. L'aveva resa felicissima e infelicissima, fino a che lei lo aveva cancellato dalla propria vita all'improvviso.

A Valentina, adesso, pareva di vedere una mano spaventosa e ossuta che teneva la testa di Arianna e la girava verso un destino nero.

«Io...» la voce della madre la fece girare di scatto verso l'altare. «Io...» ripeté più flebile, come se si stesse sgonfiando, come se la forza l'avesse abbandonata all'improvviso.

La cugina la teneva in piedi, anche il fratello le stava attaccato.

«Vi chiedo solo di... ricordarvi di lei», le parole si capivano poco.

Molte persone tirarono fuori i fazzoletti, Valentina sentiva le ginocchia deboli, si appoggiò a Gianluca.

«Di ricordarvi di lei come era prima, perché Ar...» non riuscì a pronunciare il suo nome, ed emise un singulto. «Questa malattia è un mostro.»

Dovette fermarsi, la testa piegata in avanti, sconfitta. La cugina provò ad accompagnarla al banco, ma lei si rianimò, riprese il microfono.

«Ricordatevi com'era quando era felice», aggiunse con una vocina fina.

Poi lasciò il microfono che cadde a terra e sembrò anche lei sul punto di svenire.

Tutti parvero inorridire guardando ciò che succedeva. Valentina vide suo padre e lo zio di Cristiana avvicinarsi a passo svelto.

I medici non servirono, perché, dopo qualche istante, la donna tornò al banco camminando da sola. Il prete la inseguì un po' goffamente, le bisbigliò qualcosa e poi tornò indietro.

Seguirono le ultime fasi e la benedizione e poi gli addetti delle pompe funebri cominciarono a portare via i fiori in un avanti e indietro tetro e senza suoni.

Valentina vide Riccardo proprio davanti a sé, si guardarono negli occhi.

Cristiana era abbracciata a Gloria all'ingresso della chiesa.

Ebbe un giramento di testa e si risedette sulla panca dura. La borsa le cadde a terra e Gianluca si chinò subito per prenderla. Nel vedere i suoi oggetti sparsi le tornò in mente quella mattina, quando le era caduto tutto in mezzo alla strada. Strappò la borsa dalle mani di Gianluca che la guardò meravigliato. Si alzò e fece per uscire. Le persone avevano formato una fila lenta per firmare il libro aperto su un leggio scuro.

Valentina aspettò il suo turno, con Gianluca alle spalle.

Non c'erano soltanto firme. Sfogliando le pagine, trovò pensieri e disegni.

Sei volata via troppo presto, diceva una scritta con un cuore disegnato alla perfezione.

Alla nostra ragazza speciale.

Valentina si fermò, incerta su cosa scrivere, dimenticandosi delle persone che aveva intorno.

Una scritta in un corsivo antiquato attirò la sua attenzione. Il nome che la seguiva era incomprensibile.

Dal cielo venni, la terra visitai, vidi che era meglio il cielo e vi ritornai.

Quella filastrocca la spaventò e la sua mente fuggì di nuovo laggiù, nel reparto di ospedale, con Denise e la sua mamma, con la ragazza rom, con la dottoressa con gli occhiali. Provò un desiderio doloroso di tornare con loro.

Tenetemi qui per sempre.

Gianluca le toccò una spalla.

«Tina», la chiamò.

C'erano ormai diverse persone in attesa e si stava formando una calca.

Fuori adesso pioveva molto, si vedevano gli ombrelli di tutti i colori. Cristiana era sempre nello stesso punto. Riccardo era lontano, stava andando via.

Valentina cercò la penna per scrivere.

E in quell'istante, inattesa, l'immagine di Arianna vestita da sposa, con la piccola ghirlanda sulla testa, si girò verso di lei sorridendo.

Perdonaci, le scrisse.

20
Valentina

«CHE profumo! Che fai di buono?»

Valentina fece un balzo, rischiando di tagliarsi con il coltello affilato che aveva in mano con cui stava affettando le patate.

«Calma.»

Gianluca era scosso, le prese la mano e le fece poggiare il coltello sul piano di lavoro.

«Sicura di non voler andare a cena fuori? Mi hanno chiamato Lorenzo e Marzia.»

«Non mi va», tagliò corto lei. Tirò fuori la placca da forno e ci srotolò sopra la carta per cuocere. Dispose prima le patate e poi olio, sale, pepe e rosmarino, impegnandosi su ogni movimento per tenere il cervello occupato.

Gianluca cercava di aiutarla e nell'ansia di rendersi utile le mise in mano la noce moscata. Lei dovette ragionarci prima di capire che non le serviva a niente.

«Non dovevi finire una memoria?» gli chiese.

«Ti dà così fastidio avermi intorno?»

Sì.

«Mi pareva che avessi da fare.»

Cercò di avere un tono più gentile.

Da quando la loro casa era diventata così piccola?

«E per il resto...» Gianluca esitò perché non sapeva mai come chiederlo. «È tutto sotto controllo?»

Si riferiva ai sanguinamenti. Continuava ad averne, anche se non più così abbondanti come nei primi giorni. Doveva ancora indossare mutande assorbenti ridicole, e di conseguenza vestirsi solo con abiti che le nascondessero. Era un martirio senza fine.

Il medico aveva detto di controllare l'emoglobina, le aveva anticipato che sarebbe servito un ciclo di ferro e che, se non lo avesse sopportato per bocca, sarebbe stato bene fare qualche flebo. Lei non voleva nemmeno pensarci, aveva ancora mal di stomaco per l'antibiotico di copertura che aveva dovuto prendere. Avrebbe anche dovuto fare un'ecografia a distanza di qualche settimana.

«Tutto a posto», rispose.

A tratti era così ossessivo che temeva che Gianluca potesse abbassarle le mutande per controllare.

«Va bene», si arrese lui, «allora io finirei di lavorare, se non ti serve niente.»

«Certo», gli rispose Valentina con un sorriso fiacco.

Finalmente sola, accese il forno e cercò nel frigorifero le fettine di pollo che Isabel aveva preparato e che sarebbe bastato riscaldare. Scoprì che le aveva lasciato anche una macedonia pronta, con quello che era avanzato, perché non andasse a male. Le venne voglia di preparare la crema per mangiarla insieme alla frutta e per un breve istante l'idea di quel dessert gustoso la rallegrò. Non aveva le uova, però. Ecco una cosa da far fare a Gianluca, sarebbe stato felice di rendersi utile: lo avrebbe spedito al negozio dei pakistani, dove ogni mattina arrivavano le uova fresche direttamente da un'azienda all'uscita del raccordo, con cui la crema veniva di un bel colore giallo intenso. Controllò cosa altro mancasse, leggendo la lavagnetta. Ci scrivevano sia lei, sia Isabel, sia Gianluca, ognuno con una diversa calligrafia.

Mentre era assorta nel compilare la lista da dargli, lui le si materializzò di nuovo davanti.

«Non lo senti?» le chiese, mostrandole il telefono.

Valentina lo prese, ma non fece in tempo a rispondere.

«Era Riccardo», le disse Gianluca.

Valentina alzò gli occhi verso di lui, atterrita.

«Riccardo? Sei sicuro?»

Controllò da sola. Sì, Riccardo.

«Devi richiamarlo», le disse ancora Gianluca.

Le parve impossibile farlo e appoggiò il telefono.

«Valentina, devi reagire. Non puoi andare avanti così», provò a spronarla lui.

Era quello che le serviva: una frase stupida per poter esplodere.

«Avanti come?» lo provocò.

«Lo sai», le rispose lui rabbuiandosi.

«'Devo reagire'?» gli fece il verso. «E che tempi mi dai?»

«Valentina, non ricominciamo, ti prego, stiamo dalla stessa parte, voglio solo il tuo bene.» Le si avvicinò, voleva toccarla.

Lei si sottrasse. «Mi sto prendendo troppo tempo, dici?» chiese ironica. «Fammi pensare. In fondo è passata già più di una settimana dal giorno in cui ho abortito e la mia migliore amica si è buttata dalla finestra senza che io alzassi un dito per fermarla.»

«Smettila, non darti colpe che non hai.»

«E da quando ho scoperto che mi tradivi quanto è passato? Due mesi? O tre? Strano che continui ancora a pensarci, vero? Ho avuto tutto questo tempo per elaborare, questo bel periodo tranquillo e sereno!»

Lui si incassò nelle spalle e incrociò le braccia.

«Io sto facendo ogni cosa possibile, mi sembrava che in qualche modo ci fossimo chiariti, mi sono illuso, ma ti assicuro che il mio sbaglio non c'entra niente con la gravidanza andata male, e meno che mai con la malattia di Arianna.»

«Chiariti?» rispose lei sarcastica. «Adesso si dice sbaglio?» continuò, decisa a litigare.

Il telefono riprese a squillare e lei sentì l'impulso di sbatterlo contro il muro.

Lo afferrò Gianluca e glielo passò.

«Ci devi parlare», le intimò allontanandosi.

Valentina rispose.

«Ciao Riccardo», disse sperando che la voce non tradisse il disastro che sentiva dentro.

«Ciao Valentina, sono vicino a casa tua, avrei bisogno di parlarti, ma se non puoi non ti preoccupare.»

Si sentì assediata.

Poteva accampare qualsiasi scusa. Devo finire di lavorare, ho un appuntamento, sto già scolando la pasta. Ce ne era una ancora più semplice: non sono a casa.

Invece le venne una domanda stupida.

«Hai sentito anche Cristiana?»

«No», rispose lui in tono colpevole.

Dunque, anche questa volta, toccava a lei.

Lo aveva già fatto, anzi lo avevano già fatto, lui e Arianna.

Lei lo aveva lasciato, si era fidanzata con Paolo dopo un mese e aveva fissato le nozze dopo sei, senza volergli più parlare, né incontrarlo.

Se le chiedevi perché avesse preso questa decisione, rispondeva rabbiosa che era stufa dei suoi tentennamenti, della sua immaturità e che era arrivata l'ora di voltare pagina dopo nove anni insieme.

E intanto c'erano persone che, quando le sentivano dire: «Mi sposo», rispondevano entusiaste: «Che bello, finalmente vi siete decisi!» Lei doveva chiarire: «Non con Riccardo».

Riccardo aveva due anni meno di Arianna e un carattere più mite. Era il fratello piccolo di una compagna di ginnastica, con una cotta per lei da quando era alle elementari.

«Davvero hai ceduto ai sogni erotici di quel bambino?» la derideva Cristiana i primi tempi.

Per nove anni era stata Arianna a portare avanti tutto, a costringerlo a studiare e a laurearsi, ad allontanarlo da un giro di amicizie poco raccomandabili, a organizzargli la vita. Lui pendeva dalle sue labbra, ma non era pronto «a un salto di qualità», come lei lo definiva. Cioè il matrimonio. Quello che Valentina e Gianluca avevano fatto e che sembrava diventare urgente con l'avvicinarsi minaccioso delle trenta candeline.

Riccardo non era stato in grado di decidersi e lei aveva chiuso, di botto.

A mesi di distanza, dopo essersi sposata con Paolo da due sole settimane, le era venuto un attacco di nostalgia. Era stata lei, Arianna, a cercare Riccardo e a volerlo incontrare. Aveva mentito al marito, inventando una giornata insieme al mare con le amiche del cuore. Ma di fatto aveva solo costretto Valentina a coprirla, supplicandola di non coinvolgere Cristiana che, contraria al matrimonio con Paolo fin dall'inizio, avrebbe usato l'occasione per rinfacciare: «Ti avevo avvertito».

Arianna e Riccardo avevano passato insieme molte ore, ma cosa si fossero detti non lo aveva mai raccontato. Il giorno dopo l'aveva passato davvero tutto con Valentina, tutto singhiozzando, tutto ripetendo: Era finita, ho fatto bene, era finita, ho fatto bene.

Valentina era certa che avessero fatto l'amore.

Ora questi ricordi le apparivano pesantissimi e incontrare Riccardo una fatica immane, ma sapeva di non potersi sottrarre.

«Sì, certo, arrivo», gli rispose al telefono.

Corse a prendere una giacca, a togliersi le ciabatte e a infilarsi le scarpe.

Gianluca ovviamente la inseguì.

«Dove vai?»

«C'è Riccardo sotto», gli rispose con aria polemica. Il tono implicava: è colpa tua se mi tocca pure questo.

Lui non commentò.

Riccardo l'aspettava seduto sul muretto davanti a casa loro, che delimitava un piccolo giardino con tre panchine, qualche albero e molta ghiaia.

Aveva un giubbottino tipo college americano che gli aveva visto molte volte e che le provocò troppi ricordi e una fitta al cuore.

Andrea senza una mamma... era impossibile.

Riccardo senza Arianna accanto lo era altrettanto.

Era bruttino, Riccardo. Piccoletto, il naso adunco, gli occhi piccoli. Continuava a sembrare un ragazzino.

Riccardo spense una sigaretta e la schiacciò sotto la scarpa.

Il vizio del fumo nemmeno Arianna era riuscita a levarglielo.

Si baciarono sulle guance e Valentina dovette trattenere l'istinto di abbracciarlo. Si sedette sul muro accanto a lui, lasciando ciondolare i piedi.

Rimasero in silenzio per un bel pezzo. Lui si asciugava gli occhi e il naso.

«Com'è stato possibile?» le chiese, con la voce di un cucciolo ferito.

Valentina deglutì più volte per non piangere.

«Stava male, Ricky.»

«Perché?»

«Non lo so.»

Lui cambiò tono.

«Le hanno dato troppe medicine?»

Anche lui come Cristiana. Volevano un colpevole. Una motivazione chiara.

«Magari», rispose «Il dramma è che gliele hanno date e forse non le ha prese.»

Non lo sapeva nessuno, era un'ipotesi.

E poi lui fece la domanda che si aspettava.

«È colpa mia?»

La sua voce tremava, il suo sguardo cercava un'assoluzione impossibile.

«Assolutamente no», rispose Valentina, di getto.

Ne era certa.

Troppo facile, adesso, dire: se loro due non si fossero lasciati, se lei non avesse avuto un figlio.

C'era qualcosa di molto più oscuro e inafferrabile nel destino di Arianna. Gli ormoni, il post parto, il trauma della morte del padre, la fatica di una gravidanza difficile. Di ragioni ce ne erano in abbondanza, per spiegare quello che l'aveva annientata.

La domanda che tormentava Valentina era un'altra.

Mentre cadeva in quel pozzo, ci sarebbe stato modo di afferrarla?

Se erano colpevoli di qualcosa, tutti, non era di aver provocato quel precipizio, ma di non averlo visto.

Riccardo piangeva senza suoni, solo con le lacrime.

«Vi eravate più visti?» azzardò Valentina, temendo la risposta.

Non voleva frugare nella vita di Arianna, le pareva di profanarla.

Lui scosse la testa, e lei gli credette.

Era così Arianna. Aveva preso la strada che voleva e aveva tagliato i ponti con il passato. Poteva avere un attacco di nostalgia, ma non sarebbe tornata indietro, nemmeno se non avesse incontrato Paolo, se non fosse rimasta incinta di Andrea ad appena tre mesi dal matrimonio, tanto da farlo nascere nel giorno del primo anniversario.

Aveva fatto lo stesso con la ginnastica, che aveva lasciato nell'anno della maturità. Tutti a chiedere come mai, dopo che era stata la sua vita. Valentina lo sapeva. Da quell'esperienza aveva avuto tutto quello che poteva dare: non sarebbe diventata una stella, non voleva essere una fra tante. Aveva voltato pagina.

«Non posso vivere senza di lei», stava balbettando Riccardo.

Valentina lo fissò stupita

Viveva già senza di lei. Da molto.

Non lo disse.

«Lo so che è stupido, ma ho sempre pensato che in qualche modo ci saremmo incontrati ancora.»

Era proprio quello che ripeteva Arianna.

Riccardo non sa crescere, non sa affrontare le sfide.

Arianna aveva già vissuto senza di lui, per scelta. Lui invece non aveva avuto scelta prima, e meno che mai adesso.

«Non è stupido», tentò di consolarlo, «lo capisco benissimo. A tutti noi toccherà vivere senza di lei», aggiunse abbassando la voce.

Gli rimase accanto in silenzio, mentre lui continuava a piangere senza vergogna. Cosa poteva dirgli, del resto?

Si salutarono promettendo di rivedersi presto, anche se Valentina non era certa di volerlo. Le sembrava di tradirla, infilandosi in quel pezzo di vita.

Salì le scale di casa con la testa piena di pensieri, lentamente. L'ascensore era occupato, a ogni piano pensava: adesso lo chiamo, ma finì per arrivare fino al sesto senza accorgersene, con il fiatone.

Si avvicinò alla porta e sentì la voce di Gianluca che parlava animatamente. Provò ad ascoltare, ma le parole non si capivano. Attese qualche istante sperando che si facesse più vicino alla porta, ma doveva trovarsi nello studio.

Aveva le chiavi in tasca. Aprì senza che lui se ne accorgesse.

Lui continuava a parlare.

Valentina arrivò alla porta camminando in punta dei piedi, ma

Gianluca dovette notare qualcosa perché si zittì di botto. Lei aprì e lo vide attaccare il telefono al volo.

«Dimmi che succede», gli chiese.

Era pallido, sudato, agitato.

«Dimmelo, Gianluca, tanto me ne sono accorta.»

Lui si rigirò il telefono tra le mani. Lo posò sulla libreria.

«C'è un problema», ammise.

Valentina si spostò in salone, si sedette sulla poltrona e attese.

Lui la raggiunse, ma rimase in piedi davanti a lei, erano nelle posizioni opposte, rispetto alla prima confessione.

«Allora?» lo pungolò.

Lui stava aprendo bocca, ma lei si alzò in piedi.

«Le patate!» esclamò.

Corse in cucina. Erano troppo dorate, ma di sicuro mangiabili. Spense il forno, cercò le presine.

Gianluca la seguiva attonito.

«Valentina, forse non è il momento di pensare alla cena.»

Aveva ragione. Non poteva fuggire.

Appoggiò il vassoio bollente.

«Paola sta continuando a chiamarmi», iniziò.

Era rosso in viso.

Era quello che Valentina si aspettava.

Tra le tante verità che Gigliola declamava, una delle più condivisibili era: i problemi che non risolvi, si ripresentano. E peggiorano.

Gianluca amava punzecchiare sua madre e mettere a confronto le sue troppe dichiarazioni solenni.

Ma non eri tu che dicevi anche che non serve dannarsi perché i problemi si risolvono da soli?

Sì, quando non sono problemi veri.

Questo, quindi, lo era.

«Che vuol dire 'ti chiama'? Cosa vuole?»

«Vuole un lavoro.»

«Ti chiede soldi?»

Lui era terrorizzato.

«No, ma insiste molto, moltissimo, per lavorare. Dice che ne ha bisogno.»

«Che le hai risposto?»

Lui si fece sempre più affannato, si massaggiò la fronte, si grattò i capelli.

«Ti minaccia?» insistette Valentina.

Lui la guardò sconvolto.

«Dice che vuole raccontarti tutto», ammise.

Valentina rimase impassibile, aspettando il seguito.

«Ma le ho detto che...» Gianluca prese fiato. «... già lo sai.»

Valentina accusò il colpo con una frazione di secondo di ritardo. Sentì lo stomaco diventare troppo pesante e andare giù.

Le parve che le mancasse l'aria. Si appoggiò all'isola della cucina, cercando di capire cosa le stesse facendo così tanto male. Un dolore fisico, acuto, più forte di quello sordo che provava da quando era entrata nella stanza bianca, più forte persino dello choc quando ricordava il volto di Gianluca che le diceva: «È successa una cosa grave».

Le venne istintivo abbracciarsi la pancia e chinarsi come se dovesse proteggersi.

«Valentina, che succede?»

Gianluca le fu subito vicino, la sostenne.

«Lasciami!» gli gridò con voce stridula.

«Valentina, quello che le ho detto è la verità. Io te ne ho parlato e lei non ha più nessuna arma contro di noi e mi sembrava giusto...»

«Come hai osato parlare con *lei* di *me*?» Pronunciò quelle parole con una tale furia che lui barcollò.

Quando lo aveva fatto? In quale di quelle giornate allucinanti, di quell'incubo in cui si erano trasformate le loro vite, lui aveva trovato il tempo di parlottare di nascosto con Paola?

«Valentina, che scelta avevo?» Era distrutto, senza forze.

Lei gli si fece sotto con una voglia pericolosa di fargli del male.

«Valentina, perché fai così? Avevamo già parlato di tutto, io non ti sto nascondendo nulla, sto soltanto cercando di proteggerti, mi rendo conto che è un periodo difficilissimo, il suicidio di Ar...»

«Non usare Arianna!! Non la devi nominare! Sei tu uno stronzo! Lei non c'entra niente.»

Questa volta gridò così forte che fu certa che l'intero palazzo avesse sentito. La voce le si strozzò in gola, per lo sforzo eccessivo. Corse verso il bagno per chiudersi dentro, ma lui fu più rapido e riuscì a mettersi in mezzo alla porta.

Lei perse completamente il controllo e cominciò a picchiarlo, a dargli calci, gli afferrò i capelli, gli graffiò una guancia. Sembrava animata da una forza estranea, le pareva di guardare un film. Sentiva solo male, male, male.

Lui si protesse come poteva, si accasciò a terra, la lasciò fare, ma appena ci riuscì si tirò i piedi e le bloccò le braccia. Poi la trascinò verso il letto, ce la buttò sopra e la tenne ferma.

Lei gli sputò in faccia, ma lui non mollò la presa.

Era il doppio di lei, non aveva scampo.

Le crollò addosso singhiozzando e lei rimase immobile a braccia larghe.

Poi lui si spostò e le scivolò di fianco, provò a sfiorarle i capelli, ma lei non reagì. Tentò di tirarla su, di aiutarla a mettersi seduta.

Valentina vide che sulla guancia Gianluca aveva del sangue. Per un attimo pensò: potrebbe denunciarmi.

«Respira», le stava dicendo lui. «Respira, Tina.»

Lei chiuse gli occhi e respirò. Li riaprì e glieli piantò addosso. «Se non sono io il problema, cosa altro vuole da te?»

Lui chinò il capo.

«Parlerà con mia madre.»

Il cerchio che si chiude.

Un piano perfetto. Molto meglio della moglie. Come aveva fatto a non pensarci prima? Il figlio della nota Gigliola Arcuti Romagnoli che seduce una ragazza, che approfitta di una segretaria, e che tradisce la moglie. L'erede di uno studio legale così in vista, con rapporti che andavano dalla politica al Vaticano, per arrivare fino a prestigiosi partner internazionali, invischiato in uno scandaletto di letto.

«Dirà che l'hai costretta», gli rispose lei, con voce piatta, come se fosse una realtà assodata.

Lui divenne paonazzo e balzò in piedi.

«No, questo no, questo non può dirlo, questo non è vero!»

Valentina fece spallucce. «Allora dirà che si è sentita costretta», aggiunse. «Dirà che le hai promesso qualcosa.»

Divenne calma.

Mentre parlava, si rese conto che non provava nulla verso Paola. Era la semplice tessera di un puzzle che si stava incastrando. Paola era l'imprevisto. Il sasso che fa deragliare il treno. Poteva essere un'altra, non aveva nessuna importanza che volto avesse.

«L'hai costretta?» gli chiese.

Il viso di lui si trasformò in una maschera di dolore.

«Come puoi anche solo pensarlo?» sussurrò Gianluca.

Chissà perché, a Valentina sembrò di rivedere Riccardo sul muretto, anche lui svuotato, senza energia. Era seduta così anche Denise, mentre la madre attaccava bottone vicino al distributore.

Sentì tornare un'energia eccessiva. Raccolse da terra un libro che era caduto durante lo scontro, aprì la finestra per fare entrare l'aria.

Lui la seguiva con lo sguardo ormai spento.

«Devi parlare con tua madre», gli disse, sbrigativa.

«Certo, lo so», rispose lui. «Lo avrei già fatto, se non fosse successo tutto quello che è successo.»

«E devi sperare che lei ti sostenga», aggiunse Valentina, con cattiveria. «Cosa che non darei per scontata», concluse.

«So benissimo anche questo», rispose lui, con tono più freddo.

Poi le si avvicinò, mentre lei rimaneva gelida.

«Avrei sperato di poterlo fare insieme», tentò.

Valentina forzò una risata sarcastica.

«Hai sperato che venissi io a raccontare a tua madre che sei andato a letto con un'altra e a convincerla ad aiutarti?»

Lui abbassò gli occhi.

«Non volevo pensasse che ci sono segreti tra noi. Non mi sembrava giusto lasciarti fuori.»

Lei non rispose.

«Ma evidentemente ho sbagliato di nuovo.»

«Sì, hai sbagliato. Questo schifo è roba tua. Arrangiati.»

21

Valentina

VALENTINA spense il motore e si girò verso Cristiana. Si accorse che il copri-bagagliaio era appena sollevato. Lo aveva riempito troppo. Non sapendolo, non si notava. Aveva fatto un giro diverso per non passare accanto al muretto che costeggiava il retro del cortile condominiale, ma era stato inutile.

Gli occhi di Cristiana non si staccavano da quell'angolo. Lei si reggeva con le mani al sedile come se potesse cadere nonostante la macchina ferma.

«Come facciamo? Cosa gli diciamo?» le chiese.

«Cri, non possiamo non andarci.»

Era una visita dovuta, quella a Paolo.

Erano passate tre settimane, non potevano sparire.

Sarebbero sparite dopo, e sarebbe stato inevitabile.

Valentina ci aveva pensato a lungo, si era chiesta se ci potesse essere un modo.

Non c'era. Già adesso, tre sole settimane sembravano un'eternità. Già adesso, la vita era ricominciata.

Avrebbero fatto visita alla madre, certo. Avrebbero rivisto Andrea. Avrebbero offerto il loro aiuto. Ma la vita di tutti, intanto, si sarebbe riorganizzata.

Paolo non sarebbe rimasto solo per sempre. Andrea non avrebbe vissuto soltanto con il pensiero di una madre che non poteva nemmeno ricordare. La vita avrebbe riempito i vuoti, avrebbe sommerso la memoria.

Loro non sarebbero diventate le testimoni di un mondo cristallizzato.

Era difficile già adesso immaginarsi di fronte a un Andrea adulto per provare a raccontare una Arianna che rendesse giustizia alla ragazza che era esistita. Avrebbero tentato di farlo, se lui lo avesse voluto. Ma che ragazzo, che uomo, sarebbe diventato Andrea?

Troppe domande, nessuna risposta.

Quel salto nel vuoto aveva cambiato molti destini, ed era proprio ciò che Arianna aveva scelto.

«Forza», esortò Cristiana, «andiamo.»

Di fronte ai citofoni, tre per le tre diverse scale, Valentina faticò a ricordare dove fosse quello giusto, ma quando trovò le due targhette Lorenzi, una affiancata all'altra, si sentì sprofondare nell'angoscia.

Cristiana la seguiva come una bambina, lasciandole qualsiasi iniziativa. «Ci pensi a quante volte siamo state qui?» iniziò.

Valentina spinse il citofono Lorenzi-Beltrami e tentò di coinvolgerla: «È questo, giusto?»

Il cancello principale venne aperto senza risposta.

Per entrare nel palazzo si doveva passare per il cortile. Non quello dove Arianna era caduta, perché lei si era buttata sul retro, ma una parte era visibile anche da lì.

E sarebbe bastato alzare gli occhi per vedere la terrazza condominiale, con la ringhiera troppo bassa.

Le due si infilarono nel palazzo senza guardare, presero l'ascensore rimanendo in silenzio, fino alla porta dell'appartamento. Il pianerottolo, poco illuminato per una lampadina fulminata, parve loro tetro. Dietro, l'ingresso della madre. Accanto a loro, le scale da cui era salita all'alba della sua ultima giornata.

Paolo aprì con un sorriso e furono avvolte da un fascio di luce.

Era tutto aperto, le due grandi finestre e anche la terrazza. Le tende svolazzavano per il venticello lieve, ma non era freddo.

Valentina notò subito i divani spostati, le parve che ce ne fosse uno di meno, o forse era una poltroncina, e i teli nuovi e colorati messi sopra. La tv era accesa su un cartone animato che Andrea seguiva, incantato dall'interno di un piccolo box pieno di giocattoli e tappetini colorati. Riusciva a tenersi in piedi aggrappandosi a una scaletta di plastica e intanto succhiava un finto cellulare.

Era in pannolino, con una maglietta rossa. Le guardò solo un attimo, per tornare subito alla musichetta magnetica che proveniva dallo schermo.

«Benvenute», le accolse Paolo, caloroso.

Entrarono impacciate e rimasero in piedi.

Paolo sollevò Andrea, staccandolo a fatica dalla scaletta e senza levargli il gioco dalla bocca. Il bambino continuò a cercare la tv con gli occhi.

«Salutiamo Valentina e Cristiana? Le amiche di mamma?»

In quell'istante, seguendo lo sguardo di Cristiana, Valentina notò due grandi fotografie di Arianna incorniciate sulla parete accanto alla tv. Le ricordava. Una era del giorno del matrimonio, era ripresa dal lato, il viso voltato verso la macchina fotografica, si scorgevano le spalline del vestito, i capelli erano sciolti, c'era la coroncina di fiori bianchi. L'altra era di un paio di anni prima. Un primo piano preso molto da vicino, Arianna guardava dritto l'obiettivo, il volto appoggiato sulle mani chiuse a pugno, le guance sollevate, un'espressione buffa sul viso un po' corrucciato. Entrambe le fotografie avevano colori molto brillanti, come se fossero state stampate con un effetto luminoso, e rendevano perfettamente tutte le sfumature di Arianna, il candore della pelle, l'oro dei capelli, l'azzurro degli occhi. Si sarebbero potute contare le lentiggini.

«Sono bellissime», commentò sincera.

Paolo guardò orgoglioso i ritratti.

«Se vi fa piacere posso farvene una copia», propose.

Valentina sentì un moto di orrore, le vennero in mente i bigliettini che si stampano ai funerali dei vecchietti.

«Non disturbarti», rispose, «ho tante bellissime fotografie anche io.»

Cristiana rimaneva ferma e in silenzio, mentre Andrea continuava a girarsi verso la tv.

«Dobbiamo proprio spegnerla allora», lo rimproverò affettuosamente Paolo, ma appena lo schermo si fece nero il bambino si girò verso di lui con il viso interrogativo. Il padre lo distrasse facendo suonare i tasti del finto cellulare.

«Sediamoci», propose. «Posso offrirvi qualcosa?»

Cristiana scosse la testa senza parlare.

«Prendo solo un po' d'acqua, ma posso fare da sola», rispose Valentina.

Paolo le indicò la cucina, anche se lei la conosceva benissimo.

«Ne porto anche a voi?»

Cristiana annuì.

«Grazie!» accettò lui, combattendo con il figlio che si stava divincolando per scendere a terra.

Valentina entrò in cucina, aprì il frigo e trovò bottiglie di Coca-Cola, tè freddo e aranciata, segno di un viavai di visite di cortesia. C'era anche un vassoio di pasticcini.

Sul tavolo erano allineate le pappe pronte, etichettate. Brodo, carne, frutta.

Individuò un piccolo vassoio rotondo, ci mise sopra i bicchieri di plastica, una caraffa di acqua e una bibita.

Tornando trovò Andrea sulla pancia, che gattonava con fatica e determinazione insieme, usando soprattutto le braccia, come un marine in addestramento, nel tentativo di raggiungere la tv.

Valentina appoggiò il vassoio e gli si chinò accanto.

«Ci siamo dimenticati di avere anche le gambe?» scherzò, provando a piegargliele.

Lui ricadde sulla pancia e la guardò perplesso. Lei rise e rise subito anche lui. Quindi gli offrì le mani e il piccolo le afferrò, si sollevò, fece qualche passo ondeggiante, poi si arrese e si buttò di sedere con un tonfo attutito dal pannolino.

«Faceva così anche Flavia!»

Paolo si avvicinò e si sedette a terra anche lui. Felice di avere tanta compagnia, Andrea cominciò ad arrampicarsi sul padre, che per farlo divertire gli mordicchiava la pancia e lo ributtava indietro.

Il bambino aveva una risata allegrissima.

«Come va?» chiese Valentina, facendosi seria.

«Va, mi stanno aiutando tutti tantissimo», spiegò Paolo. «Mia madre fa su e giù ogni giorno, anche mia sorella si sta facendo in quattro. Per ora ho preso un mese di pausa, poi ricomincerò il lavoro. Starà con le nonne la mattina e io cercherò di tornare il più in fretta possibile. Per fortuna il negozio non è lontano.»

Il padre di Paolo aveva un negozio di stoffe pregiate in pieno centro, Paolo aveva sempre lavorato con lui. Doveva viaggiare spesso per lavoro, trattava con clienti in tutta Italia.

«Cercherò di ridurre gli spostamenti», disse lui, anticipando la sua domanda. «Rita mi ha già offerto di prenderlo con lei nei weekend.» Era la cugina di Arianna, quella del funerale, viveva in un paesino alle porte di Roma. «Ci sono gli altri bambini e ha un giardino grande, persino due conigli.»

Il viso di Paolo si rattristò, come se il pensiero gli pesasse.

«Ma adesso vorrei che stesse il più possibile con me», ammise. «Non cambierà molto, in realtà. Purtroppo Arianna se lo è goduto molto poco», proseguì con la voce più lieve.

Cristiana soffocò un singhiozzo con un rumore strano.

Valentina carezzò la testa di Andrea.

«Già», commentò con la gola stretta.

Se ne rimasero a osservare il bambino che giocava, emettendo gridolini e lanciando oggetti per attirare la loro attenzione. Non protestò nemmeno quando Paolo lo prese e lo piazzò nel box. Poi tornò a sedersi vicino a loro, guardando dritto davanti a sé.

«Ci ha fregati tutti», iniziò.

Valentina tacque, aspettando con terrore il seguito.

«Giuro...» continuò Paolo. «Giuro che le avevo creduto. Sembrava stesse molto meglio, davvero!»

Chissà quante volte lo aveva ripetuto in quelle giornate.

«Avevamo cenato insieme, era allegra, era normale.»

Valentina non riusciva a parlare, Cristiana non aveva mai aperto bocca.

«Aveva giocato con Andrea tutto il pomeriggio, lo aveva voluto portare lei al parco. Era arrivata fino alla villa. Io le avevo detto di aspettarmi, che l'avrei accompagnata, ma lei mi aveva preso in giro: 'Possibile che non vi fidate più di me?'»

Valentina gli posò una mano sul ginocchio.

«Mi dispiace», riuscì a dire soltanto.

Lui si girò a guardarla con un'espressione smarrita. «Gli aveva comprato quel...»

Non finì la frase, ma lei capì.

Il piumino azzurro, quello con cui Paolo lo aveva trovato in cucina, addormentato nel passeggino.

«Non è vero che non era lucida. Le gocce per dormire le lasciavano mal di testa, a volte la mattina era assonnata, ma non possono inventarsi che usciva in pigiama o che non riconoscesse le persone.»

Sembrava arrabbiato adesso. Non doveva essere facile sopportare anche le voci, le supposizioni, i pettegolezzi.

«È scesa una volta in ciabatte per firmare una raccomandata, e aveva Andrea in braccio perché io dovevo finire di corsa di scrivere una cosa di lavoro al computer. Tutto qui», spiegò accalorato.

«Ti crediamo», lo rassicurò Valentina.

Lui scosse la testa con violenza, i pugni chiusi e gli occhi chiusi.

«Deve essere stata una ricaduta, perché lei ne stava uscendo», affermò rabbioso. «Deve aver avuto paura di dircelo. Magari non lo ha capito nemmeno lei!»

Fu allora che Cristiana parlò: «Le prendeva, le medicine?»

«All'inizio la controllavo di nascosto, ma era sempre precisa e mi sono fidato», rispose Paolo, che guardò di nuovo verso Valentina. «La dottoressa che la seguiva è sotto choc. Dice che anche lei la vedeva sempre meglio. Che può essere stato come un corto circuito improvviso, come se fosse sprofondata di nuovo. E...»

Paolo iniziò a piangere e ad asciugarsi il viso.

«Dice anche che quando hanno deciso, non c'è più modo di farli tornare indietro.»

Cristiana ricominciò a piangere. Valentina scattò in piedi e prese in braccio Andrea. Non si era accorto di nulla, non poteva capire, ma lei non voleva che rimanesse in una stanza circondato da gente in lacrime.

«Andiamo a vedere i tuoi giochi», gli propose dirigendosi verso la sua stanzetta.

La camera matrimoniale era chiusa. Ebbe la sensazione assurda che Arianna potesse essere lì dentro, sola, al buio, quindi non si fermò.

Appena entrati, Andrea si sporse verso qualcosa a terra. Era un triciclo in legno con ruote enormi.

Ce lo mise sopra e lui sembrò molto soddisfatto. Con la mano si mise a battere su e giù su un piccolo campanello in legno. Valentina lo osservò e si accorse che c'era una levetta. La spinse e riuscì a farlo suonare. Lui riprese a battere con insistenza e lei continuò a scampanellare mentre lui la guardava raggiante.

Sulla parete riconobbe il metro che aveva regalato ad Arianna, una giraffa da appendere al muro per misurare la crescita. Era stata messa troppo in alto, come se fosse una qualsiasi decorazione.

Nessuno aveva avuto il tempo o la voglia di capire a cosa servisse.

Spinse con il dito l'ombelico del bambino, che rise subito.

«Un giorno sarai alto fino a lassù», gli disse indicando il collo della giraffa. Lui alzò la testa incuriosito, rise di nuovo, e poi ricominciò a prendere a pugni il campanello.

In quel momento entrò Cristiana, aveva ancora gli occhi gonfi di pianto.

«Paolo è al telefono», le spiegò.

Andrea intanto si era quasi capovolto per arrivare alla levetta e cercava come di sfilarla. Perse l'equilibrio e cadde di lato.

Scoppiò in un pianto dirotto, di quelli senza troppe lacrime ma che servono ad attirare l'attenzione.

Valentina lo rimise in piedi e, guardandosi intorno, scorse un pupazzo in cui si infilavano gli anelli. Li impilò uno dopo l'altro e il bambino si precipitò ad aiutarla.

«Come fai?» le chiese Cristiana.

«A fare cosa?» rispose Valentina, sorpresa.

«A rimanere calma, a giocare con lui.»

Cristiana riprese a singhiozzare e si allontanò verso la finestra.

Si udirono voci dal salotto e lei si girò di soprassalto.

«Deve essere la madre», annunciò terrea.

Valentina prese il bambino in braccio e tornò verso la sala.

C'era la madre di Arianna carica di sacchetti, insieme a un'altra donna.

Quando Andrea vide la nonna, cominciò a scalciare felice e a tendere le braccia. Quella posò tutto a terra e si precipitò verso di lui.

«Ma guarda chi c'è!» gli disse tutta allegra, abbracciandolo e riempiendolo di baci.

Poi lo rivoltò a testa in giù, tenendolo ben saldo sotto la schiena.

«Ti faccio cadere?» gli chiese.

Lui aveva il viso eccitato e divertito.

Valentina si stupì di vedere quanto fosse forte quella donna così minuta.

L'altra doveva essere una colf perché stava sistemando la spesa in frigorifero e stava chiedendo a Paolo dove fossero le scope. Aveva un accento straniero.

La nonna si rialzò e le guardò.

«Come state, ragazze?» chiese, gentile.

Rimasero interdette.

«Lei come sta, signora?» rispose Valentina.

La donna fece un sospiro e fece sedere Andrea nel seggiolone che era accanto al tavolo, mentre la governante si avvicinava per legarlo e coccolarlo.

«Preparo pastina?» chiese insicura, rivolta sia a Paolo sia alla nonna.

Sarebbe stata una donna che Arianna non aveva mai visto a occuparsi del suo bambino?

Paolo le mostrò qualcosa in cucina, nel frattempo la nonna si sedette sul divano, seguita da loro due.

«Ho capito che devo rispettare la sua scelta», disse, con un fare pacato.

Valentina non riuscì a trattenere un fremito.

«Lo so che sembra assurdo, le sono stata addosso tutti questi mesi, ho cercato di aiutarla in ogni modo, ma proprio quando pensavamo che stesse meglio, lo ha fatto. Io l'ho capito solo dopo. Arianna ci ha provato, l'ho vista sforzarsi. Ma quando ha capito che questa malattia era più forte di lei, ha deciso di andarsene.»

Cristiana seguiva ogni parola con un'espressione disperata.

«E io mi chiedo se avevo il diritto di costringerla a vivere una vita che le faceva solo male.»

Valentina non riuscì a trattenersi: «Certo che Arianna aveva diritto di vivere. È stata la malattia a portarla via».

La donna riprese il suo racconto, come se non l'avesse sentita.

«Negli ultimi giorni aveva ripreso a fare tutto. Prima non voleva alzarsi dal letto, diceva: 'Come faccio ad arrivare fino a sera?' Ora invece si alzava, mangiava, giocava con il bambino, aveva anche accettato un nuovo lavoro. L'avevano richiamata dallo studio di restauro, era una cosa piccola, ma lei aveva detto: 'Almeno ricomincio'. Aveva appuntamento proprio per quella mattina. Ha usato tutte le sue forze, ha provato a seguire tutte le indicazioni, ma non ci è riuscita.»

Paolo adesso si era avvicinato e ascoltava assorto.

«Le avevo chiesto se voleva dormire a casa mia per riposare meglio. Lei faceva ancora tanta fatica a dormire, anche se ormai Andrea non si sveglia quasi più. Le ho proprio detto: 'Fatti un bel sonno, così domani sarai più pronta'.» La donna si fermò e guardò Paolo. «Ti ricordi?»

Lui annuì.

«Ma lei sembrava così tranquilla, si è messa a scherzare: 'Mi sa che è meglio se facciamo riposare Paolo!'»

Tutti tacquero.

«Aveva già deciso», balbettò Cristiana.

Andrea stava facendo un capriccio e la colf si guardava intorno in cerca di aiuto.

Paolo accorse, lo tirò fuori dal seggiolone e lo cullò.

«Siamo troppo stanchi per mangiare?» gli chiese.

Il bambino piagnucolava con gli occhi mezzi chiusi e Valentina ne approfittò per salutare. Le sembrava di non poter reggere oltre.

Abbracciò Paolo e la madre, diede un'occhiata ai ritratti della sua amica. Non era certa che sarebbe tornata, né di quello che avrebbe potuto trovare.

Cristiana adesso sembrava aver riacquistato la sua compostezza.

«Mia madre e mio zio la salutano tanto», stava dicendo alla madre di Arianna.

«Grazie», rispose la donna, che si girò verso Valentina. «La tua mamma mi ha telefonato, ringrazia anche lei.»

Le due amiche uscirono, scesero le scale a piedi e attraversarono il cortile di nuovo senza parlare.

Quando furono fuori, Valentina si sentì meglio.

Anche Cristiana aveva ripreso colore ed esordì dicendo: «Il bambino è molto carino, è allegro, è troppo piccolo per capire. Paolo è bravissimo e la madre, poverina, stava molto meglio di quanto mi sarei aspettata. Sta cercando di farsene una ragione».

Valentina la guardò come se fosse pazza.

Era davvero quello che aveva visto? O le serviva solo per allontanare lo strazio che sentiva?

Perché lei aveva percepito soltanto un'assenza enorme, incolmabile, eterna e feroce.

Non commentò.

«Ci vogliamo prendere qualcosa?» le propose Cristiana.

Il piccolo bar con il gelato buono, dove così tante volte erano andate tutte e tre insieme fin da quando erano ragazzine, era a pochi metri. Un tempo una latteria artigianale, di proprietà di un gelataio burbero. Ora gestita dai figli, era diventata un punto di ritrovo di adolescenti modaioli. Il gelato però era rimasto buono.

«Devo tornare al lavoro», mentì Valentina, fingendo di avere fretta. «Se vuoi, posso portarti a casa al volo.»

Cristiana non notò nulla.

«No, faccio volentieri due passi.»

Si salutarono, Valentina salì in macchina e fece manovra. Controllò nello specchietto retrovisore che l'amica si fosse allontanata, girò senza meta tra le stradine e si fermò solo quando fu certa di non poter essere vista.

Si strinse la pancia con le mani, con tanta forza da farsi male. Era vuota, come la casa di Arianna.

Se ne erano andati insieme, in un giorno qualsiasi, mentre il mondo non si accorgeva di nulla, presto pronto a dimenticarli.

Spense il motore, appoggiò la testa allo schienale e chiuse gli occhi.

Dal cielo venni, la terra visitai, vidi che era meglio il cielo e vi ritornai.

22
Cristiana

«ALLORA, Marcello, ce la vogliamo sfilare questa maglia?»

Era seduto sul lettino davanti a lei, sul viso un'espressione cupa. La maglia extra large e i pantaloni cadenti non bastavano a nascondere la dura realtà. L'ennesimo ragazzino obeso che le capitava davanti, con nonna e mamma come guardie del corpo, pronte a ripetere la solita tiritera su come anche il padre fosse stato così, prima di sbocciare. In cosa, non era chiaro, visto che il genitore era l'omone obeso che aspettava in corridoio.

Suo zio lo ripeteva sempre. Solo in Italia per ogni bambino si muove tutta la famiglia.

Come tutti i ragazzini che si vergognano del proprio aspetto, Marcello era scontroso. Imbarazzatissimo dal dover mostrare i rotoli sulla pancia.

«Forse preferisci che rimaniamo soli, visto che ormai sei un ragazzo?»

Nel viso scuro comparve un lampo di speranza. La mamma e la nonna non sembravano affatto d'accordo, ma dovettero piegarsi.

«Spogliati lì dietro», gli disse Cristiana, indicandogli un paravento.

Marcello si precipitò nell'angolo e ci rimase fin troppo.

«Fatto?» lo incoraggiò lei.

Lui ricomparve, rosso in viso, in mutande e calzini.

No, non doveva avere vita facile, a scuola, al mare, negli spogliatoi delle palestre.

Cristiana iniziò le misurazioni rimanendo del tutto inespressiva. I numeri erano impietosi. Undici anni, 150 centimetri per 65 chili.

«Allora», gli disse con il suo miglior sorriso, imitando il modo affabile con cui Roberto riusciva a diventare l'idolo dei suoi pazienti, «c'è da perdere qualche chilo, ma alla tua età sarà facilissimo.»

Roberto aggiungeva: «Vorrei poterla fare io una dieta come la tua», indicando la propria pancia, «ma tu devi stare bene attento a non diventare come me». I ragazzini si divertivano un sacco.

Lei però quella scenetta non la poteva fare. Era tonica e sportiva.

Marcello intanto la squadrava timoroso.

«Cominciamo subito con una regola: devi dirmi tu la cosa che ti piace di più e io ti prometto che te la lascerò.» Gli strizzò l'occhio amichevole e lo vide rilassarsi un minimo.

Le risposte più comuni erano la pizza, il gelato, le patate fritte. Solo una mite bambina, evidentemente indottrinata dalla madre, aveva provato a sostenere di essere un'appassionata di passato di verdura.

Il ragazzino si concentrò, a caccia di qualche delizia irrinunciabile, quando il telefono sulla scrivania squillò. Doveva essere per Roberto, oggi le aveva ceduto la sua stanza e Marcello come paziente, perché lui era occupato in un convegno.

Che poi alla storia del convegno Cristiana non ci credeva. Era certa che lui e Doug stessero procedendo spediti per la propria strada, con esami, analisi e approfondimenti, avanti e indietro da Londra.

«Sì», rispose distratta, accendendo il tasto del vivavoce.

«Dottoressa Romano, c'è una persona che la cerca.»

Lei guardò l'ora e con l'altra mano sfogliò l'agenda. «Ma io oggi non ho altre visit...»

«È il dottor Francesco Molinari, mi ha soltanto chiesto di avvertirla che la sta aspettando qui sotto.»

Le sembrò di essere stata investita da un'onda. Si sedette sulla sedia mentre Marcello la guardava, fremente. Doveva aver scelto il suo cibo preferito ed era ansioso di comunicarlo.

Cristiana attaccò il telefono e si sforzò di non mostrare nessun cedimento al bambino.

«Allora?»

«La torta pere e cioccolata che fa mia nonna», annunciò lui trionfante. «Magari, se si può, con un po' di panna», aggiunse speranzoso.

Lei lo guardava con un sorriso stampato, faticando a immagazzinare le informazioni.

«Deve essere buonissima», commentò, «devi promettermi però che me la farai assaggiare. Quanto alla panna...» continuò cercando le parole.

«No, vabbè, per la panna non fa niente», si schermì subito il ragazzino, mostrandosi orgoglioso del proprio impegno e diventando ancora più rosso.

Cristiana provò l'impulso insensato di abbracciarlo e di chiedergli aiuto: c'è Francesco che mi aspetta. Che devo fare, Marcello? Cominciò a scribacchiare parole senza capo né coda su un foglio, fingendo intanto di studiare le analisi che le avevano portato e che aveva aperto sulla scrivania.

Il ragazzino in mutande la osservava incuriosito.

«Puoi rivestirti», si ricordò di dirgli dopo qualche minuto. «E andare a chiamare la tua mamma.»

«È tuo figlio?» le chiese lui a sorpresa, indicando la fotografia di lei e Marco in spiaggia che Roberto teneva in bella vista sulla scrivania. Era di pochi anni prima, quando suo fratello aveva circa l'età di Marcello.

Se fosse stato un adulto a porle una domanda simile, ci sarebbe rimasta male, parendole del tutto evidente di essere troppo giovane per avere un figlio già così grande. Ma sapeva che per i bambini gli adulti sono tutti ugualmente vecchi: lei quanto Gloria, quanto Roberto, quanto la nonna delle torte al cioccolato e pere.

«È mio fratello», spiegò gentile.

Lui la guardò perplesso. Nella sua testa probabilmente adulti e bambini non potevano essere fratelli.

«Ce l'ho anche io», le confidò, in vena di chiacchierare, indicando la tavoletta da surf sulla quale Marco stava in equilibrio nella foto.

Cristiana doveva averlo conquistato, ora però aveva il problema di levarselo di torno. Si affacciò alla porta mentre il ragazzo si rivestiva e richiamò dentro mamma e nonna. Entrambe si precipitarono da lui e lo analizzarono sospettose, con il dubbio che lei potesse averlo torturato.

Cristiana intanto stampò la dieta base per la prima settimana e provò a spiegarla rapidamente alle due donne.

Che ci faceva Francesco di sotto? Non era mai arrivato a cercarla sul lavoro, in mezzo a persone che potevano riconoscerlo.

Crede di poter far tutto.

Si gode il brivido.

Purtroppo la nonna era una tipa tosta, di quelle rimaste ai tempi della guerra, quando dieci chili di troppo erano segno di benessere.

Così poco olio?

Con settanta grammi di pasta non si riempie nemmeno mezzo piatto!

Stava per firmare e timbrare, quando colse lo sguardo fiducioso del bambino.

La torta!

Con la penna disegnò rapidamente una faccina sorridente a fine pasto, ben due volte a settimana. Le stava simpatico, Marcello. Con le abitudini alimentari che aveva descritto avrebbe perso peso anche se avesse seguito la metà delle indicazioni. Poi però dovette eliminargli il pane.

Li congedò, dimenticandosi di chiarire i termini del pagamento.

Fu la madre a tornare indietro e a chiederle se l'assicurazione avrebbe coperto la fattura.

Cristiana aveva già tirato fuori dalla borsa specchietto e spazzola e si stava sistemando.

«Certo, certo, chieda pure in segreteria», le rispose senza averne idea.

Lasciò passare qualche istante prima di riaprire la porta per accertarsi che il corridoio fosse vuoto. Corse verso l'ascensore laterale e arrivò direttamente alle spalle della reception di ingresso.

Francesco era seduto lì, sui divanetti, composto, con le braccia conserte, come un qualsiasi paziente in attesa del proprio numero. Solo quando se la trovò davanti, la vide e si alzò in piedi impacciato, non sapendo come salutarla.

«Facciamo due passi?» gli propose lei.

Lo condusse verso il piccolo giardino che costeggiava uno dei lati dell'edificio. Era molto curato, con fiori rigogliosi e siepi potate alla perfezione. Appena furono a distanza di sicurezza, lui la girò verso di sé afferrandola per le spalle per farsi guardare.

«Andiamo via insieme!» fu la prima cosa che disse.

Cristiana non fece in tempo a rispondere.

«Ho capito perché vuoi andartene insieme a tuo zio. Hai ragione. Ci sono momenti nella vita in cui bisogna avere il coraggio di dare una svolta.»

Era su di giri, non sembrava del tutto lucido, forse aveva bevuto.

«Fuggiamo insieme, Cristiana. Noi due.»

Lei non riuscì ad arretrare, perché le sue mani la immobilizzavano. Il cuore le batteva in gola.

Era possibile?

«Francesco, che dici?» balbettò.

«Voglio ricominciare da capo. Con te», rispose trionfante.

Cristiana sentì un'emozione travolgente. Poteva essere vero?

«Vuoi lasciare la tua famiglia?» gli chiese.

Lo vide sbiancare, la mascella gli si contrasse, un'espressione rabbiosa gli attraversò il volto. Fu un lampo, poi tornò euforico.

«Non sto rinunciando a fare il padre. Troverò il modo, di sicuro lo troverò.»

Gli occhi gli si fecero lucidi, scrollò le spalle per allontanare quel pensiero.

«Non voglio parlare di loro. Parliamo di me. Voglio essere libero!»

A lei tornarono in mente le parole dell'ultima mattina in cui avevano fatto l'amore, senza sapere che intanto Arianna agonizzava in ospedale. Le era parso vulnerabile, spaventato. Ma adesso? Non capiva. Negli anni lo aveva visto rabbioso o quieto, distaccato o ossessivo, felice o infelice. Aveva cercato di adeguarsi ogni volta a ciò che lui si aspettava, senza mai sapere cosa ci fosse dietro l'angolo.

Ora sentiva qualcosa di diverso. Di pericoloso.

Lui la teneva ancora per le spalle.

«Sono pronto a parlarne con tutti, capisci?»

Lei fu invasa da terrore ed eccitazione.

Tutti?

Valentina.

Quante volte lo aveva sognato. Lui che annunciava al mondo: «È lei che amo».

Valentina.

«Francesco, io non ti ho mai chiesto niente del genere. Ce lo siamo detti così tante volte. È un passo gigantesco e ci devi riflettere.»

Le tempie le martellavano, non avrebbe saputo dire se fosse più potente la paura o la gioia.

«Ma cha fai? Ti metti a farmi prediche?»

Le passò una mano dietro al collo, la attirò verso di sé e la baciò con passione, come a voler dimostrare qualcosa.

«Aiutami a fuggire», le chiese tra un bacio e l'altro.

E lei non riusciva ad allontanarlo.

«Non me ne frega un cazzo di quello che penseranno», le disse sfiorandole il collo con il naso e infilandole le mani sotto la camicetta.

Cristiana fu costretta a bloccarlo.

«Qui non possiamo.»

Lui abbassò la testa e fece un gran respiro.

«Simona mi spia, mi segue, mi legge il telefono, la posta, mi tormenta», le riferì. «Non sarà stupita se scompaio. Lo sa che il nostro è un matrimonio di merda.»

Cristiana cominciò a rientrare in sé, sfuggì le sue labbra, bloccò le sue mani.

«Aspetta, aspetta...»

Si sentiva esposta, indifesa.

Valentina.

«Ma che ti prende? Stai con me da dieci anni, e proprio adesso ti fai tanti problemi?» le chiese con un tono beffardo. «Non è quello che volevi?»

Lei indietreggiò, folgorata.

«Mi dici sempre che è sbagliato, mi ripeti che non mi vorrai mai più vedere, ma poi resti. E dovrei credere che vuoi abbandonarmi proprio adesso?»

Cristiana si sentiva in trappola.

Cosa, *cosa* doveva fare?

«Io ho *bisogno* di te, non lo capisci? E ne ho bisogno adesso!»

Quando finalmente riuscì a trovare la forza per rispondere, Cristiana disse: «Perché adesso? Che cosa ti sta succedendo?»

La rabbia gli stravolse il volto, mentre lei fece un altro passo indietro, contro il muro.

«Ma che domanda è? Ma che ne sai tu di me?»

Aveva alzato il tono.

«Francesco, calmati, ci sentono tutti.»

Un pensiero la inchiodava al muro: se fosse *vero*?

Se fosse questo, proprio questo, l'istante che può cambiare la mia vita?

«Io non voglio una fuga», ammise Cristiana, debole.

Lui fece un passo indietro e rimase immobile, le mani sui fianchi, il volto teso.

Adesso, devo parlare adesso.

«Francesco, io ti amo, ti ho sempre amato», la voce le si ruppe, lui alzò gli occhi e la fissò senza muovere un muscolo. «Tu non hai idea di quanto ho sofferto, di quanto ti ho desiderato, ma io...»

Le lacrime le uscivano copiose, le sembrava che il cuore le potesse esplodere.

«Non sono sicura che sia questo quello che vuoi.»

Lui continuava a guardarla.

«Solo tu lo puoi sapere», proseguì lei, «ma io non voglio fuggire come una ladra. Non voglio distruggere la tua famiglia. Se è me che vuoi...» dovette riprendere fiato perché la voce le uscisse, «devi scegliermi.»

Francesco la squadrò sprezzante, come se nessuna di quelle parole avesse senso.

«Sei una vigliacca. Sei come tutti. Solo chiacchiere, e poi hai paura.»

Due dottoresse in pausa stavano passeggiando al sole camminando verso di loro.

Lui le vide, sbuffò infastidito, poi si girò e se ne andò, lasciandola lì.

Cristiana aspettò che le due donne le passassero davanti e poi si curvò, tappandosi la bocca per soffocare i gemiti, sulla ghiaia dietro l'ospedale, con un dolore che ormai da settimane le era entrato nelle ossa.

Sentì una mano sulla spalla e alzò gli occhi annebbiati dalle lacrime.

«Cristiana, stai bene?»

Era Alessandro. Aveva in mano il casco della moto.

«Ho visto Francesco Molinari che si allontanava comportandosi in modo strano. Ha fatto finta di non vedermi. Mi sono chiesto cosa ci facesse qui dietro.»

Cristiana si asciugò in fretta il viso, cercò di ritrovare una compostezza impossibile. «È andato via?»

L'uomo annuì. «Va tutto bene?» le chiese.

Cristiana tirò su con il naso e cercò i fazzoletti nella borsa, poi lo guardò e il viso le si contrasse.

«Che ti sembra?» rispose, riprendendo ancora a piangere.

Lui rimase fermo. Non avevano abbastanza confidenza per potersi abbracciare.

«Mi dispiace, Cristiana», disse lui, «davvero.»

Lei appoggiò la schiena al muro e tentò di calmarsi.

Lo rivide su di sé e provò l'impulso di inseguirlo.

«Dice che vuole lasciare la moglie e andarsene. Mi ha chiesto di partire con lui. Subito», confessò senza ragionare.

Alessandro ci rifletté qualche istante.

«In teoria un successo», commentò, «ma non mi sembri contenta.»

Lei riprese a singhiozzare disperata.

«Non... riesco... a... credergli», farfugliò tra le lacrime, dovendo ancora coprirsi la bocca con le mani per soffocare i singulti rumorosi.

Come avrebbe fatto, da domani, a comportarsi con Alessandro come con un normale collega?

«Se è la verità, te lo dimostrerà e tu lo capirai», le disse lui, con dolcezza, posandole una mano sulla spalla che tremava. «Ma se non lo è», aggiunse, «devi metterci una pietra sopra e cominciare a vivere.»

Cristiana provava a pulirsi il viso con i fazzoletti, con le mani, con le maniche.

Il dubbio di aver sbagliato, non avendo provato a trattenerlo, le trapanava il cervello.

Con lui, da sola. Come aveva sempre sognato.

Devo correre? Devo inseguirlo?

Un clacson richiamò la loro attenzione. Da una macchina rossa, Marcello si stava quasi buttando fuori dal finestrino pur di salutarla. Quella vista la commosse e agitò una mano per ricambiare, prima di scoppiare a piangere ancora.

Alessandro attese paziente che si placasse.

«Sto meglio», gli disse dopo un tempo che non avrebbe saputo calcolare, cercando di mostrarsi controllata.

«Dai, saliamo insieme», le propose lui amichevole.

«Tra poco. Devo fare una telefonata urgente.»

Lui sembrò indeciso, era chiaro che non voleva lasciarla in quelle condizioni.

«Vai, stai tranquillo», lo rassicurò lei.

Aspettò che si allontanasse per comporre veloce il numero di Valentina.

Non poteva rischiare che lo sapesse da lui.

Staccato, c'era la segreteria.

Tentò il numero dello studio. Doveva informarsi con la segreteria e capire gli orari, così l'avrebbe aspettata all'uscita. La necessità di rivelarle tutto era diventata acuta, insostenibile, se avesse rimandato ancora, non ci sarebbe stato ritorno.

Attese al telefono il suo turno, impaziente, ascoltando Bach.

«Buongiorno, sto cercando l'avvocatessa Molinari. Sono Cristiana Romano.»

Dall'altro capo percepì una lieve esitazione.

«L'avvocatessa non è in studio, mi scusi, può attendere un momento?»

Di nuovo Bach.

«Scusi ancora, anche lei sta chiamando per l'incontro Ferrari-De Dominicis delle tredici?»

Erano impazziti?

«No», scandì con chiarezza. «Io chiamo per una questione personale.»

Sotto si sentivano altre voci e altri telefoni.

«La prego di attendere ancora un istante.» La voce della segretaria sembrava in affanno e le piazzò una volta ancora Bach. Tornò poco dopo. «Eccomi, mi perdoni per l'attesa. Dunque, l'avvocatessa mancherà per qualche giorno e siccome stiamo riorganizzando un incontro c'è un pochino di confusione.»

Qualche giorno?

«Dov'è?» chiese Cristiana, stupita.

L'altra rispose troppo in fretta.

«Fuori Roma per un impegno di lavoro.»

Era una bugia palese.

«Trattandosi di una questione personale, stavo cercando di metterla in contatto con l'avvocato Romagnoli, ma in questo momento è occupatissimo e non sono sicura di poter...»

«Non si preoccupi. Ho il numero. Lo chiamo io.»

Attaccò senza capirci niente.

Tentò subito con Gianluca, ma lui staccò la telefonata al primo squillo, inviandole un messaggino di quelli precompilati.

Non posso. Ti richiamo.

Ma che stava succedendo?

Valentina non le aveva parlato di nessun viaggio.

Per fortuna il telefono squillò subito.

Gianluca.

«È con te?» le chiese, senza nemmeno dirle ciao.

«Chi?»

«Valentina è con te?»

«No! Sono io che la sto cercando.»

Realizzò in un lampo.

«Dov'è Valentina? Perché non lo sai? Perché nel tuo studio dicono che è partita?»

Lui tacque.

«Gianluca, che succede? Io non so niente!»

Ci fu un'altra pausa e lei dovette farsi forza per non rifargli, urlando, la stessa domanda.

«Valentina ha lasciato il lavoro.»

«Perché?»

«Aveva bisogno di un periodo di riposo.»

«Dov'è andata?»

«Non lo so, Cristiana. Non ci parlo da tre giorni, non mi risponde al telefono. Ha lasciato anche me.»

Cristiana sentì la testa offuscata. «Perché?»

«Lo sai.»

Il tradimento. Il tradimento con la segretaria.

«Ma...»

«Cristiana, sono nel mezzo di una riunione, devo andare. Se la trovi, ti prego, convincila almeno a parlarmi.»

23
Valentina

VALENTINA ricontrollò il nome del ristorante, aveva immaginato un luogo più sfarzoso. Era il preferito di Gigliola quando invitava i clienti a cena, ma lei era sempre riuscita a defilarsi. Per sua suocera era più facile incastrare il figlio che la nuora.

Sul sedile posteriore della macchina c'era la pila di faldoni, trascinarseli dietro era stata un'idea stupida, era impensabile ipotizzare di portarli dentro e di discuterne a cena. Per fortuna aveva preso qualche appunto, controllò che i fogli ripiegati fossero nella borsa.

L'appuntamento era alle venti, che per Gigliola significava otto in punto, e lei aveva qualche minuto di anticipo. Riaccese il telefono. Non poteva evitarlo.

Scorse a uno a uno i messaggi, con calma, non voleva farsi trascinare dall'affanno.

Gianluca, Gianluca, Gianluca.

Clienti.

Studio.

Clienti.

Sua madre. Fin lì le era riuscito di tenerla all'oscuro degli ultimi sviluppi. Infatti si limitava a chiederle il nome di una crema per il viso.

Ancora Cristiana.

Due chiamate, di sicuro erano suoi i anche messaggi in segreteria e un vocale.

Infilò l'auricolare nelle orecchie per ascoltarli.

Intanto la macchina di Gigliola guidata dall'autista stava arrivando. Era ferma all'ultimo semaforo.

Vale, sono sconvolta. Ho parlato con Gianluca. Perché non mi hai detto niente? Ti prego, chiamami, parliamo, ho bisogno di vederti. Dove sei finita? Non farmi preoccupare, non ce la faccio. Dimmi che stai bene. Dimmi cosa posso fare.

Il tono era così addolorato che si sentì in colpa.

La macchina di Gigliola ora era davanti al ristorante e lei stava scendendo.

Diede un colpetto al clacson per farsi vedere e per farle capire che non era in ritardo. Anzi.

Tranquilla. Sto bene. Ti chiamo dopo, scrisse rapidissima.

Raggiunse la suocera che la aspettava all'ingresso. I capelli erano più biondi e luminosi del solito, doveva aver rifatto il colore nel pomeriggio, insieme alla piega. Di sicuro questo non le aveva impedito di gridare alle segretarie che erano delle incapaci e delle lavative, a differenza di lei che aveva attaccato alle sette e mezza e non avrebbe smesso prima delle undici di sera.

Furono accompagnate in una saletta riservata, con un unico grande tavolo, apparecchiato per due. Locale non sfarzoso, ma raffinato e discreto. Perfetto per le cene di lavoro.

«Se non ti dispiace, ho già ordinato io. Sono sicura che apprezzerai.»

Valentina sorrise benevola a quella notizia scontata. L'ultimo dei suoi problemi era il menù della serata.

Si accomodarono, mentre un cameriere silenzioso, che sembrava apparire e scomparire, serviva loro il vino.

«Allora», iniziò Gigliola incrociando le mani davanti al viso. Nella sua giornata da stakanovista aveva fatto anche in tempo a ritoccare lo smalto delle unghie. «È una decisione irrevocabile?»

Valentina sostenne il suo sguardo. «Sì.»

Sua suocera bevve un sorso di vino e si appoggiò allo schienale, pensierosa.

«Tu sai di essere una risorsa fondamentale dello studio. Sei entrata per rimanerci e per conquistare un ruolo di primo piano, è per questo che stai seguendo casi delicati. È mio dovere chiederti di rifletterci.»

Valentina annuì e tacque qualche istante. Una risposta precipitosa sarebbe stata scortese e infantile. Quando hai già deciso tutto, e in te non c'è ombra di dubbio, non c'è alcun bisogno di mostrare i muscoli.

«Me ne rendo conto. Farò tutto il possibile per rendere il passaggio indolore. Se tu sarai d'accordo, continuerò a seguire i miei clienti collaborando dall'esterno. Se invece lo preferisci, parlerò con loro per un passaggio di consegne.»

La mascella di Gigliola si contrasse impercettibilmente. La donna afferrò un panino appena sfornato che pareva delizioso e ci giocò prima di spezzarne un pezzetto minuscolo.

«Ovviamente preferirei che fossi tu a seguirli. Anche dall'esterno», concesse. «Ma devo chiederti quali sono i tuoi progetti. Non possiamo permetterci un conflitto di interessi o situazioni poco trasparenti. Devo sapere per chi andrai a lavorare e valutare se puoi continuare ad avere accesso ai dati dei clienti dello studio.»

Sì, si era seccata. Aveva capito che la decisione era già stata presa. Ora c'era il rischio che rimarcasse il territorio e mettesse sul piatto il peso del proprio ruolo. Sarebbe stato, però, un segno di debolezza.

Anche Valentina finse di interessarsi al cestino del pane e scelse una piccola treccia al sesamo.

«Vorrei tornare a dedicarmi alla docenza.»

Come previsto, Gigliola non riuscì a trattenere la sorpresa. «Pensavo che ormai avessi scelto la professione.»

«Le cose sono cambiate. Insegnare mi piaceva molto, ma l'ho fatto soltanto i primi tempi. Credo che adesso sia per me la soluzione più adatta», la interruppe.

Sua suocera assunse un'espressione ironica.

«Non si sente tutti i giorni che qualcuno lasci lo studio più importante di Roma per rischiare in un campo molto meno sicuro. Devi averci pensato bene», proseguì. «E avere le spalle coperte.»

Con un giro di parole le stava ricordando che era una privilegiata. Che aveva denaro a sufficienza e una rete di contatti famigliari per permettersi questa svolta anche a costo di guadagni inferiori, e persino di un periodo di inattività.

Tutto vero, ma non era stato meno vero per Gianluca, e per Gigliola stessa, quindi non raccolse la provocazione.

In uno dei suoi aneddoti preferiti Gigliola, a sua volta figlia di un importante avvocato e di una nobile toscana, raccontava che la sua villa nelle campagne del Chianti era così grande che lei aveva scoperto dove fosse la cucina soltanto intorno agli undici anni.

«So che mi sto prendendo una grande responsabilità», replicò Valentina.

Tradotto, voleva dire: non intendo pesare su Gianluca, me la caverò da sola.

Il cameriere arrivò con una porzione di risotto che sembrava piuttosto un assaggio. Il profumo però era invitante.

Per un po' si dedicarono soltanto al cibo, commentandone la bontà. Fu Gigliola a riprendere la conversazione, con tono appena più incerto: «Ho incontrato la signora Petrini».

Valentina si contrasse, ma non smise di mangiare. Non conosceva il cognome di Paola, ma non ci voleva molto a capire di chi si stesse parlando.

«Preferirei non affrontare le questioni private», rispose, pacata.

Gigliola accusò il colpo, ma sperare che si arrendesse era troppo.

«Valentina, ti prego», insistette, «consentimi soltanto di metterti al corrente di quello che è emerso.»

Lei non rispose, sapendo di non poterla zittire. L'altra la scrutò, probabilmente chiedendosi fin dove poteva spingersi.

«La signora Petrini mi era stata segnalata da un amico di vecchia data, anche lui avvocato, che era ansioso di trovarle una sistemazione e che mi aveva parlato molto bene di lei. Come sai, è stata con noi qualche mese per una sostituzione maternità e devo dire che l'ho trovata precisa e preparata. Purtroppo, però, non mi è stato possibile offrirle una posizione stabile, quando l'altra collega è rientrata e ha ripreso il proprio posto come era suo diritto.»

Il cameriere intanto stava servendo un'orata in crosta di patate, anche questa dall'aspetto promettente.

«Devo dire che alla luce di quanto...» ebbe solo una breve

incertezza, «accaduto ultimamente, ho rivisto questi eventi in un'altra luce.»

Intanto bloccò il cameriere con un gesto perentorio, nonostante le avesse messo nel piatto solo due pomodorini di numero.

«Mi dispiace non averci pensato prima, perché gli indizi c'erano», proseguì.

Non faceva che ripetere che l'unica strategia di sopravvivenza era imparare a prevedere ogni possibile sviluppo, comprese le conseguenze non intenzionali delle azioni intenzionali.

«Ho voluto approfondire con il mio amico e non ci ho messo molto a farmi raccontare perché fosse tanto ansioso di trovare una sistemazione per la signora Petrini, lontana il più possibile dal *suo*, di studio.»

Non aggiunse altri dettagli, il concetto era chiaro.

«Quello che mi ha sorpreso è che ai nostri tempi ci siano ancora donne, per di più capaci, che scelgono di usare simili scorciatoie. Ti assicuro che la signora Petrini era in cima alla lista di possibili candidate future.»

Si fermò per sistemare le posate sul piatto. Aveva mangiato pochissimo, era attenta alla linea e perfettamente in grado di ingannare i commensali. Intrattenitrice brillante, costantemente al centro di ogni conversazione, nessuno faceva caso a quanto poco cibo mettesse in bocca.

«Naturalmente non posso accettare ricatti di alcun genere», concluse.

Valentina finì il suo pesce. Le fu necessario un grande sforzo di autocontrollo per guardarla negli occhi e rispondere: «Ti rendi conto, vero, che questo per me non cambia nulla?»

Il suo problema non erano né gli altri amanti, né gli ulteriori ricatti messi in atto dalla signora Petrini.

«Lo capisco», ammise Gigliola. Poi si rianimò: «Ti chiedo soltanto di ascoltarmi ancora».

Non era comune che fosse così rispettosa nel chiedere qualcosa agli altri. Valentina cominciò a sentirsi a disagio, voleva andarsene, ma non poteva farlo.

«Quando Gianluca mi ha spiegato la situazione», riprese la

donna, con un fare molto meno baldanzoso rispetto a poco prima, «ho convocato io stessa la signora Petrini.»

Valentina sentì un'ondata di disgusto. La sua mente si rifiutava di immaginare quel dialogo tra madre e figlio.

«Credo che si aspettasse un'offerta di lavoro», riprese Gigliola, «l'offerta per la quale si era così tanto impegnata.»

«Io ho lasciato che fosse lei a parlare, dicendole che avevo saputo da mio figlio che aveva qualcosa di importante da raccontarmi.»

Il cameriere entrò con un vassoio che conteneva diverse minuscole coppette, ognuna dotata di un minuscolo cucchiaino, e ne illustrò il contenuto con modi regali. Mousse alla fragola, tiramisù della casa, crema al mascarpone con pasta sfoglia e gocce di cioccolato.

Gigliola sostenne di aver mangiato fin troppo e ordinò una tisana, Valentina invece le indicò tutte, con grande gioia del cameriere. Aveva bisogno di tenersi occupata.

«Ti stupirà sapere che la signora Petrini è caduta dalle nuvole. Mi ha ribadito il suo interesse a lavorare per noi, mi ha ringraziato per la gentilezza di averla ricevuta, ha sostenuto di essersi trovata molto bene, mi ha raccontato di aver stretto amicizia con le altre segretarie, mi ha mostrato il diploma di un corso di inglese che ha frequentato durante l'estate.»

Valentina iniziò dalla crema al mascarpone, talmente squisita da alleviare per una frazione di secondo il peso che aveva sullo stomaco.

«Niente più di questo», concluse soddisfatta Gigliola.

Poi passò al tiramisù, ragionando su cosa dire. Quindi Paola, alla prova dei fatti, non se l'era sentita di giocare le sue carte. Doveva essersi resa conto di quanto potesse essere rischioso farsi una nemica così potente.

«Sono felice di sapere che lo studio non avrà problemi. Non ho mai dubitato della tua capacità di gestire questioni complesse.»

Tornò a cercarne lo sguardo.

«Ti ripeto però che, per me, non cambia nulla», ribadì, gentile ma ferma.

Sul viso di Gigliola la frustrazione divenne evidente, mentre continuava a sorseggiare la tisana.

Valentina approfittò della pausa per tirare fuori gli appunti.

«Ecco», disse passando a modi professionali, «ho preparato un elenco delle questioni più urgenti da risolvere. Già domani mattina dovrei essere in udienza, ma solo se sei d'accordo.»

Tirò fuori una chiavetta per computer.

«Qui dentro c'è solo la documentazione, non serve consultarla, ne conservo una copia anche io e ho già letto tutto. Ho evitato di stampare, lo faremo solo se necessario.»

Gigliola prese la chiavetta, anche se era evidente che faticava a seguirla. Valentina proseguì come se nulla fosse, mettendole un altro foglio sotto il naso.

«Per questi due propongo invece di chiedere un rinvio. Non ha nulla a che vedere con...» deglutì, «il mio cambio di lavoro. Ci mancavano alcuni dati necessari e purtroppo nelle ultime settimane non sono riuscita a ottenerli.»

In tempi normali quel ritardo sarebbe stato una grave mancanza, adesso invece sua suocera la ascoltava in apprensione.

«Dove stai vivendo?»

Valentina esitò, i fogli ancora in mano.

«Nella casa di Prati, che mio padre ha comprato qualche anno fa.»

«Dove potresti insegnare?»

Lei tirò fuori due brochure dalla borsa. In una veniva illustrato un master in diritto umanitario internazionale, nell'altra il corso di laurea di una università privata.

«Ho già preso contatti con entrambi», disse, anche se, in realtà, la situazione era ancora tutta da approfondire.

Gigliola prese in mano la locandina e la lesse.

«Qui posso senza dubbio aiutarti, conosco molto bene il direttore.»

Conosceva chiunque e chiunque era in debito con lei. Altro che direttore. Poteva procurarle una docenza al minuto fino alla fine dei suoi giorni.

«Grazie, ma non è necessario.»

Sua suocera poggiò la locandina sul tavolo e le prese una mano. Valentina si ritrasse d'istinto. Non c'era alcuna confidenza fisica tra loro.

«Valentina, io non sono soltanto la titolare dello studio per cui lavori. Tu fai parte della mia famiglia, tu sei la moglie di *mio figlio*.» Valentina guardò imbarazzata i fogli sparsi sul tavolo.

«So di non potermi intromettere tra voi», proseguì Gigliola sollevando le mani in segno di scusa. «Gianluca non ha avuto una vita facile, lo sai», riprese. «È cresciuto sapendo di dover ereditare un impero e non ha mai avuto altra scelta.» Sul suo viso si dipinse un'espressione triste. «Il suo destino è stato simile al mio. Figlia unica, padre importante, impresa di famiglia da portare avanti. Non si è mai sottratto a nulla, non si è mai lamentato, non mi ha mai dato un problema. Mi sono chiesta molte volte cosa avrei fatto se mi fosse capitato un figlio diverso, se sia stato il caso, il DNA, oppure se la colpa fosse davvero solo mia. Se fosse stato un ribelle o un fannullone o anche semplicemente se avesse scelto un'altra strada...»

Valentina si stupì del tono così sincero. Era un territorio nuovo del loro rapporto, sul quale non era certa di sapersi avventurare.

«Quello che so», proseguì Gigliola, «è che se è arrivato dove è arrivato è perché quindici anni fa ha incontrato te.»

Valentina sentì arrivare le lacrime e finse di dover risistemare i fogli nella borsa.

«Sei seria, sei solida, sei vera. Sai quello che vuoi. Ti impegni. Sai essere gentile e coraggiosa al tempo stesso. Educata ma determinata. Sei la figlia che ogni madre vorrebbe avere, saperti accanto a lui per me è una gioia immensa.»

Adesso era incollata alla sedia senza sapere dove guardare.

«Per lui ho sempre desiderato un futuro diverso dal mio, che purtroppo ho dovuto portare da sola questo peso.» La donna le strinse ancora la mano. «Per voi sogno una vita allegra e una famiglia numerosa.»

Fu quell'accenno che fece crollare Valentina. L'accenno, insopportabile, al futuro. Si alzò in piedi in preda al panico, arrabbiata e disperata al tempo stesso, mentre Gigliola la guardava attonita.

«Quindi questa parte non te l'ha detta?» la affrontò Valentina, aggressiva.

Dio, come poteva essere che le facesse ancora così male?

«Quale parte?» balbettò sua suocera.

«Ho abortito un mese fa.»

Quella divenne pallidissima, rimase sulla sedia ma ansimante, con una mano sul petto. «Perché?» le chiese solo con le labbra, senza suono.

Valentina ricrollò sulla sedia. Il cameriere entrò per sparecchiare ma si bloccò, accorgendosi del clima, e in un lampo scomparve di nuovo.

«Il feto era malformato. Non avevamo certezza che potesse sopravvivere, in realtà non sapevamo nemmeno quale fosse la sua malattia.»

Gigliola aveva gli occhi sgranati, il viso esangue. Per la prima volta le parve anziana, aveva appena compiuto sessant'anni, ma in quel momento ne dimostrava il doppio.

Valentina proseguì.

«Non so nemmeno se fosse un maschio o una femmina. Durante l'ultima ecografia non ho avuto il coraggio di chiederlo.»

Gigliola si alzò e le si fece accanto.

«Valentina», le disse, con un affetto inatteso, «deve essere stata una decisione difficilissima.»

Le posò le mani sulle spalle, stringendole appena. E poi le prese la testa e la strinse a sé.

Valentina la lasciò fare, sembrava impossibile che stesse succedendo, e poi si sciolse in un pianto silenzioso.

Gigliola la tenne forte. «Mi dispiace, mi dispiace tanto.» Stava piangendo anche lei.

Si staccarono poco dopo, asciugandosi gli occhi e senza riuscire a guardarsi.

«Mia madre non lo sa», confessò Valentina.

«Non preoccuparti», rispose la donna, passandole un fazzoletto di carta, preso da chissà dove.

Il cameriere rientrò titubante, Gigliola chiese le loro giacche. La ragazza che gestiva il guardaroba si affrettò a portarle e le aiutò a indossarle. Mentre uscivano, il proprietario del locale avanzò verso di loro per salutarle. Sua suocera, ritrovata in un lampo la vivacità, scherzò con l'uomo, insistette per pagare il conto, ma lui rifiutò dicendo che erano sue ospiti.

«Non posso accettare», intervenne Valentina.

«L'avvocatessa è la mia cliente più affezionata, ci mancherebbe che non potessi offrirvi una cena!»

Gigliola riaccese il telefono, era una sua regola tenerlo staccato durate i pasti e pretendeva che tutti facessero lo stesso.

Immediatamente l'apparecchio squillò. Lei lesse il nome e rispose al volo, impacciata.

«Devo richiamarti.»

Valentina capì che doveva essere Gianluca.

Poi entrambe uscirono in strada, tenendosi a distanza, dovevano recuperare compostezza.

Fu Gigliola a rompere il ghiaccio.

«Prenditi il tempo che ti serve, Valentina. Sai che puoi contare su di me. Se vorrai tornare, il tuo posto sarà sempre lì.»

Lei provò ad accennare un sorriso di gratitudine, ma non le riuscì. Disse soltanto: «Io vado».

Si accorse che Gigliola rimaneva ferma e quindi non si mosse nemmeno lei. La donna le si avvicinò.

«Stai tenendo troppo: una crisi matrimoniale, una gravidanza finita male, la tragedia della tua amica. Sii più tenera con te stessa. Riposati. Piangi.» Fece un sorriso amaro. «Scusami, non so dare consigli. Sto dicendo solo scemenze.»

«Grazie», disse Valentina, sincera.

Si avviò verso la sua macchina, sollevata che l'incontro fosse finito.

Mentre girava la chiave si accorse che un'auto si era affiancata a quella dove l'autista stava aprendo lo sportello a Gigliola.

Gianluca.

Lo vide scendere e avvicinarsi alla madre. Non si girò mai verso di lei, era evidente che non sapeva che ci fosse.

Se esisteva al mondo una madre capace di non raccontare al proprio figlio che aveva appena cenato con la nuora, quella era Gigliola.

Lui era in giacca e cravatta, il piumino aperto lasciava intravedere la camicia spiegazzata. Doveva essere rimasto in studio fino a quell'ora. L'assenza di Valentina stava causando un aggravio di lavoro, innanzitutto per lui.

Mostrò qualcosa alla madre sull'iPad. Poi lei gli indicò il ristorante e lui controllò l'orologio. Probabilmente non aveva avuto tempo di cucinarsi nulla. Non era abituato ad accordarsi con Isabel, chissà che scusa aveva trovato per spiegare la sua assenza.

Lo immaginò senza yogurt magro nel frigorifero, senza i petti di pollo tagliati fini, con le bollette da pagare. Fu sopraffatta dalla nostalgia.

Pensò che stavano per scadere i contributi e che bisognava rispondere all'amministratore di condominio riguardo ai lavori della facciata.

Il cuore cominciò a batterle più forte, l'ansia le soffocò la gola.

Rivide il volto di Gigliola.

Fermati. Riposati. Piangi.

Gianluca entrò nel ristorante e lei ne approfittò per fare manovra e uscire dal parcheggio. Si avviò nella direzione opposta con uno strano senso di euforia. Le pareva di essere invisibile e si sentì leggera.

Il suo telefono riprese a squillare.

Ancora Cristiana.

Accostò, chiedendosi cosa fare.

Fermati. Riposati.

Lo lasciò squillare senza rispondere.

Piangi.

24

Cristiana

CRISTIANA ritentò, piena di speranza.

Niente da fare, squilli a vuoto e poi la segreteria. Eppure era online, un secondo prima. Aveva ascoltato il vocale, aveva risposto.

Gettò il telefono sul divano.

«Shhh», le fece Gloria, indicando la stanza di Marco.

In effetti non potevano spiegargli anche questo.

Era stato difficilissimo raccontargli di Arianna, ma impossibile evitarlo. Era troppo grande per essere tenuto all'oscuro, aveva occhi, orecchie e soprattutto cervello.

Arianna e Valentina erano state parte della sua vita, fin da quando era nato. C'erano loro, con Cristiana, nelle lunghe camminate con lui nel passeggino. Erano i tempi in cui Riccardo non era ancora comparso all'orizzonte e Valentina e Gianluca avevano appena cominciato a frequentarsi.

Arianna all'epoca si era presa una cotta per un ragazzo che frequentava una comitiva di piazza Istria. Uscivano dicendo a Gloria: «Portiamo Marco a Villa Torlonia», e invece lo trascinavano in mezzo al traffico perché lui, ogni pomeriggio, dalle sei in poi, passava il tempo con gli amici in un bar. Di fronte c'erano un negozio di abbigliamento per bambini e una cartoleria. Per loro tre erano diventate mete quotidiane, dove avevano comprato una quantità inutile di calzini e di penne pur di passare a turno davanti al ragazzo e controllare cosa facesse. Valentina era la più annoiata da questi blitz. «Non sta facendo niente, ce ne andiamo?» era il suo commento più frequente. Fino a che, prima ancora che Arianna riuscisse ad agganciarlo, si erano accorte che lui aveva già intrecciato una relazione con una commessa del negozio di scarpe proprio accanto al bar.

«Noi veniamo per lui, ma lui viene per lei», aveva fatto notare Valentina.

E così Marco, almeno per un po', era tornato a respirare tra gli alberi della villa.

Tre le due amiche della sorella, preferiva Valentina, molto più disinvolta con i bambini. Era lei che lo distraeva mentre le altre andavano a comprare il fumo. Era lei che pretendeva di spingere il passeggino o di tenerlo per mano mentre rientravano a casa, sostenendo che fossero due incoscienti.

Che una di loro potesse non esserci più era un pensiero inconcepibile per Marco.

Anche lui, come Cristiana, era cresciuto all'ombra dell'assenza dei nonni. L'idea di Gloria rimasta orfana a otto anni aveva qualcosa di sconvolgente per entrambi. Cristiana leggeva in lui lo stesso sgomento che aveva provato quando, da bambina, la storia le era stata raccontata. Ed era certa che anche lui avvertisse la stessa inquietudine di fronte al ritratto di nonna Enrica e nonno Aldo, i due volti sconosciuti, da sempre presenti in una cornice all'ingresso di casa.

Per Marco, Arianna era il primo vero lutto della vita, il più vicino.

Un lutto violento e inconcepibile per un adolescente.

Non gli avevano nascosto i dettagli, perché sarebbe comunque venuto a saperli.

«Era malata, tanto malata», gli aveva ripetuto Cristiana all'infinito. «Una malattia che non si vede, ma che le impediva di ragionare. La vera Arianna», gli aveva assicurato, «non lo avrebbe mai fatto.»

Lui aveva ascoltato senza domande. Non aveva pianto, si era stretto a Gloria, con l'innocenza di un ragazzo che spera soltanto che gli adulti possano proteggerlo da un simile orrore.

A differenza di Cristiana, Marco era nato da una madre adulta ed era cresciuto accanto a una sorella molto più grande di lui. Avevano cominciato da subito a trattarlo da grande, con lui non avevano ripetuto gli errori fatti con Cristiana. Era troppo piccolo quando Roberto e Alfredo si erano lasciati, ma in seguito lo zio gli aveva raccontato la propria storia senza omissioni e non c'era stata nessuna sorpresa quando Doug era entrato a far parte della famiglia. In più, a lui non era toccata nessuna nonna Anna, anche dalla parte del padre aveva la fortuna di una famiglia di persone consapevoli di vivere nel ventunesimo secolo.

«Valentina? Non hai detto che ha risposto al messaggio?» Gloria stava cercando di rincuorarla. «Perché non riprovi con Gianluca?»

«Ma figurati», rispose Cristiana, innervosita da quell'idea che le pareva assurda.

Il telefono vibrò sotto di lei e lo cercò con la mano dietro la schiena contorcendosi tutta. Gloria rise e la aiutò infilando un braccio tra i cuscini.

Francesco.

Cristiana silenziò la suoneria senza rispondere.

Gloria se ne stupì.

«Non è lei?»

«No. È una persona che non voglio sentire.»

«Oh», commentò.

Quanto avrebbe desiderato, finalmente, Cristiana, liberarsi di quel segreto. Lasciarsi consolare da sua madre, abbandonarsi tra le sue braccia. Ma la prima con cui doveva parlare era Valentina. Capiva di aver rimandato per anni la confessione per una sola ragione. Non la vergogna, ma il terrore di leggere nei suoi occhi la verità: quella storia, tutto quel tempo, non era stata che un errore madornale.

Da Francesco, dopo la scenata di poche ore prima, non sapeva cosa aspettarsi. Aveva paura tanto che la insultasse, quanto che tentasse di blandirla. Sentiva una tale angoscia che aveva deciso di fermarsi a dormire da sua madre. Non voleva trovarlo sul portone di casa, e dover combattere con se stessa per non cedergli.

«Roberto passa?» chiese, cercando di pensare ad altro.

Gloria assunse un'espressione dubbiosa. «Non l'ho capito, in questi giorni ha così tanto da fare.»

Suo zio continuava ad apparire e scomparire. Tre giorni prima Cristiana lo aveva incontrato a colazione, rasato di fresco, e molto allegro, e le aveva comunicato di aver fissato un colloquio per lei a Londra undici giorni dopo.

«Sei impazzito?» gli aveva risposto. «Quando mai ho detto di sì?»

Lui aveva fatto spallucce. «È la più grande clinica privata del settore. Sta per partire un corso di formazione, lo dirige una mia amica svedese.»

Cristiana aveva risposto: «Non puoi decidere per me», ma da quel momento non aveva smesso di pensarci.

Tanto l'idea di trasferirsi con lui e con Doug – idea che navigava ancora in un mare di tranquillizzanti *se*: se la sorella fosse rimasta incinta, se Doug avesse ottenuto il trasferimento, se Roberto fosse riuscito ad accordarsi con entrambe le cliniche – la tentava, tanto la consapevolezza di un colloquio, in data certa e vicina, la spaventava. Si era trovata a cambiare idea più volte nella stessa giornata.

Nei momenti no, si concentrava sulle segretarie insopportabili che continuavano a trattarla come una scolaretta per rimarcare che era soltanto «la nipote di». Oppure visitava i pazienti accumulando frustrazione, perché a lei si rivolgevano soltanto i casi più banali e gli avanzi dello zio. Pensava alla sua casa vuota, il triste destino di tutte le amanti degli uomini sposati. Persino da Gloria si sentiva sopraffatta, troppo grande ormai per rimanere attaccata alle gonne della mamma.

Nei momenti sì, quando entrava in clinica, ancora non le pareva vero di essere una di loro, una stimata e giovane dottoressa con vita e carriera davanti a sé. Trovava adorabili i pazienti più piccoli, apprezzava il vantaggio di poter seguire le orme di un medico affermato come suo zio, ma soprattutto si immaginava finalmente capace di liberarsi della relazione che la stava intossicando. Ripeteva a mente i discorsi che gli avrebbe fatto, sentendosi sicura e invincibile, e dimenticando di averci già provato per undici anni.

Il suono del citofono la riportò alla realtà. Fu Marco ad andare ad aprire.

«È Doug», disse loro, disinteressato, passando rapidissimo, pronto a tornare alla PlayStation.

Gloria fece una faccia sorpresa. Cristiana rassettò il copridivano, riportò in cucina la ciotola con le patatine lasciata da suo fratello.

Il fidanzato dello zio entrò, al solito impacciato e rispettoso. Sembrò sorpreso di trovare soltanto loro.

«Roberto?» chiese due volte, mentre le baciava entrambe per salutarle.

Si sentirono girare le chiavi e quello entrò. Aveva addosso due borse a tracolla e in mano carte e cartelline, che sembravano analisi mediche, e gli cadde tutto a terra.

Marco si affacciò curioso per quel trambusto.

«Eccomi.» Roberto rassicurò Doug, chinandosi a raccogliere, aiutato da Gloria. Si rialzò e si mise accanto a Doug con un sorriso a tutti denti. «Ci siamo», annunciò.

Doug diventò rosso, lo zio mostrò loro un'ecografia.

«Vi presento Enrica ed Emily.»

Cristiana e Gloria rimasero senza parole fissando il referto, in cui si vedevano macchie scure e macchie chiare.

«Chi sono?» chiese Marco perplesso.

«Tecnicamente le tue cugine», spiegò l'uomo.

Gloria capì e lanciò un grido di gioia. «Davvero?»

Cristiana continuava a fissare incredula l'ecografia.

Doug pareva sul punto di piangere.

«Sono le vostre figlie?» insistette Marco, cercando di mostrarsi al passo con la situazione. «Sono due?» aggiunse stupito.

«Sono due, sono sane, sono femmine, nasceranno tra sei mesi.»

Gloria corse ad abbracciare Doug.

Roberto si avvicinò a Cristiana e le diede un buffetto sulla guancia.

«Sì, lo so, non ti ho detto proprio tutto tutto.»

Lei era senza parole. Si rifugiò in cucina fingendosi occupata con i piatti. Gli altri intanto continuavano con i commenti entusiastici e le spiegazioni a Marco. Emily era il nome della madre di Doug, sessantenne, energica, felice all'idea delle due nuove nipotine. Nonna Enrica, invece, non avrebbe conosciuto nemmeno le figlie di Roberto, così come non aveva mai conosciuto Cristiana e Marco. Sarebbe diventata anche per loro la nonna della fotografia all'ingresso.

Cristiana cercò a fatica di decifrare le proprie emozioni. Si sentiva bloccata.

Osservò Marco, elettrizzato e curioso, che faceva una domanda dopo l'altra. Non sarebbe più stato il piccolo di casa.

Roberto aveva ragione: era gelosa. Gelosa dell'entusiasmo del fratellino, che non sarebbe più stato solo suo. Gelosa della gioia di Roberto e Doug, del loro progetto di vita inseguito con tanta testardaggine, a costo di sfidare qualunque pregiudizio.

Ricacciò le lacrime.

Devo piantarla. Devo partecipare. Devo essere contenta per loro.

Ma quando si girò, si trovò davanti Roberto.

«Complimenti, davvero», gli disse con un sorriso stentato.

«Cristiana, l'arrivo di due bambine è la notizia più bella del mondo.»

Già.

Anche per Valentina e Gianluca, prima del disastro, lo sarebbe stato.

Era solo un bambino anche Andrea, eppure sarebbe stato il motivo di vita di suo padre e sua nonna.

«Mi sembra impossibile che stia succedendo», ammise lui. «Potrei scoppiare per la felicità. Ho paura di tutto. Sono un medico, so che non dovrei. Margaret sta bene, ma fosse per me la chiuderei per sei mesi in una teca.»

Aveva gli occhi lucidi.

«Questo nell'Inghilterra vittoriana non avresti potuto farlo», provò a scherzare Cristiana.

«Per questo sono nato centocinquanta anni dopo», ribatté lui, poi la scrutò con più attenzione. «Che ti è successo?»

Lei si asciugò una lacrima.

«Sono contenta per voi», mentì.

Lui non ci cascò.

«Devi cercare di essere contenta anche per te. Prima di arrabbiarti, sappi che ti ho portato i testi del corso, me li sono fatti inviare. Il mio consiglio è sempre lo stesso: chiuditi in camera, studia, e costruisci il miglior futuro possibile.»

Cristiana tornò in salone, lasciando Roberto a caccia di cibo nel frigorifero.

Studiò le ecografie e rispose lei, per quel che poteva, alle curiosità di Marco. Doug mostrò loro anche una foto della sorella in cui la pancia cominciava a vedersi. E una di nonna Emily, dal viso tipicamente inglese, pelle candida, lineamenti delicati, abbigliamento d'altri tempi. Visualizzò due bimbe dai capelli rossi e le immaginò in un giardino pieno di rose, intente ad annaffiare le piante. È così che Doug aveva descritto la villetta a schiera dove abitava sua madre, poco fuori Londra.

Per un attimo quel pensiero la rallegrò.

«Sei diventata sorda?»

La voce di suo fratello la riportò alla realtà, le stava porgendo il cellulare.

Gloria intervenne.

«Marco, che modi sono? È tardissimo, dovresti essere a letto. Basta videogiochi.»

Cristiana rispose appena in tempo.

«Valentina, dove sei?» gridò angosciata.

Tutti notarono quell'eccesso. Marco guardò Gloria, interrogativo, ma lei continuò a spingerlo verso la sua camera.

«Ciao Cristiana», la voce dell'amica era tranquilla. «Non volevo farti preoccupare. Mi dispiace.»

«Dove sei?» ripeté Cristiana, presa dal timore irrazionale che la linea cadesse e che fosse di nuovo risucchiata nel nulla.

«Sono nella casa che abbiamo in Prati. Quella dietro al mercato.»

Lei cercò di ricordare dove fosse, l'aveva accompagnata lì sotto una volta, per lasciare una confezione di lenzuola nuove.

«Possiamo vederci?»

«Certo, domani pomeriggio io...»

«Valentina, per favore, vorrei vederti adesso.»

Cristiana si accorse che Roberto stava seguendo la conversazione. Controllò l'orologio della cucina, erano le undici.

«Ti prego. Ho bisogno di parlarti.»

Era una frase strana. Tra le due, era Valentina quella con le novità da raccontare.

«Devo dirti una cosa molto importante», aggiunse.

«Va bene, ti aspetto», cedette Valentina.

Cristiana segnò l'indirizzo e uscì senza salutare nessuno.

25
Cristiana

CRISTIANA imprecò per la terza volta in un minuto e compose il numero di Valentina.

«Sei qui sotto?» rispose quella.

«Magari. Il navigatore mi sta facendo fare lo stesso giro da dieci minuti. Un quadrato. La tua via non esiste.»

L'altra rise. «Giuro che esiste. Fai così, parcheggia davanti all'ingresso del mercato e poi vieni a piedi. È buio ma ci sono ancora i bar aperti, non è pericoloso.»

Cristiana parcheggiò proprio sotto al segnale di scarico merci. Per quanto aprissero presto, dubitava che i fornitori potessero arrivare in piena notte. Anche i vigili, si augurò, dormono. Per recuperare la macchina portata via dalla clinica, il mese prima aveva speso un patrimonio tra multe e carro-attrezzi.

Si infilò nella stradina indicata, effettivamente molto poco illuminata. I grandi alberi mossi dal vento amplificavano l'aspetto spettrale. A pochi metri da lei, un gruppo di ragazzi sostava di fronte a un locale, mangiando brioche con grande gusto. Entrò e comprò due bombe alla crema e due al cioccolato, ancora calde, e due cornetti alla Nutella per la colazione di Marco. Avrebbe dormito da loro e sarebbe bastato riscaldarli in forno per renderli di nuovo croccanti.

Arrivata al portone, ricontrollò il codice che aveva annotato sul cellulare e suonò. Salì le scale a piedi, secondo piano. Non ricordava appartamenti dei Molinari che non fossero attici con terrazza o ville fronte mare. Accanto alla porta c'era scritto B&B su una graziosa mattonella fiorata.

Valentina le aprì mentre la stava osservando curiosa. Da quanto non la vedeva? Senza un filo di trucco, con un pigiama di pile azzurro e i capelli legati in una coda bassa, le sembrò la quattordicenne conosciuta a scuola. Bellissima come allora, ma con due cerchi scuri sotto gli occhi.

La abbracciò con slancio e le sembrò più minuta.

«Stai bene, Vale?»

L'amica si sganciò con grazia dall'abbraccio e le sorrise. «Così così», rispose. Vide il pacchetto del bar e si illuminò. «Le bombe calde? Ne avevo proprio voglia!»

La guidò all'interno, mentre Cristiana studiava quel luogo estraneo.

Sapeva che lo affittavano per periodi brevi, occupandosene loro stessi o attraverso un'agenzia di servizi. La casa aveva due grandi camere e due bagni, una cucina a vista e un piccolo salotto. Tutto arredato semplicemente, ma con cura dei dettagli, sui toni del legno.

Valentina aveva fame davvero. Aveva già aperto il pacchetto e addentato una bomba al cioccolato.

«Erano per me, spero», disse intimorita mentre la cioccolata in eccesso le cadeva su una manica.

Cristiana sentì l'argine cedere. «Valentina, perdonami, so che dovremmo parlare di te, ma c'è una cosa troppo importante che devo dirti prima.»

Mentre l'altra la guardava sorpresa e con il dolce a mezz'aria, le si sedette di fronte su uno sgabello alto, accanto al bancone della cucina. Ebbe paura di non farcela.

«Cosa?» chiese Valentina, tentando di deglutire un boccone troppo grosso.

«Io sono una persona schifosa, perché questa cosa non te la dovrei dire adesso. Te la dovevo dire più di dieci anni fa. Non ce l'ho mai fatta, mi sono sempre vergognata, perché sono una vigliacca. Se tu mi vorrai cacciare via, se non mi vorrai più vedere, io lo capirò, ma voglio che tu sappia che mi odio già da sola.» Aveva parlato così in fretta che dubitò di essere stata comprensibile.

Valentina appoggiò la bomba su un piattino. «Di che parli?» Cristiana fece un gran respiro e abbassò gli occhi.

«Sono l'amante di tuo fratello da dieci anni. Mi sono presa una cotta per lui da quando l'ho conosciuto. È successo la prima volta poco prima che si sposasse. Ci siamo incontrati per caso sotto casa vostra, io uscivo dopo aver passato il pomeriggio con te. Mi ha chiesto se avevo voglia di un caffè.»

Dovette prendere fiato, travolta dal ricordo di quel pomeriggio così lontano nel tempo. All'epoca lo studio medico era nel palazzo a fianco a casa loro. Lui ci aveva messo molto poco per convincerla a seguirlo. Ancora adesso ricordava il brivido del piacere proibito.

«Sapevo che non avrei dovuto farlo. Ho pensato che fosse stata una sua follia, l'ultima prima del matrimonio, che sarebbe finita lì, che ce ne saremmo dimenticati. Invece dopo pochi mesi si è rifatto avanti. Da allora ci siamo avvicinati e allontanati così tante volte che nemmeno me lo ricordo. Ho sempre saputo che era sbagliato, ma poi lui insisteva e io cedevo. Non voglio dargli colpe. L'ho cercato anche io. Non ho mai saputo dirgli no. Ci ho provato, te lo giuro. Quando è nata la figlia più grande non ci siamo visti per due anni. Pensavo fosse finita ed ero pure contenta, anche se mi sembrava di impazzire. Quando tu ci raccontavi della bambina, io mi sentivo morire, ma mi ripetevo che era giusto così. Poi però è ricominciato tutto come prima. Mi sentivo una persona orrenda. Non so cosa sappia Simona, sono consapevole che ci sono state altre donne. Ma io per lui pensavo di essere diversa, di essere speciale.»

Quando rialzò lo sguardò, si trovò davanti gli occhi scuri di Valentina, più brillanti del solito. Il suo tratto più bello, insieme al naso perfetto.

Era immobile.

Cristiana sentì di dover riempire quel silenzio.

«L'ho visto oggi. È venuto a cercarmi in clinica. Mi ha chiesto di lasciare tutto e di fuggire con lui.»

Doveva dirlo. Doveva dimostrare di non aver fatto tutto da sola, ma la sua voce si faceva più flebile.

Valentina si alzò e si avvicinò alla finestra.

«Gli ho detto di no», aggiunse subito Cristiana, cercando di giustificarsi, con il cuore che batteva fortissimo.

Fece qualche passo verso di lei. Ci fu un silenzio lungo, in cui non riuscirono a guardarsi negli occhi.

Poi Valentina parlò.

«Anche tu...» disse soltanto, con voce triste.

Il telefono di Cristiana prese a squillare e data l'ora fu certa che fosse lui. Corse a prenderlo nella borsa e lo mostrò all'amica.

«Eccolo», disse a bassa voce, come se lui potesse sentirle o vederle.

Ebbe la sensazione che con Valentina accanto quelle telefonate maniacali fossero meno pericolose.

Valentina prese il telefono e rispose, Cristiana non fece in tempo a fermarla.

«Ciao Checco! Sono io.» La sua voce era naturale, familiare. «Cristiana è con me, ma sta spostando la macchina. Avevo il suo telefono in mano. Che c'è di così importante a quest'ora?»

Cristiana seguiva ogni parola senza respirare. Valentina ascoltò la risposta.

«Certo, glielo dico io. Buonanotte.» Attaccò e restituì il telefono.

«Dice che dovevi mandargli le analisi di una tua paziente che ha bisogno di una visita urgente con lui.»

Cristiana rimase a bocca aperta.

«Non... mi credi?» balbettò.

Valentina si sedette sul divano.

«Certo che ti credo», rispose, a testa bassa.

L'altra le si avvicinò cauta, senza osare sedersi. Ora mi butterà fuori di qui, pensò.

«Sei anni fa l'ho trovato nella casa che abbiamo a Monteverde con una donna. Le aveva detto che si stava separando da Simona», iniziò Valentina. «Tre anni fa sono arrivate sulla email dello studio di mio padre delle fotografie indirizzate a Simona. Mia madre le ha intercettate per caso. Erano selfie di lui insieme a un'altra donna. Se li erano fatti nella nostra casa al mare, a cena in un ristorante, anche in una festa piena di gente. Sembravano una coppia ufficiale.»

Cristiana si contorceva le mani, ogni parola peggiore della precedente.

«L'anno scorso il marito di una paziente lo ha aspettato sotto lo studio e lo ha aggredito. Lui ci ha detto che era ossessionato dalla gelosia, ma tutti abbiamo capito cosa fosse successo. La moglie era una sua paziente. Sono scomparsi e ho saputo che hanno divorziato.»

Cristiana dovette alzarsi e camminare, le tempie pulsanti, il fiato corto.

Valentina la chiamò. «Cri? Stai bene?»

Lei fece un sì rabbioso con la testa.

«Torna qui», le disse quella con dolcezza. Non sembrava arrabbiata, e quando lei si sedette come un automa, le posò una mano sul ginocchio. «Domenica l'altra, siamo stati tutti a pranzo da mia madre.»

Cristiana intuì il seguito. Non fu certa di poter resistere e dovette poggiare la testa tra le mani.

Valentina allora tacque.

«Continua», la esortò, preparandosi a ricevere il colpo.

«Aspettano il terzo figlio.»

Cristiana strinse le palpebre, si coprì il viso. Le lacrime uscirono senza che lo volesse.

«Vai avanti», disse.

Era come se tutto il dolore del mondo la stesse investendo, anche quello che le era sembrato di aver tenuto a bada.

«Abbiamo stappato una bottiglia, abbiamo festeggiato, lui ha detto che è sicuro che sarà un maschio. Vuole chiamarlo Francesco Junior Totti Molinari oppure Diego Armando Molinari... non mi ricordo più.»

Cristiana era come inebetita.

«Le bambine ridevano e dicevano che quei nomi erano troppo scemi», stava continuando Valentina. «Era otto giorni fa», aggiunse. «Me lo ricordo bene perché è la sera in cui ho lasciato Gianluca.»

Valentina adesso aveva una voce tirata.

«Ho fatto i conti. Non so Simona da quanto lo sapesse, ma

glielo ha detto che era già di tre mesi. Il mio...» Si fermò un secondo. «Sarebbero stati quasi coetanei.»

Cristiana capì. Qualche ora prima di lasciare Gianluca, la sua migliore amica aveva dovuto festeggiare una gravidanza a poche settimane da un aborto, senza poterlo dire a nessuno. Riusciva a immaginarla mentre sorrideva composta, nascondendo al mondo quello che aveva dentro.

«Mi dispiace, mi dispiace di tutto», le disse. «Avrei dovuto starti vicina.»

Valentina aveva gli occhi lucidi, le labbra strette, le mani serrate attorno a un cuscino.

«Non sono servita a niente, tu hai sofferto da sola, io ho tradito la tua fiducia e intanto...»

Non riuscì a dirlo, ma fu certa che Valentina avesse capito.

E intanto Arianna si era buttata.

Cristiana pianse a lungo, Valentina accanto, rannicchiata con il cuscino sulla pancia.

Le sembrava di vedere le cose chiaramente solo adesso: lei nella vita di Francesco non era mai esistita, era stata uno scarabocchio sullo sfondo. Un passatempo, uno scherzo, una distrazione.

Ecco perché poche ore prima era così esaltato. Il cappio si era stretto di un altro giro. Il terzo figlio, forse il maschio, la vita che diveniva più definita, la prigione più robusta. Ecco perché l'aveva usata una volta ancora.

Lui lo sapeva già quella mattina? Era per questo che lo aveva visto, per una volta, così fragile?

Voleva credere di poter fuggire, ma gli serviva un complice. Non una delle tante, che per lui soffrivano ma se ne liberavano.

Quella giusta era lei, capace di soffrire all'infinito.

Con gli occhi annebbiati vide che Valentina le stava porgendo un bicchiere d'acqua. Non si era nemmeno accorta che si fosse alzata. Lo prese e riuscì a berne solo un piccolo sorso.

«Non ce l'hai con me?» le chiese tra le lacrime.

Valentina sorrise con tristezza e si asciugò gli occhi a sua volta.

«Sai quanto gli voglio bene. Ho imparato ad accettarlo per

quello che è. Sono sua sorella. Non sua moglie. Non ho nessun diritto di entrare nelle sue scelte e nemmeno nelle tue.»

La guardò negli occhi.

«Prima ho voluto rispondergli al telefono perché avevo bisogno di ricordarmi quanto fosse bravo a mentire», aggiunse, amara.

Rimasero pensierose per un po'.

«Neanche io sarei riuscita a dirtelo», rifletté poi Valentina.

A Cristiana uscì quasi una risata. «Tu non avresti mai fatto niente del genere.»

L'amica andò a prendere il vassoio con le bombe e glielo porse.

«Sono buonissime.»

Cristiana ne mangiò una alla crema, ancora tiepida.

Valentina accese lo stereo. Dovunque fosse, metteva musica di sottofondo.

Era su una stazione radio di vecchie canzoni italiane. Ascoltarono rimanendo sul divano, ognuna immersa nei propri pensieri. Mangiarono tutte e due il secondo dolce, invertendo i gusti, a Valentina toccò la crema e a Cristiana la cioccolata.

Nel silenzio Lucio Dalla cominciò a cantare *4 marzo 1943* e Cristiana sentì salire un subbuglio interiore.

«Questa non posso ascoltarla, lo sai», si allarmò.

Gliela cantava Gloria quando era bambina, ma quei versi avevano troppo in comune con la sua infanzia per non commuoverla. Non c'era una volta in cui si arrivasse alla strofa sui sedici anni della piccola donna che gioca con il bambino in fasce, in cui Cristiana riuscisse a non farsi trascinare dall'emozione.

Valentina affrettandosi provò a cercare un'altra stazione radio e finì su una di musica classica, persino più struggente.

Cristiana non riuscì a trattenersi.

«Come fai a prendere decisioni così enormi? Io ancora non riesco a decidere se seguire mio zio a Londra solo per qualche mese, perché non so stare lontano da mia madre e da Marco, e tu sei pronta a stravolgere tutta la tua vita?»

«Non sarete così lontani. Verranno a trovarti milioni di volte. Sono due ore di volo.»

Cristiana la girò verso di sé.

«Rispondimi, Vale, ti prego. Parlami di te.»

Quella si sistemò la coda per prendere tempo. Tentò di parlare, ma non ci riuscì. Si mise una mano sulla bocca e represse un singhiozzo anche lei.

«Non ne potevo più.»

«Di Gianluca?»

«Di tutto.»

Aveva una voce così sincera che Cristiana ne sentì dolore, come fosse suo.

Lei parlò pianissimo ma senza mai fermarsi.

«Sono successe troppe cose. Quando ho scoperto che Gianluca mi aveva tradito, ho cercato di rimanere lucida. Quella stessa sera ho scoperto di essere incinta e non mi potevo permettere di crollare. È come se avessi spinto un tasto e bloccato tutti i miei sentimenti. Ho cercato solo di andare avanti e di affrontare i passaggi che mi toccavano. Ho provato a convincermi che era stato un incidente, che è una cosa che nella vita può capitare, che non potevo giudicare Gianluca per una sola sera dopo quindici anni insieme. Mi sono imposta di non pensarci. Avrei voluto gioire della gravidanza, ma invece non riuscivo a sentire nulla. Ero troppo arrabbiata, troppo scioccata e intanto le cose cominciavano ad andare male. Ero debole fisicamente. Tu mi conosci, io sto sempre bene, senza la salute mi sentivo impotente. Mi ripetevo di resistere, che quando fai tutte le cose giuste, quando metti un piede davanti all'altro, arrivi al traguardo, ma non era vero, non arrivavo mai. Avrei voluto fermare tutto e urlare, ma non si poteva.

«Ogni giorno era peggio. Lui mi stava vicino, era sempre lì e io non lo sopportavo. Cercavo di razionalizzare: è mio marito, è il padre del bambino, mi vuole bene, ci vuole bene, ci proteggerà, è giusto che sia qui, ma una parte di me lo rifiutava. So che non ha senso, ma mi pareva che fosse colpa sua se tutto andava così male. E poi arrivavano i momenti in cui avevo bisogno di lui, abbiamo condiviso tutto, quando lui non c'è è come se mi mancasse un pezzo di me stessa, non ho la forza di fare da sola e mi sono disprezzata per questo. Mi sentivo una vittima e io non voglio essere una vittima. Io odio essere una vittima. Mi chiedevo: perché cerco lui quando proprio lui mi ha fatto del male? Intanto le emorragie mi terrorizzavano. Mi sembrava che non si fermassero mai. Mi chiedevo quanto sangue ancora potessi perdere prima di morire.»

Adesso era un fiume in piena, la sua voce era tornata squillante.

«Non ho avuto il tempo per essere una madre. Non c'è stato un solo secondo in cui ci siamo abbracciati e ci siamo detti: che bello, avremo un bambino. È stato solo un susseguirsi di medici, di statistiche, di esami, di decisioni.»

Si fermò e scosse la testa.

«Ho capito che nella mia pancia c'era stato un bambino solo quando non c'era più. Mi sono resa conto di essere rimasta vuota, senza essermi mai resa veramente conto di essere stata incinta.»

«Valentina, l'hai detto tu stessa. È stata una gravidanza difficile in un momento difficile. Davvero ti è mancato il tempo per...»

L'altra la interruppe.

«Ho provato. Ce l'ho messo tutta. Mi sono proprio detta: rivoglio la mia vita di prima, posso sistemare i cocci, posso rimettermi in piedi, devo solo impegnarmi di più. Ma poi...»

Fece una pausa brevissima.

«Ma poi Arianna si è buttata e per me non è stato più possibile far finta di niente», concluse, la voce sempre più alterata. «Come è possibile che tutto vada avanti, che il sole sorga, che i negozi aprano, che...» si guardò intorno smarrita, «che la gente mangi, rida, dorma, o che noi continuiamo ad alzarci ogni mattina come se nulla fosse successo?»

Cristiana gridò. «Non è così, Valentina! È la vita che prosegue, ma tutti sappiamo cosa è successo!»

Valentina la interruppe: «Poco fa mi hai confessate di te e di Francesco. Non lo sapevo, e mi dispiace. Ma non mi dispiace perché non me lo hai detto. Mi dispiace sapere che siete stati infelici e che le vostre vite sono tristi, che non avete saputo dire di no a quello che vi faceva male».

Cristiana tentò di controbattere, di fermarla, ma non ci riuscì.

«Per voi, però, non posso decidere, per me sì», proseguì lei.

«In poco più di un mese», fece uno con il dito, gli occhi febbrili, il volto terreo, «ho perso tutto. Un marito, un figlio, un'amica. Come potrei, adesso, tornare indietro? Quella vita non esiste più.»

Cristiana si incassò su se stessa e si sentì sprofondare.

Valentina aveva ragione.

26
Cristiana, Valentina

«MARCO! Non lì!»

Cristiana guardò sua madre e si rese conto che avevano parlato all'unisono. Entrambe a voce troppo alta, attirando la disapprovazione altrui. Possibile che gli inglesi fossero tutti così composti? Loro tre, e il figlio piccolo di Margaret, erano gli unici a muoversi e a parlare.

Suo fratello sbuffò e tornò indietro.

«Ma quella è appena entrata», si lamentò.

«Quella era un'infermiera.»

Marco alzò gli occhi al cielo.

Gloria gli indicò il corridoio. «Forza, la tua amica sta arrivando. Fatti coraggio.»

Il ragazzino arrossì e Cristiana soffocò una risata.

Nonna Emily stava tornando dalla caffetteria e accanto a lei c'era la figlia maggiore di Margaret. Vista qualche volta in fotografia, aveva l'aria di una qualsiasi ragazzina inglese dalla pelle candida. Dal vivo era una tredicenne aggressiva, con la pancia scoperta, l'aria annoiata, un piercing all'ombelico, la minigonna di pelle e gli anfibi neri.

Marco ne era rimasto folgorato. Pur di non doverle rivolgere la parola, aveva finto di essere interessato ai dinosauri del fratello di cinque anni. Spinto a forza da Cristiana, che gli aveva anche spiegato esattamente cosa dire, era riuscito a balbettare: «I'm the cousin», riferendosi alla parentela con le gemelle.

«*Me too*», aveva risposto lei.

Fin lì era stata la loro unica conversazione.

La nonna offrì loro un tè caldo dentro un bicchierone di carta insieme a dei biscotti troppo burrosi.

Lei e Gloria accettarono per cortesia, mentre la ragazzina si sedeva in un angolo e si infilava le cuffiette nelle orecchie.

Il bambino saltellava chiedendo: «Quanto manca?» Poi si appiccicò a Marco divertendosi a ripetere il suo nome, cosa che non gli riusciva proprio. La *R* gli era impossibile e la pronuncia della *O* finale era molto buffa.

La donna tirò fuori dal suo borsone delle meraviglie l'ennesima bustina sigillata e la aprì davanti a loro. Stavolta erano due cuffiette rosa, finite appena in tempo la notte precedente, qualche ora prima che iniziasse il travaglio. Aveva preparato corredini di tutti i colori, golfini, calzoncini e scarpette, ognuno in doppia versione. In confronto, le camicine e le tutine portate da lei e da Gloria avevano un'aria dozzinale, ma Cristiana stava preparando la rivincita, e nella prossima trasferta romana avrebbe coinvolto Valentina.

Prese il telefono e digitò noncurante, certa che nessuno potesse capire: Nonna Uncinetto è ripartita all'attacco. Mi devi trovare qualcosa di fichissimo.

Poi ricontrollò l'ora. Aveva un contratto di tre mesi per una sostituzione notturna. «Di notte lavoro, di giorno dormo, le doppie poppate ve le fate voi», aveva avvertito Roberto e Doug. Per il momento avevano ricavato per lei una stanza in casa loro, nella villetta che avevano preso in affitto vicino a quella di Nonna Uncinetto. La convivenza tra la suocera e Roberto, però, non era cominciata bene. Già erano partite le prime scintille. La madre di Doug dispensava troppi consigli non richiesti e lo zio aveva dovuto ricordarle più volte di essere il più qualificato, in quanto medico, per gestire gli ultimi giorni di gestazione di Margaret. Doug, con il suo carattere mite, rischiava di trovarsi nell'occhio del ciclone e Cristiana preferiva rimanere a distanza.

In ogni caso, era ancora tutto troppo incerto per immaginare una soluzione stabile.

Alla vista del portone, Valentina sentì un'ondata di malessere. Non entrava in quello che era stato il suo studio da sette mesi. Non era riuscita a gestire un passaggio graduale. Aveva smesso di andarci e basta. Si era accordata con Gigliola per telefono e aveva tenuto tutti i contatti necessari per email.

Posso farcela, dovette imporsi.

La riunione era stata fissata nel tardo pomeriggio, al piano terra, nelle stanze che, finché c'era lei, erano state un archivio. Gigliola aveva dato il via al «progetto imperiale», come da tempo lo avevano battezzato tutti, ben attenti a non farsi sentire: aveva acquistato anche l'ultimo piano del palazzo e stava trasferendo lì la direzione dello studio. Nel piano sottostante sarebbero rimasti i soci e i praticanti che non dovevano interagire quotidianamente con lei. Al piano terra, invece, oltre alla nuova sala riunioni, sarebbe stata creata la tanto agognata biblioteca. Da settimane aveva costretto le segretarie ad aprire ogni faldone e a leggere ogni foglio per eliminare ciò che era troppo vecchio o inutile. Con il risultato che Valentina era stata sommersa da telefonate in cerca di aiuto. Iniziavano tutte con frasi standard: «Mi dispiace tantissimo disturbarti, non lo farei se non fosse un'emergenza». E poi scattavano le domande. «Ti ricordi per caso la questione Favero 322bis? Hai ancora il numero di cartella?» Erano emersi file di epoche in cui lei era alle elementari.

Aveva cercato di rendersi utile il più possibile. Ma la parte peggiore era appunto la biblioteca. Nei suoi progetti Gigliola intendeva gareggiare con quella nazionale. Aveva imposto a tutti i collaboratori di reperire testi introvabili e di suddividerli in base a criteri che cambiava di giorno in giorno. Questo Valentina lo aveva saputo dai racconti delle segretarie con cui era ancora in confidenza e che la chiamavano, fingendo di cercare chiarimenti ma soprattutto per sfogarsi.

Entrando nel palazzo, fu colpita dal caos. C'erano scatole di cartone dappertutto e mobili avvolti nel cellofan. Si sentì inaspettatamente sollevata. Il disordine rendeva irriconoscibile quel luogo troppo noto. Uomini ansimanti si muovevano su e giù per le scale, chissà a quanto ammontava la mazzetta data all'amministratore per convincere gli altri condomini a sopportare quel disastro.

Il rumore dei tacchi in arrivo, inconfondibile, la mise in tensione. Vide la suocera comparire con accanto un uomo molto robusto, con una coda di capelli lunghi bianchi e un tatuaggio sul collo.

«Professore'», le stava dicendo, «così nun ce se capisce un cazzo.»

Gigliola si fermò e lo fissò severa. Lui dovette rendersi conto del linguaggio inappropriato.

«Scusi, ma qui stiamo a lavorà da stamattina, parcheggiati ancora in tripla fila che lì fuori ce sta l'inferno. E ancora non abbiamo capito dove devono andà tutti quelli», spiegò, indicando gli scatoloni davanti ai quali sostava proprio Valentina.

La donna la vide e ignorò completamente la domanda. Le si fece incontro sorridente. A modo suo, calorosa.

«Felice di rivederti. Stai benissimo.» La baciò.

L'uomo, seccato, si piazzò dietro di lei.

«Sta arrivando mio figlio che le spiegherà di nuovo tutto. Evidentemente io non riesco a farmi capire.»

Era il suo modo per dargli dell'idiota, ma il cervello di Valentina si fermò su «mio figlio».

Gigliola la condusse verso un mobile in un angolo, che non aveva notato.

«È la tua scrivania. Dove te la faccio portare? L'indirizzo è sempre quello di Prati dove ti abbiamo già inviato la documentazione?»

Valentina ricordò una email di ben due settimane prima in cui le era stata rivolta la stessa domanda.

«Scusa, mi sono dimenticata di dirtelo. Sì, l'indirizzo è quello, ma non preoccuparti, ci penso io a...»

«Ma figurati», la interruppe lei. «Con quello che sto spendendo», aggiunse in tono un po' più alto per farsi sentire dal capo della ditta, che continuava a guardare affranto il caos che aveva davanti.

Valentina sentì un messaggio in arrivo e sorrise leggendo le parole di Cristiana. Aveva già individuato due minuscole salopette invernali che le sembravano perfette: una color avorio e l'altra di un raffinato celeste polvere. Dove sta scritto che due gemelle devono essere vestite identiche?

«Non ci dovremo preoccupare per davvero?»

Se anche Gloria cominciava ad agitarsi, doveva esserci una valida ragione e Cristiana si rese conto che avevano superato le dodici ore di travaglio. Roberto continuava a non rispondere alla tempesta di messaggi che entrambe gli inviavano. Dalle spunte di WhatsApp sembrava non riceverli. La sala parto era due piani sotto ma c'era il Wi-Fi. Probabilmente aveva deciso di staccare il cellulare.

«Tu sei nata in quattro ore e Marco in due», continuava a ragionare Gloria.

Proprio in quel momento le porte dell'ascensore si aprirono e spuntò lo zio.

Scattarono tutti in piedi, compresa la ragazzina scontrosa.

L'uomo era violaceo, aveva gli occhi gonfi di pianto e un'espressione estatica.

«Sono nate, sono nate!!» annunciò con la voce rotta dall'emozione.

Doug si materializzò dall'ascensore accanto, anche lui in lacrime.

Tutti cominciarono ad abbracciarsi. Doug e la madre, Roberto e Gloria, Cristiana e Marco, il più entusiasta. Il bambino si mise a battere le mani. Soltanto la ragazzina rimase un po' in disparte, imbarazzata. Cristiana la prese per un braccio e la coinvolse nella gioia generale.

Roberto cercò di mostrare le fotografie sul telefonino, ma si vedevano malissimo. Due teste, una più scura, una più pelata.

«Sono bellissime», continuava a ripetere.

Nonna Emily ricordò che proprio la nipote era rimasta senza capelli fino ai due anni e la ragazzina si carezzò d'istinto la lunga chioma liscia e bionda come a controllare che fosse tutto a posto.

Poi iniziò un dialogo in due lingue in cui tutti domandavano a tutti e tutti rispondevano a tutti.

Quanto pesano, come stanno, quando possiamo vederle?

«Tra poco», li rassicurò Roberto, «tra poco le porteranno su in camera.»

Marco fece la domanda che più gli stava a cuore.

«Avete deciso quale sarà Enrica e quale sarà Emily?»

Roberto e Doug si guardarono sbalorditi.

«Ancora no!» risposero ridendo.

Valentina si affrettò a sedersi in uno dei lati lunghi del tavolo, senza aspettare indicazioni. Il suo posto era sempre stato alla destra di Gigliola, con Gianluca a sinistra, ma ora non più. Sarebbero stati almeno in quindici, era la riunione finale di una lunga causa andata avanti per tre anni. A lei spettava un compenso alto ed era uno degli aspetti da definire proprio in quell'ultimo incontro.

Sentì entrare qualcuno dalla porta scorrevole laterale e capì che era Gianluca ancora prima di vederlo. Una segretaria stava distribuendo il materiale a tutti i partecipanti e lei si finse immersa nella lettura dei dati.

Salutò diverse persone, ma poi non resistette. Cercò il suo sguardo e rimase raggelata per un secondo, attendendo con timore la propria reazione. Come quando sbatti contro qualcosa e aspetti per capire quanto ti sei fatto male. Lui le sorrise e lei ricambiò con un cenno della testa. Le sembrò più bello di come lo ricordasse. Era dimagrito, aveva i capelli più lunghi.

Si erano già visti, nei mesi precedenti, ma solo per il minimo indispensabile.

Lei aveva imparato a evitare tutto ciò che le faceva male. Aveva creato un mondo parallelo tra Prati e Trastevere, dove insegnava. Aveva cambiato abitudini, persino a colazione. Nel supermercato sotto casa aveva scoperto una marca di cereali che le piaceva. Del resto, non c'era più nessun Gianluca pronto a scendere al forno per comprarle il pane appena sfornato. Aveva assunto la moglie del portiere per le pulizie, soltanto due volte a settimana. La casa era piccola e lei molto meno occupata di prima. Stirava di sera, davanti alla tv. Per andare dai suoi, prendeva la tangenziale. L'uscita dei sottopassaggi verso piazza Fiume, verso la Nomentana e verso i «suoi» luoghi le provocava fitte di angoscia. Non era più passata sotto casa di Arianna. Aveva incontrato Andrea due volte, a Villa Borghese. Una con la nonna e una con il padre. Era cresciuto, camminava. Sapeva dire mamma di fronte alla foto di Arianna. Anche a casa era tornata soltanto due volte, per prendere vestiti e oggetti. Per il resto si era ricomprata il poco che le occorreva. Non aveva trovato il coraggio di salutare Isabel. L'aveva lasciata gestire a Gianluca.

Lui, nelle prime settimane, le aveva chiesto di vedersi ogni giorno. Aveva proposto di accompagnarla alle visite di controllo, ma lei aveva rifiutato. Le aveva scritto molti messaggi e molte email, anche lettere a mano. Il succo era sempre lo stesso: ti amo, ripensaci.

Anche lei aveva risposto sempre allo stesso modo: non me la sento.

Non avevano deciso nulla di formale. Non avevano mai neanche accennato alla separazione.

Ognuno aveva i propri soldi, erano del tutto indipendenti. Un'altra delle massime di Gigliola: «Il denaro non darà la felicità, ma quanto aiuta».

Via via le loro conversazioni si erano fatte più scritte che verbali e si erano spostate su questioni pratiche e lavorative.

Nella sua nuova routine, i volti nuovi erano molto più numerosi di quelli vecchi. I suoi genitori cercavano di scalfire il muro di silenzio che aveva innalzato senza successo. Francesco l'aveva tormentata di domande, supplicandola di tornare sui suoi passi, tenendo sermoncini sul valore della famiglia, prevedendo per lei un futuro solitario e infelice.

Ma lei non si sentiva triste. Casomai sospesa, e aveva imparato a non farsi troppe domande. Quella vita scarna, ridotta all'essenziale, le dava una pace che le pareva di non provare da tempo. La nebulosa in cui era avvolto il suo futuro la rassicurava.

Insegnare le piaceva, e ancor più le piaceva immergersi in un mondo in cui nessuno la conosceva, in cui tutto le pareva ancora possibile, in cui il passato poteva essere sepolto. Rimaneva a casa ogni sera e sul lavoro parlava pochissimo di sé.

Con l'arrivo del caldo aveva passato un weekend lungo ad Ansedonia, insieme alle nipoti, mentre Francesco e Simona si prendevano qualche giorno «tutto per loro». Era stata in Inghilterra con Cristiana e aveva frequentato un corso in inglese sui reati informatici, un tema di cui non si era mai occupata prima.

C'erano stati momenti difficili.

Una mattina si era svegliata con un pensiero fisso ed era uscita di casa prima delle sette. Aveva guidato fino all'ospedale e si era fermata a guardarlo da lontano, un casermone grigio, anonimo, ben visibile dalla strada. Non avrebbe saputo dire quale fosse il reparto tutto bianco in cui aveva lasciato il suo bambino. Ma era lì. Erano passati tre mesi esatti da quella mattina.

Lo aveva raccontato a Cristiana per telefono, piangendo. Le aveva raccontato per la prima volta anche di Denise, della mamma con le tre bambine e della sconosciuta con i capelli corti. Era convinta che fosse stata una di loro a liberare il suo posto. Le piaceva immaginarle in attesa di una nascita. Denise sorridente nel suo negozio di parrucchiera, la mamma guarita e pronta ad accogliere un fratellino, la donna silenziosa finalmente felice.

Cristiana l'aveva ascoltata con un'ansia ben percepibile anche a distanza: «Vuoi che torni?»

«Lo dovevo fare, almeno una volta. Se no mi pareva di aver sognato tutto.»

«Non andarci più. Può farti solo male. Ti prego, promettimelo.»

Valentina aveva promesso e mantenuto.

Guardò Gianluca che stringeva mani e intratteneva i clienti.

Come può essere successo proprio a noi?

Non devo piangere. Non devo piangere. Non devo piangere.

Non era semplice in quel delirio. Le infermiere li guardavano sconvolte, continuando a ripetere che le bambine dovevano essere lasciate tranquille. Roberto era praticamente collassato sulla poltrona per l'emozione dopo averle tenute in braccio insieme. Nonna Uncinetto straparlava e lanciava incomprensibili gridolini di giubilo. La ragazzina aveva perso l'atteggiamento menefreghista e continuava a scattare e inviare fotografie. Marco e il bambino piccolo cercavano di farsele dare in braccio, con tutti che ripetevano che era complesso, che bisognava tenere la testa perché ciondolava, che dovevano lavarsi le mani. Marco, trattato alla pari di uno di cinque anni, stava per dare di matto.

Rimanevano lucidi Margaret, Doug e Gloria.

Qualcuno su cui potranno contare c'è, pensò Cristiana.

I nomi erano stati decisi a maggioranza. Emily, con la sua peluria quasi invisibile, si aggiungeva di diritto a una lunga tradizione di nati inglesi senza capelli. Enrica, con un unico ciuffetto in testa, meritava quindi di rappresentare la parte italiana della famiglia.

Cristiana attese paziente il suo turno, poi si sedette sul divanetto e se le fece passare entrambe dalle mani sapienti di Gloria, l'unica che si muoveva con naturalezza assoluta.

Il cuore le si riempì di un'emozione profonda e fu certa in un istante che fossero le due bambine più meravigliose mai esistite sulla faccia della terra.

Valentina faticava a concentrarsi.

Stava parlando Gigliola, non poteva certo rischiare di farsi trovare impreparata, se le fosse stata fatta una qualsiasi domanda.

Ci pensava da settimane, ma non sapeva da dove cominciare. Non era certa di volerlo fare.

E se non gli interessa più?

Una segretaria entrò portando un aperitivo. Era quasi ora di cena e si rischiava di andare avanti ancora a lungo.

Magari non oggi, si disse, per placare il timore che la stava travolgendo.

Approfittò della pausa per uscire dalla sala. Prima diede un'occhiata furtiva a Gianluca, immerso in una conversazione. Fuori si ritrovò nell'androne pieno di polvere, i traslocatori erano andati via.

Salì le scale verso lo studio da cui era uscita sei mesi prima, a conclusione di una vita che ora le pareva irreale. Aveva ancora le chiavi, le aveva portate apposta.

Entrò e l'odore della vernice fresca la investì in pieno. Provò ad accendere le lampade dell'ingresso, ma non c'era la corrente. Era molto buio, la poca luce che filtrava dalle finestre era sufficiente per mostrare le sagome scure intorno a lei. Il bancone della segreteria, i quadri accatastati a terra. Il fondo del corridoio era immerso nel nero più totale e non ebbe il coraggio di avanzare. Non poté impedirsi di pensare che quel luogo pieno di macerie era un'altra prova tangibile del fatto che il mondo in cui aveva vissuto non esisteva più.

Il divano blu era stato spostato, ma non ancora portato al piano terra. Non aveva mai chiesto a Gianluca dove fosse successo quello che era successo con Paola, ma nella sua testa l'immagine, fin dall'inizio, era rimasta quella.

Si avvicinò e lo toccò, come se volesse accertarsi che esistesse. Si accorse che anche quel dolore, adesso, sembrava più lontano. Le parve di udire qualcosa scricchiolare ed ebbe paura, quindi si affrettò a richiudere per tornare di sotto.

Cristiana studiò le diverse fotografie per scegliere quella con cui dare al mondo il grande annuncio. Nell'unica in cui era venuta molto bene lei, quindi l'unica che intendeva inviare, si vedevano solo il naso di Emily e la bocca di Enrica, per via del cappellino calato un po' troppo. Tanto i neonati sono tutti uguali, si disse, pronta a spingere il tasto. Del resto le bambine erano ormai occupate su un altro set. La ragazzina aveva messo Marco al lavoro e si stava facendo fotografare seduta in poltrona con le due faccine accanto alla propria.

Riguardò il messaggio: Benvenute cuginette! Un testo banale, ma non le era venuto altro. Tentò allora di aggiungere l'emoticon del neonato. Poteva scegliere qualsiasi tonalità di pelle, funzione per lei inutile, ma non c'era modo di segnalare che fossero femmine. Tra l'altro il neonato disegnato aveva comunque un ciuffo e questo non rendeva giustizia a Emily. Si arrese e andò a caccia dell'emoticon delle famiglie arcobaleno e fu felice di trovare quella giusta. Due papà e due bimbe più grandicelle con i codini. Il primo invio fu per Valentina.

Sono stupendissime, scrisse con mille punti esclamativi. Roberto già completamente rinco, aggiunse.

Poi lo inviò a tappeto a quasi tutta la rubrica, rendendosi conto troppo tardi che in mezzo c'era gente che conosceva appena e qualche contatto solo lavorativo.

Arrivata alla madre di Arianna, si fermò a osservare l'ultima foto di Andrea che la donna le aveva inviato solo tre giorni prima e provò di nuovo un tuffo al cuore. Somigliava ad Arianna in modo impressionante, tanto da non riuscire a guardarlo. Era vestito come un principino inglese, cosa che la sua amica non avrebbe mai permesso. Le sembrò di rivederla, diciottenne, mentre uscivano da casa e lei urlava alla madre che la scongiurava di allungare la gonna e coprirsi la pancia: «Fosse per te, girerei ancora con il kilt scozzese!»

Perché lo veste da paggetto? aveva chiesto via chat a Valentina.

È tanto bellino, era stata la risposta diplomatica.

Nel frattempo le arrivò un messaggio.

'mbè? Lo devo venire a sapere da tuo zio e non da te?

Alessandro.

Lo aveva lasciato per ultimo perché voleva pensare bene a cosa scrivere, ma evidentemente Roberto l'aveva preceduta.

Era piena di dubbi su come muoversi con lui. Mandare foto di famiglia o, peggio ancora, parlare con entusiasmo di neonati, poteva sembrare una pressione indebita? Si frequentavano solo da due mesi, e per di più a distanza.

Lui ci aveva provato in una sera di inizio primavera insolitamente calda, in un'uscita con il gruppetto della clinica, in uno dei weekend in cui lei era tornata a Roma.

Lei aveva fatto resistenza, paralizzata dal ricordo della prima volta. Le sembrava di essere ancora convalescente. Gli aveva posto infiniti dubbi e aveva dichiarato che era inutile iniziare una relazione, perché le storie tra medici, notoriamente, non funzionano.

Lui si era detto disposto a sfidare questa sua personale statistica, sulla cui fondatezza nutriva molti dubbi.

Da allora, però, le occasioni per vedersi erano state poche. Lo sapeva solo Valentina.

Mentre pensava a cosa rispondergli, continuando a scorrere su e giù i messaggi, inevitabilmente capitò sull'ultimo ricevuto da Francesco. La settimana dopo la confessione a Valentina, era fuggita a Londra per cominciare il corso di formazione. Lui, rimasto muto per qualche giorno, doveva averlo saputo.

Le aveva scritto poche parole: Quindi hai preso la tua decisione. Buon viaggio.

Lì per lì aveva risposto di getto: Quindi aspetti un altro figlio. Auguri.

Subito il cuore aveva cominciato a batterle troppo forte e il cervello a ragionare troppo in fretta. E invece era riuscita a fermarsi lì.

Le era sembrato impossibile smettere, i primi giorni. Ma poi c'erano stati il viaggio, la nuova casa, Londra. Si era ripromessa di andare avanti un pezzetto alla volta: oggi non gli scrivo, domani si vedrà.

Stava ancora resistendo e il dolore si faceva ogni giorno più tenue. A tratti, non lo sentiva più.

Valentina stava per rientrare, quando sentì la voce di Gianluca che avvertiva la segretaria di doversi allontanare per una telefonata privata. Chiese anche di continuare a portare cibo per perdere altro tempo. Gigliola doveva avergli chiesto di richiamare d'urgenza il cliente, che ancora non si era presentato. La causa riguardava la divisione di una grande proprietà, terreni, palazzi, tra due anziani fratelli. Si erano fatti una guerra feroce, tanto da essersi guadagnati i soprannomi di Totò e Binnu, in omaggio a Riina e Provenzano. Valentina era rimasta fuori dagli ultimi sviluppi, ma sapeva che Binnu aveva avanzato richieste nuove e che senza di lui non si poteva chiudere.

Sentì la segretaria suggerire a Gianluca di utilizzare la «stanzetta dietro».

Valentina non aveva idea di dove fosse.

Devo farlo adesso, si disse.

Il telefono squillò e fu investita dall'entusiasmo di Cristiana. «Hai visto che meraviglie che sono? Vale, le devi venire a conoscere per forza! Dai, dai, avevi promesso che saresti tornata. Non ti puoi perdere Roberto in questo stato. Secondo me comunque una è uguale a Gloria...»

«Scusa, Cri, non ho ancora visto i messaggi, perché ero in una riunione. Fai tantissimi auguri alla tua famiglia, non vedo l'ora di conoscerle.»

«Una riunione dove?»

«Nello studio di mia suocera.»

«Lui c'è?»

«Sì.»

«Avete parlato?»

«Solo ciao.»

«E tu come stai?»

«Non lo so.»

«Sei contenta di rivederlo o no?»

Valentina tacque per riflettere. Contenta era un termine senza senso. Era emozionata, frastornata, intimorita.

«Non lo so», ripeté.

«Prima o poi dovrai affrontare la situazione e prendere una decisione. Buttati. Fai qualcosa. Non potete rimanere in questo limbo in eterno.»

Valentina attaccò senza dire altro perché qualcuno stava uscendo dalla porta.

Era l'avvocato della controparte che parlava anche lui al telefono. Alzò le spalle e fece una buffa faccia disperata, come se fosse una conversazione da cui non poteva fuggire.

Lei gli sorrise in segno di intesa, chiedendosi dove potesse essere la «stanzetta dietro».

Cristiana attaccò e il telefono risquillò immediatamente.

«Allora? Non mi avverti e nemmeno mi richiami?»

«Scusa, Alessandro, mi aveva appena cercato Valentina.»

«Vabbè, non voglio rompere se sei occupata, ma stiamo rifacendo i turni e forse riesco a prendere da venerdì a domenica, sarebbero tre giorni di seguito. Un miracolo.» Cristiana fu invasa da una gioia inaspettata. «Insomma, sono pochi, però non mi capita mai. Come la vedresti se...»

«Sarebbe fantastico!»

Si rimproverò per non avergli lasciato finire la frase. Non poteva essere così impulsiva. Non doveva stargli troppo addosso. Magari non stava nemmeno proponendo di raggiungerla.

«Davvero? Ti farebbe piacere? Allora adesso cerco una sistemazione, in quale zona mi conviene?»

Dovette trattenersi per non esultare.

Sì, certo, a questo punto Gloria e Roberto avrebbero capito, ma che senso aveva giocare ancora agli agenti segreti? Cominciò a ragionare su dove portarlo: locali, musei, mostre trendy, concerti? Si sentì improvvisamente ignorante. Era lì da mesi e ancora conosceva così poco. Non che a Roma fosse in grado di fare la guida turistica, ma per riempire tre giorni qualche idea in più l'avrebbe avuta. Doug. Le serviva Doug. Avrebbe consigliato molte cose noiosissime, ma sfrondando poteva ricavarne qualcosa di buono.

Gloria la stava chiamando. «Vieni a fare una foto tutti insieme?»

«Scusami», disse allora ad Alessandro, «qui c'è troppa gente, ci sentiamo tra poco e troviamo un posto per te.»

«Io prenderei una stanza per due», azzardò lui scherzoso. «O preferisci rimanere con gli altri?»

Si sentì stupida, e felice insieme. «Va benissimo per due. E cerco anche io di liberarmi.»

«Perfetto», commentò Alessandro, con voce allegra.

Cristiana attaccò e si girò verso il gruppo.

Margaret era seduta sulla sedia e Nonna Uncinetto si era sistemata nel mezzo, subito dietro a lei. Doug e Roberto tenevano una bambina a testa. Marco si era messo finalmente a fianco della ragazzina. Gloria aveva preso in braccio il piccoletto che faceva ok con il dito e sfoggiava il sorriso bucherellato di chi ha cominciato a perdere i denti da latte.

Un'infermiera aveva in mano una vera e propria macchina fotografica, un oggetto di antiquariato che solo uno come Doug poteva avere, e stava studiando l'inquadratura.

«Arrivo», gridò, trafelata.

Corse verso di loro pensando che la sua vita non era mai stata così bella.

Valentina aprì di nuovo la porta-finestra, che però non dava su nulla. Dietro c'era un muro. Di sicuro lo avrebbero abbattuto con i lavori. Di là si sentiva la voce di Gigliola che cominciava a richiamare tutti all'ordine. Binnu doveva essere in arrivo.

Due segretarie le passarono accanto senza accorgersi di lei.

«Ma ti pare possibile che anche stasera ci fanno fare le dieci? Poi, se le chiedi gli straordinari fa l'offesa e dice che dovrebbe essere un onore lavorare per lei...»

«Sono quasi le nove. Tra dieci minuti stacco e chissenefrega. Mi venisse a cercare a casa», rispose l'altra.

Valentina aspettò che si allontanassero prima di sbucare in corridoio. Non si accorse di avere Gianluca dietro, sobbalzò.

«Scusami, ti stavo cercando», le disse lui, «pensavo ti fossi persa. Da là si va in cantina.»

Valentina si sentì avvampare. Si sistemò i capelli.

«Ero soltanto curiosa. Non ero mai scesa.»

La voce di Gigliola risuonò molto forte.

«Mio figlio dove sta? Siamo in grado di recuperarlo? Quante volte ve lo devo chiedere? Forse non vi ricordate come è fatto?»

Valentina sentì un moto di delusione.

«Andiamo», gli disse.

Lui rimase fermo.

«Ti cerca», insistette lei.

Lui le poggiò una mano sul braccio. «Sono tanto contento di rivederti, Valentina.»

Lei sentì qualcosa che si muoveva dentro, come un nodo che qualcuno stesse sciogliendo lentamente.

«Anche io», sussurrò senza pensarci.

Rimasero un istante immobili, in imbarazzo.

Valentina cercò tutto il proprio coraggio. «Volevo chiederti se...»

Parlare era più difficile di quanto si aspettasse, ma non doveva fermarsi.

«Mi avevi detto che ti farebbe piacere vedere come mi sono sistemata. Se una di queste sere ti andasse, potrei farti vedere la casa, sai, è molto diversa da quando...»

Lui la fissava negli occhi e vide il suo viso illuminarsi.

In quel momento, Gigliola apparve accanto a loro. «Ah, dunque siete qui?»

«Arriviamo tra un attimo», le rispose Gianluca, secco.

Lei li osservò, si rese conto e arrossì a sua volta.

Fece qualche passo camminando all'indietro, in un modo buffo, se Valentina fosse riuscita a ridere.

«Certo, certo.»

Si dileguò veloce.

Gianluca le afferrò una mano, mentre la voce della madre richiamava tutti dentro la sala: «Si riprende!»

Lui divenne un fiume in piena. «Non una sera di queste, Valentina. Stasera. Non preparare niente. Ci prendiamo il kebab all'angolo, c'è ancora quel negozio buono? Oppure ci ordiniamo il gelato.»

Lei era paralizzata.

«Possiamo vedere un film o se ti va cuciniamo», la incalzò.

Adesso non era più un nodo che si scioglieva, ma una montagna che franava.

Sentì un desiderio travolgente, smisurato, di seguirlo.

Voleva il kebab, voleva il gelato, voleva averlo accanto sul divano, voleva il film, voleva lui. La nostalgia, trattenuta troppo a lungo, era così forte che temeva di barcollare.

Non serve decidere tutto in una volta sola. Puoi andare per gradi. Ma da qualche parte devi cominciare.

Cristiana glielo aveva ripetuto fino a sfinirla.

Gianluca le prese anche l'altra mano e le strinse entrambe con forza tra le sue.

«È uscita la terza serie sui delitti, l'hai già vista?»

Come potrò dimenticare il male che mi ha fatto?

«Anzi, perché prima non ceniamo al ristorante aperto fino a tardi di piazza Bologna, quello pieno di ragazzini?» Gianluca proseguiva, eccitato.

Lei lo guardò negli occhi. «Ho paura», sussurrò, sincera.

Lui divenne triste e si bloccò.

«Hai davvero paura di *me*?»

Valentina chiuse gli occhi, senza lasciare le sue mani.

Non di te.

Di me.

Del mondo che può cambiare in un secondo, delle decisioni che non voglio prendere, del dolore che non posso prevedere.

Paura di dover scommettere. Paura di poter perdere.

Intorno a lei adesso tutto pareva confuso.

Riaprì gli occhi e lo trovò a un centimetro da sé.

Il rischio zero non esiste.

Non è scritto da nessuna parte quale sarà la mia vita. Posso scegliere, ogni giorno.

Prese un gran respiro.

«Io voto per il kebab», rispose, sorridente.

E sì sentì, finalmente, leggera.

27
Arianna

«MA che bel bambino che sei. Quanto sei grande?»

Arianna alzò la testa per mettere a fuoco la signora che aveva davanti, chinata sul passeggino.

Andrea lanciò un gridolino e cominciò a inarcare la schiena.

«No, no, no», la donna arretrò, pentita, «continua con la tua bella passeggiata.»

Poi lanciò ad Arianna un'occhiata di simpatia.

«Periodo faticoso, vero? Ho un nipotino della stessa età. Cos'ha? Sette, otto mesi?»

Stava parlando con lei?

Sì.

Rispondi.

«Sì.»

Andrea continuava a lamentarsi. Arianna sentì salire l'affanno. Doveva muoversi. Muoversi sempre. Se no, il bambino credeva di poter scendere.

«Io devo andare», disse con voce flebile.

La donna la guardò un po' sorpresa e lei si sentì esposta.

«Buona giornata», rispose fredda la sconosciuta.

Arianna riprese a camminare. Inciampò nel marciapiede sconnesso e il passeggino fece un piccolo balzo.

Andrea si sporse tutto all'insù per guardarla e rise divertito.

Attenta. Concentrati.

Quanto si era allontanata da casa? Quanto tempo le occorreva per tornare indietro?

Dieci minuti, un quarto d'ora al massimo.

Puoi farcela.

Se devi cambiarlo? Hai tutto nella borsa.

Sua madre lo sapeva fare dappertutto. Tirava fuori il lenzuolino per stendercelo sopra, le salviette per pulirlo, le bustine sigillate per riporre tutto a cose fatte.

Il telefono squillò.

«Ciao tesoro, tutto bene? Dove siete di bello?»

Percepì la tensione.

«Siamo quasi arrivati alla villa.»

«La villa?» Adesso la voce di sua madre trasmetteva ansia. «La villa è lontana, Arianna. Avevi detto che avresti fatto un giretto per il quartiere. Così ti stanchi troppo. Domani è il tuo gran giorno. Dovresti riposare.»

Trova la voce giusta.

«Va tutto bene, mamma, non ti preoccupare.»

«Chiamami se hai bisogno.»

«Certo.»

Riprese a camminare più in fretta, allontanando il pensiero del colloquio.

Che bella notizia, si riprenda la sua vita, Arianna.

La dottoressa con il suo tono incoraggiante.

Arrivò di fronte al cancello con i leoni.

Come fa il leone?

Paolo faceva la faccia cattiva e un ruggito, che Andrea aspettava a occhi sgranati, impaurito e felice allo stesso tempo.

Attraversa la strada. Attenta. Qui tutti corrono.

Aspettò diligente il semaforo. Entrò nel verde e si accorse che stava rinfrescando.

Andrea aveva la testa reclinata. Doveva essersi addormentato.

Passeggiò lentamente tra i cespugli. Davanti a lei si apriva il prato grande, con il laghetto. C'erano bambini che giocavano a calcetto, si scorgeva qualche bicicletta. Le giostrine erano piene. Il baracchino con le papere di plastica da pescare con la canna finta era aperto. I più coraggiosi erano sdraiati sull'erba, dove c'era ancora qualche sprazzo di sole, ma tutti ben coperti.

Sarebbe mai più stata una di loro?

Si sedette su una panchina e controllò ancora Andrea. Sì, dormiva.

Era già esausta.

Le papere le parvero lontanissime

Eppure era solo ieri, quando era andato tutto così bene.

Ci saranno giornate più difficili di altre, Arianna. Non abbia paura. Prenda le medicine. Si faccia aiutare. Ha intorno tante persone che tengono a lei.

Piano piano, un giorno alla volta, andrà sempre meglio.

Si alzò e fece qualche passo, con le gambe pesanti.

Lo guardò addormentato.

La mente prese a correre.

Fuggire.

Lui lo avrebbero trovato di certo. Qualcuno si sarebbe fermato, avrebbe chiamato i soccorsi.

Era successo al mare, solo due anni prima, all'altra Arianna.

Stava tornando dalla spiaggia verso la macchina, attraversando la pineta. Aveva notato, senza interesse, una bambina sola sul sentiero. Davanti a lei si era fermata una coppia.

«È sua figlia?» le avevano chiesto.

Lei aveva risposto di no. Subito era sopraggiunta una madre con due ragazzini.

«È sola?» aveva chiesto agli altri, agitata.

Arianna aveva osservato meglio la bambina, in effetti troppo piccola per essere autonoma. Non avrebbe saputo darle un'età.

La madre si era inginocchiata davanti alla piccola.

«Come ti chiami?»

La bambina aveva fatto un passo indietro impaurita e la donna aveva afferrato uno dei figli.

«Parlaci tu che la spaventi di meno. Chiedile dov'è la sua mamma.»

Intanto l'uomo della coppia aveva il telefono in mano e chiedeva: «Dovremmo chiamare la polizia?»

Il ragazzino si era avvicinato e la bambina era sembrata davvero più tranquilla.

«Dov'è la tua mamma?» aveva scandito lentamente.

Lei gli aveva sorriso sentendo la parola mamma, ma era rimasta zitta.

In quell'istante un uomo grande e grosso era comparso dai cespugli e la bambina lo aveva indicato con il dito, soddisfatta.

«*Sorry, sorry*», aveva detto lui, che evidentemente si era solo allontanato di qualche metro per fare pipì. Aveva preso in braccio la figlia ed era tornato imbarazzato verso la spiaggia.

Arianna si era diretta al parcheggio, ma aveva fatto in tempo a sentire il commento velenoso della madre: «Poteva essere solo uno straniero».

In una grande villa di Roma, Andrea non sarebbe rimasto solo. Sarebbe bastato arrivare al prato, in mezzo a tutte quelle persone, e mettere il passeggino all'ombra, sotto un albero. Nessuno avrebbe fatto caso a lei. Sarebbe potuta uscire dall'altro ingresso. Sparire.

Dimenticatemi.

Di nuovo il telefono.

«Sei arrivata alla villa? Si sta bene?»

Rispondi. Con la voce giusta.

«Sì, mamma, sono qui.»

«Andrea si diverte?»

«Dorme.»

Sua madre esitò. Non voleva mai mettere giù il telefono.

«Sai, Arianna, hanno aperto un bel negozio di articoli per bambini. È lì che ho comprato il dinosauro di gomma. È all'angolo accanto alla vineria. Una volta potremmo andarci insieme.»

«Certo.»

«Vuoi dormire da me stanotte? Così ti fai un bel sonno?»

«Basta, mamma. Guarda che è meglio se ti mando Paolo. Ormai è molto più stanco di me!»

Andrea si era svegliato e gorgogliava tra sé.

Fece uno starnuto.

Fa freddo. Devi tornare.

Prese il passeggino, e si avviò.

Suo figlio non si era accorto di essere arrivato a pochi metri dalle papere, stava guardando un cane.

Non l'hai neanche slegato. Non lo hai messo sulla giostra.

Domani.

Lo farai domani.

Ci saranno giorni migliori.

Ancora il telefono.

Paolo.

«Ari, dove siete?»

Normale, devi essere normale.

«Siamo stati alla villa, adesso torniamo.»

«Va bene, io sono già a casa, ma se preferisci vi vengo a prendere.»

«Ma dai! Non sono mica dall'altra parte della città. Possibile che abbiate paura di tutto? Non dovreste fidarvi un po' più di me?»

Impari a fidarsi di se stessa, Arianna, e gli altri la seguiranno.

«Voglio fermarmi a guardare un negozio per bambini che hanno aperto da poco.»

Paolo esitò, ma si arrese.

Sei stata brava.

«Ti vanno le fettuccine con i funghi?»

Sta dimagrendo, Arianna. Quanto peso ha perso da quando ci siamo conosciute?

«Certo.»

«Per Andrea è tutto già pronto, non ti preoccupare.»

«Grazie.»

Continuò a camminare e passò davanti al grande ufficio con le pareti a specchio. Prima lì c'era un palazzo decrepito. Suo padre la portava a vedere le gru che buttavano giù tutto. Ogni mattina, andando a scuola, cercavano di capire quali fossero i pezzi nuovi. Una volta aveva visto una stanza già arredata ma senza le pareti. Tutti però dicevano che la notte i ragazzi del quartiere scavalcavano e si divertivano a salire sui ponteggi.

Era passato così tanto tempo.

Si vide riflessa nel vetro.

Anche Andrea guardava allegro se stesso e la sua mamma doppia. Quanto gli piace quello specchio, dicevano sua madre e Paolo.

Arianna indossava i soliti jeans e una giacca scura. Pensò alla donna con il grembiulone, quella del libro letto con Valentina e Cristiana. Aveva cancellato tutte le fotografie di quando era incinta. Alla dottoressa non voleva dirlo.

Ecco la vineria.

Si infilò nel negozio proprio accanto.

«Cosa cerca?» le chiese una commessa, gentile.

Cosa cerchi?

Si guardò intorno spaventata e indicò la prima cosa che vide.

Stai calma. È facile.

«È l'ultimo pezzo, è leggero ma tiene molto caldo, se continua così le sarà utile!» spiegò, mimando divertita il gesto di chi rabbrividisce. «È anche scontato», aggiunse. «Vediamo se è la taglia giusta.»

Prese dalla vetrina il piumino azzurro.

«Dodici mesi! Direi che ci siamo. Sembra fatto apposta per questo giovanotto. Vuole metterglielo subito?»

Arianna fece no con la testa, pagò e infilò il pacchetto nella sacca sul retro del passeggino.

«Ari?»

Lei alzò la testa verso Paolo.

«Hai già finito?»

Il piatto era ancora pieno per tre quarti, ma non riusciva più a ingoiare nulla.

«Ho preso un gelato prima», mentì.

Suo marito le mise nel piatto due polpette e le patate. Lei si sporse per assaggiare le patate. Erano quelle avanzate dalla sera prima.

Ieri, quando andava tutto bene.

Andrea era sul seggiolone e ci aveva spiaccicato sopra una banana intera. Aveva gli occhi assonnati, lo aveva già messo in

pigiama. Arianna si alzò per andare a prendere la pezzetta e ripulire.
Passò accanto alla libreria e vide le chiavi.

Il bambino era da cambiare, se ne accorse dall'odore. Si sentì sfinita.

Paolo scattò in piedi, come se le avesse letto nel pensiero.

«Siediti, ci penso io.»

Il suo tono era nervoso, concitato.

Rassicuralo.

«Ma dai, Paolo. Non puoi fare tutto! Ce la faccio benissimo.»

Arianna prese il bambino per portarlo nella cameretta.

Le chiavi sulla libreria.

Si sforzò di non guardarle.

Sdraiò il piccolo e gli tolse il pannolino.

Concentrati.

Lo pulì e poi lo portò in bagno, sotto il rubinetto del lavandino.
Controllò la temperatura dell'acqua con il gomito, esattamente come faceva sua madre.

Lo vedi che è facile?

Lo asciugò con un asciugamano di cotone morbido, bianco. Lo riportò sul fasciatoio. Gli mise la crema e il borotalco. Andrea nel frattempo si guardava intorno e si muoveva troppo. Lei gli diede in mano la pallina rossa e lui si appassionò come se non l'avesse mai vista prima.

Lo prese in braccio.

È solo un bambino.

Tornò da Paolo, veloce, guardò le chiavi con la coda dell'occhio.
Lui aveva già sparecchiato ed era in cucina.

«Lo metto a letto», gli disse.

«Sicura che non vuoi dormire da tua madre? A che ora hai l'incontro domani?»

Il pensiero di un'altra notte le attanagliò lo stomaco.

«Alle undici, c'è tutto il tempo.»

«Tua madre ha detto che è contenta se vai di là da lei.»

«Paolo, davvero, così finirai per crollare tu!»

Ecco, questa era la frase perfetta. Anche il tono era perfetto.

Paolo le sorrise, e diede un bacio sulla testa del bambino.

*   *   *

Arianna aprì gli occhi.

Andrea si stava muovendo. Paolo dormiva profondamente.

Era ancora notte. Un'altra giornata infinita.

Si avvicinò al lettino. Il piccolo era a occhi aperti e le sorrise.

È solo un bambino.

Scalciando si era sfilato i calzini.

Lo toccò, aveva i piedini gelati. Gli rimise i calzini, timorosa.

Avrebbe pianto? Aveva fame?

Lui fece un suono allegro, Paolo si mosse nel letto e lei lo tirò su.

«Shhh», gli disse piano.

Il bambino la guardava curioso e le afferrò i capelli.

Faceva freddo anche in salone, di notte i riscaldamenti erano spenti.

Il passeggino era ancora davanti alla porta. Nella sacca c'era il pacco con il piumino. Si era dimenticata di tirarlo fuori. Lo prese, con una mano, mentre con l'altro braccio teneva Andrea.

Non guardare le chiavi.

Si sedette sul divano, posò il bambino accanto a sé, aprì la busta e gli infilò il piumino addosso. Gli stava giusto. Sarebbero stati tutti contenti.

Vedi com'è facile fare le cose normali?

«Così non hai freddo», gli disse con dolcezza.

Lui cominciò a lagnarsi.

Lei lo prese di nuovo e lo adagiò sul passeggino, tirando giù al massimo lo schienale. Cominciò a muoverlo avanti e indietro, attenta a non fare rumore. Andrea crollò subito. Gli mise sulle gambe la copertina di pile da passeggio.

Fuori era ancora buio.

Una camomilla. Ecco, doveva farsi una camomilla.

Sarebbe andata bene anche quella di Andrea, nel barattolo, in polvere, già zuccherata. Troppo dolce, ma buona.

«Andiamo in cucina», gli sussurrò, anche se lui non poteva capire.

Passò accanto alle chiavi e si fermò.

Erano sempre state lì.

Avevano provato a prevedere tutto. Coltelli, forbici, lamette, farmaci. La sorvegliavano. Ma non avevano mai pensato alla cosa più semplice, la più ovvia.

Eppure lei era cresciuta in quel palazzo. Quando era piccola, salire lassù le era vietato. Sua madre ci stendeva i panni ma non voleva portarcela. Quando acconsentiva, la faceva stare seduta su una sedia. Da adolescente lei e un'altra ragazzina del palazzo erano salite per fumare lì la prima sigaretta. Una vicina aveva fatto la spia. Era stata una delle rare volte in cui suo padre si era infuriato. Non per la sigaretta, per il parapetto troppo basso.

Ha mai pensato alla morte, Arianna?

Entrò in cucina, accese il pentolino con l'acqua e nella tazza versò una grande cucchiaiata di quella polvere dolciastra.

Mise il passeggino con Andrea lontano dai fornelli e attese che l'acqua bollisse.

Uscì e chiuse la porta di casa, in bocca il sapore cattivo della camomilla fredda.

Aveva aspettato troppo per berla. Si era addormentata?

Non aveva le pantofole. Dovevano essere rimaste nel salone, quando si era seduta per vestire Andrea.

Salì a piedi, sui gradini gelati.

Quattro piani le sembrarono faticosissimi.

Era sempre così stanca.

Nel mazzo c'erano anche le chiavi della soffitta e del locale con i contatori.

La chiave di ferro era arrugginita.

Girò con fatica, sentì un rumore stridulo e poi uno scatto netto.

Uscì sul pavimento esterno, ancora più freddo.

Dovrei dormire.

Domani andrà meglio.

Qualcuno stendeva ancora le lenzuola, lassù. Mosse dal vento, nel buio, sembravano fantasmi.

Camminò ancora.

Riconobbe il campanile della chiesa, il tetto della scuola elementare.

Puoi farcela.

È solo un bambino.

Sentì il rumore di una macchina troppo veloce.

Dove andate? Portatemi via.

Si guardò ancora attorno. Vide le cime degli alberi della villa, la luna era visibile ma in lontananza si scorgeva già il chiarore dell'alba. Il cielo era senza nuvole.

Nel silenzio si potevano sentire gli uccelli cantare.

Sarebbe stata una giornata bellissima.

Ringraziamenti

ESISTONO persone che, quando si accorgono di essere troppo fragili per questo mondo, rischiano di ascoltare il richiamo di un baratro potente e oscuro. Vorrei saperle riconoscere, afferrarle, tenerle saldamente alla luce del sole. Dedico questo libro a chi si sforza di far emergere e prova a dare risposte alla sofferenza silenziosa di coloro che ci camminano accanto.

Ci tengo a ringraziare chi mi ha seguito in questa nuova avventura.

Michela Gallio, che c'è sempre stata; Loredana Rotundo, che mi ha sostenuto; Sperling & Kupfer, che mi ha rinnovato la fiducia e mi ha affiancato una squadra perfetta.

Grazie alle care amiche che hanno avuto una volta ancora la pazienza di leggermi e consigliarmi. Grazie a mia madre e a Coti per i giudizi, a mio padre e a Bimba per l'incoraggiamento. Grazie a Sabrina per l'emozione che ha saputo trasmettermi, a Rachele per la precisione e l'interesse.

Grazie alla mia bella famiglia, a mia suocera Annamaria sempre partecipe, ai nipoti grandi e piccoli che si interessano.

Grazie alle *mie* amiche di una vita, e alla mia amica/cognata, che continuano a gioire con me.

Grazie a Pittu per avermi distratta con la sua irruenza.

Grazie soprattutto ai miei tre uomini perché rendono meraviglioso ogni istante.